Kiss Kiss Kiss
キッス キッス キッス

渡辺淳一
Watanabe Junichi

小学館

キッス キッス キッス ［目次］

島村抱月から松井須磨子への手紙
セップンしてセップンして、まァちゃんへ キッス キッス …… 7
平塚らいてうから奥村博への手紙
どんな圧迫がふたりの上に降りかかってこようとも、
あなたは私から去らないか …… 27
竹久夢二から笠井彦乃への手紙
話したいことよりも何よりも、たゞ逢ふために逢ひたい …… 45
柳原白蓮から宮崎龍介への手紙
こんな怖しい女、もういや、いやですか、
さあどうです、お返事は？ …… 63
有島武郎から波多野秋子への手紙
あなたが私を愛し、私があなたを愛する、
その気持を如何に打破することもできません …… 81

お滝からシーボルトへの手紙　99
あなたと御一緒に、永い間出島《でじま》で暮したことを考へては泣いております

高村光太郎から長沼智恵子への手紙　117
其のうち何処からか血が出て来て、あなたの乳の処を流れるんです

与謝野晶子から与謝野鉄幹への手紙　137
死のことおもひ〳〵て、いつもそのはては、さ云へ恋しきものをと、終《つい》にはいつもかくおもふのに候

芥川龍之介から塚本文への手紙　155
貰ひたい理由はたつた一つ、僕は文ちやんが好きだと云ふ事です

伊藤野枝から大杉栄への手紙　175
私のすべては、あなたと云ふ対象を離れては何物も何事についても考へ得られないのです

佐藤春夫から谷崎千代への手紙 195
わたしは五分間と、あなたのことを忘れたことはないのですよ
谷崎潤一郎から根津松子への手紙 213
一生御寮人様に御仕へ申すことが出来ましたら、
私には無上の幸福でございます
吉屋信子から門馬千代への手紙 231
御身も女　吾も女――
でも久遠《くおん》の愛を結実させる日も遠いことではないでせう
太宰治から太田静子への手紙 249
一ばんいいひととして、ひつそり命がけで生きてゐて下さい、コヒシイ
宮本百合子から宮本顕治への手紙 269
あなたのところにも、体のどこかにこういう日光が当っているのかしら

山本五十六から河合千代子への手紙
薔薇はもう咲きましたか、其一ひらが散る頃は嗟呼《ああ》……289
坂口安吾から矢田津世子への手紙
会って下さい、僕は色々話さなければならないような気がします……307
私がもらったラヴレター
いま、「さようなら」といってしまうにはあまりにも悼《いた》ましい火なのだ……327
私が書いたラヴレター
定まらぬと云えばそれまでの愛の余波が、今になって尚《なお》打ち返さねばならないとは、苦しい事です……349
あとがき……370

装丁――三村 淳
本文レイアウト――中山デザイン事務所

島村抱月から松井須磨子への手紙

セップンしてセップンして、まァちゃんへ　キッスキッス

評論家・劇作家　**島村抱月**（しまむら・ほうげつ）

明治4年（1871）島根生まれ。ヨーロッパ留学を経て、母校（早大）の教授となる。坪内逍遥主宰の文芸協会に演劇指導者として参加。のちに劇団「芸術座」を興す。大正7年（1918）病死。

女優　**松井須磨子**（まつい・すまこ）

明治19年（1886）長野生まれ。結婚に失敗し上京、文芸協会第1期生に。『人形の家』のノラ役で認められ、「芸術座」公演『復活』などで人気を集める。大正8年（1919）抱月を追い自殺。

【ふたりの恋愛のあらまし】

文芸協会の演劇指導者、第1期生として二人は出会い、恋に落ちる。そのことが発覚し、恋愛禁止の文芸協会を須磨子は退団させられる。それを機に抱月、須磨子は劇団「芸術座」を興し、以後、抱月は妻子の元を離れ、同棲生活をはじめる。が、抱月の死が二人を分かつことになる。

引用1
今日あれから半日、向うにいて、あの手紙をよみ返しては、抱きしめたり接吻《せっぷん》したりして、ボンヤリ考えこみ考えこみしていました。全くうれしい手紙、なつかしい手紙、それから悲しい手紙、出来るならいつまでもいつまでも肌につけてはなさないでいたいと思った。

以上はあるラヴレターの冒頭の部分だが、これだけ読んで、書いたのは男か女か、そして何歳ぐらいの、どういう立場の人なのか。

こうきかれたら、読者のあなたはどう答えるだろうか。

まず初めの男か女かという点については、全体のたたみかけるような感じや、最後の「思った」という断言の仕方から、男性が書いたことは、すぐ察しがつくかもしれない。

では何歳ぐらいの人かという点については、ラヴレターを半日抱きしめたり接吻していた、いつまでも肌につけてはなさないでいたいと思った、などという表現から、まだ若い、精神的にも稚《おさ》ない青年を想像するかもしれない。

最後の立場や地位については、自分の気持を照れたり恥じることもなく堂々と告げているところから、あまり公的な立場にいない、自由業の人かと思うかもしれない。

だが正解は、当時早稲田大学教授で評論家で新劇指導者で、当代一の知識人といわれた島村抱月である。

このとき（大正元年）抱月は数えで四十二歳、すでに結婚して、五人の子供がいた。

しかし当時（明治の末から大正初期）はまだ人生五十年という思いが強かったから、いまでいうと五十半ばの感じといったほうが当っている。

これ以前、抱月は新聞記者や雑誌記者などをしたあとヨーロッパに留学し、帰国後早稲田大学の教授となり、美学、文芸などを講じるとともに、翻訳家、評論家、近代演劇の紹介者などとして活躍していた。いいかえると、高名な大学教授で、知性も分別もあるはずの男が書いたのが、このラヴレターである。

それでは、このような男にここまで赤裸々な心情を吐露せしめた女性とは誰なのか。

その名は松井須磨子。彼女の名は一般的に、『人形の家』のノラ役、『復活』のカチューシャ役などで明治末から大正初期にかけて一世を風靡した、日本で最初の新劇女優として知られている。

須磨子は明治十九年（１８８６）、長野県松代に生まれ、抱月の十五歳下で、当時二十七歳。結婚に失敗したあと上京し、坪内逍遥が主宰していた文芸協会[註1]演劇研究所の第一期生となり、女優の訓練を受けるうちに、その指導者であった抱月と親しくなった。

要するに、二人の関係はいま風にいうと、脚本演出家と女優との恋であったが、当時はまだ映像はなく、新劇といってもできたばかりで、女優という職業も確立していなかった。

くわえて身分や男女の違い、家の拘束など、明治の古い考えがまだまだ人々の考えや行動を支配していたときである。

こうした重苦しい時代の扉を叩くように、ラヴレターはさらに続く。

引用2 ねえ、あれほど切ない思いを言いかわした手紙まで、すぐ裂きすてなくてはならないなんて、あんまりなさけないとは思わなくて？

考えて見りゃつまらない馬鹿馬鹿しい。命と思う恋は神聖だもの、一《いっ》そ世間へ知れるなら知れてみよという気になります。

いつまでも、こんな思いをしていては、ぼくはからだがつづかなかろうと思う。どうしたらいいかしら。どうしてぼくはこう深く思いこんでしまったのだろう。今なんかもぼくの頭は、あなたの外なんにもなくなっています。

あなたのことを思えば、ただうれしい。世間も外聞もありはしない。すぐにも駈《か》け出して抱いて来ようかと思うほどです。あなたはかわいい人、うれしい人、恋しい人、そして悪人、ぼくをこんなにまよわせて、此上《このうえ》はただもうどうかして実際の妻になってもらう外、ぼくの心の安まる道はありません。ぼくはどうかして時機を作るから、それまで必ず待っていてちょうだい。

今日の手紙にあったように、そんな望《のぞみ》はないなんていいっこなし。つまになってやるといってちょうだい。場合によってはぼくの体と心だけ一しょになれば、名前なんかどうだっていいでしょう。そしてどこの世界の果へ行ってすんでもいいと思ってくれなくて？　まだまだもっとこのむねの中をつかみ出して書かなくちゃ気がすまないようだが、何だか、この手紙が無事にあなたの手に入るか、万一、人に見られたらと思うと、どうもまだひきょうな気があって筆がひかえめになります。あなたの言う通り、ぼくの顔に分別気のあるのは事実だが、あれはやっぱり世間気がはなれないからのハンモンです。今の女（妻）のことなんか全く何とも思っちゃいない。あれでは思えといったって思われないでしょう。ぼくほど不幸な経験をした人もないと思っています。

けれども、とにかく、こうしてぼくは家庭を持っているのだから、あなたがそう思うのも当然だ。ぼくは何とかして早くこの家庭からのがれたい。一日だって家にいるのがいやだから学校へ毎日つめきることにしようと思っています。一《いっ》そ、ひとり雲水坊主のようになって旅行しようかと思ってもみます。ただあなたがかわいい、忘られない。恋しい恋しい。こうして書いているあいだでも筆をやめては抱きあって、キッスしている気持になる。

ここまで読めばわかるとおり、この直前に、抱月は須磨子から一通の手紙をもらっていた。

しかしその手紙を、他の人に読まれるとまずいと考えて、抱月は自ら小さく千切って捨てていたのである。

内容はこの手紙から察するところ、須磨子からの愛の言葉が中心であったが、最後に抱月に妻子がいる以上、結婚はできないと諦めている、と記されていた。

これに対し「悲しい手紙」「そんな望はないなんていいっこなし」と抱月は訴えたあと、「つまになってやるといってちょうだい」と求めながら、すぐには離婚できないことも考えて、「名前なんかどうだっていいでしょう」とつけくわえてもいる。

要するにこの頃、抱月は須磨子への愛に燃えながら、妻の市子と容易に別れられない状況でもあった。

それというのも、島根県の貧しい家に生まれた抱月は上京後、島村家の援助を受けて大学を卒業し、それが縁で島村市子と養子縁組みをした。このことからもわかるとおり、市子の実家には恩義があり、くわえて市子自身にとくべつ問題になる欠点があったわけでもない。二人のあいだにはすでに五人の子供がいて、とくに愛情深いわけではないが、世間並みの淡々とした夫婦であった。

そんな状態のなかで、学問一途にすすんできた抱月が、突然、狂い咲きしたように須磨子に惚れこんだのである。

まさしく男の厄年四十二歳、魔がさしたとしかいいようのない狂いようだが、それまで慇懃実直に過してきた男によくある大噴火といえなくもない。

その実態は、さらに続くラヴレターのなかで刻明に記されている。

引用3 ぼくも六月十二日の名古屋のあの晩をハッキリおぼえています。それから七月廿五日の晩も大事な大事な日、又名古屋の僕のざしきでの泊《とまり》、大阪ではあなたの敷《しき》ねしてくれた袴《はかま》をはく時のうれしさ。それから名古屋で三幕（目）で休んでいる時、じっと椅子《いす》のかたわらで抱きしめてる間のムネの動悸《どうき》、ああどうしてこれらの記憶が忘られよう。

正反対のふたり

手紙からわかるとおり、この前、名古屋の公演中に二人は結ばれ、それ以後、抱月は須磨子を自分の部屋に泊め、さらには舞台のあいまに抱き合ったりしていた。

手紙はこのあと、須磨子にいい寄る他の男達への嫉妬を述べたあと、須磨子の写真が欲しいこと、それをいつも肌身離さず持ち歩くこと、ハンカチも欲しいけど、それには須磨子の匂いをたっぷりつけておくこと、羽織をこしらえてくれるというけど、その気持ちだけで充分で、さしあたりはジュバンが欲しいこと、かわりに欲しい着物があればなんでもつくってあげることと、などなどを綿々と述べている。

それにしても、なぜ抱月はこれほど須磨子に惚れたのか。

もともと須磨子は田舎育ちで、格別の教育を受けたわけでもなく、顔は大柄で目鼻立ちこそくっきりして、いわば舞台向きではあったが、演技そのものは未熟で荒削りであった。知的で繊細な抱月とはまさに正反対で、無知で粗野であったが、かわりに向上心が強く、常に行動的でバイタリティにあふれていた。

単純に見ると、あらゆる面で違っていたが、互いに欠けているところに惹かれ、補い合うことで、さらに熱く強固な一組のカップルが生まれたともいえる。男女のあいだでは、このように性格も行動も正反対だからこそ、ともになくてはならない大切な人になることもある。

引用4 ぼくもこの恋をはじめてから人前をつくろう工風もいろいろするようになった。恋はいろんなことを教えるものね。（中略）

引用5 これから手紙はいつでも一番しまいの所を字の上でも何でもかまわないから、べったりぬれるほどキッスして送りっこね。そうすると、受けとったほうでもそこをキッスすることね。毎日十二時の思い、今でもつづけて下さい。

この次のあなたの返事は月曜に何かの雑誌（今月あげた「青鞜《せいとう》」の七月号でもいいでしょう）の不用なのを一冊返すつもりでぼくにわたしたらどう？　そしてその中に手紙をはさんでおいたら、そうすればぼく大丈夫そのつもりで決しておとさないように受け取るから。ねえ、そうして下さい。ぼくの手紙は郵便で大丈夫かしら、そうびくびくしてはしようがないけれどもね、今夜は一時近くまでかかって、この手紙を書いて、これからねて、あなたの夢でもみたい。土曜の晩のようなのでなく、うれしいうれしい夢を。そして抱きしめて抱きしめて、セップンしてセップンして。死ぬまで接吻してる気持ちになりたい。

まァちゃんへ、キッス、キッス。

長い長いラヴレターはここで終る。

まさに思いのたけを吐露した手紙だが、最後の「まァちゃんへ、キッス、キッス」は本文を締めくくるにふさわしい、大胆にして愛らしい表現である。

いったい、いまの男性の誰が、これだけストレートに、かつ正直に、自分の心を訴えることができるだろうか。

わたしが、須磨子と抱月のことを小説に書きたいと思い、『女優』という作品を書き上げたのも、このラヴレターを読んだのがきっかけであった。たしかにこのラヴレターに会わなかったら、わたしは『女優』を書かなかったかもしれない。

だがこのせっかくのラヴレターを抱月は自分の机の抽斗《ひきだし》に入れたまま信州の講演に行き、その間に妻の市子に読まれてしまう。

まさにドジとしかいいようがない、学問だけしかしてこなかった抱月の間抜けぶりだが、そうとも知らず、抱月は帰京後、この手紙を須磨子に送って素知らぬ顔をしていた。しかしこれだけの手紙を見せつけられた妻が、黙っているわけがない。

留守中、妻の市子はこの手紙を一言一句違わず書き写し、それを読み返しては抱月と須磨子を憎み、呪い、夫婦の仲は急速に醒《さ》めていく。

結局、この手紙をきっかけに、抱月は妻と家庭を捨てることになり、かわりに須磨子と抱月の絆は一層強まり、二人は同棲をはじめる。

だが妻の市子は終世、離婚には応じず、須磨子が抱月の正式の妻になることを拒みつづけた。市子としては、それだけが抱月に対してできる、唯一、絶対の復讐であった。

この二人の行動や手紙の内容を見て、身勝手で反道徳的と非難することは簡単である。また知識人としてあるまじき、浅薄、かつ軽率な文面とけなすことも容易である。

だがそれらの表面的な批判をこえて、この手紙には、読む者を圧倒的に惹きつけ、魅了する強さと迫力がある。

その最大の理由は、抱月という当代一流の知識人が、その種の虚飾や仮面を捨てて、赤裸々に正直に、自らの内面をさらけ出しているからである。

しかもこの手紙には、ことさらに難しい漢字やいい廻しを避け、ときに片仮名まで交えた平易な文章で、学問のない須磨子にもわかるようにという、抱月の心づかいが潜んでいる。

全文中、各所に見える「キッス」という言葉も、一見陳腐に見えるが、当時としてはハイカラで新鮮であった。

いずれにせよ、ラヴレターを書くときに最も大切なことは、自分の思いを照れずに正直に、ときにはすべてのプライドもかなぐり捨てて書くことである。そこまで大胆に真情を吐露したとき、一通の手紙は百の言葉に勝る強さと成果を発揮する。

後追い自殺

二人のその後について触れると、抱月は須磨子とのスキャンダルで早大教授を辞したあと、須磨子と「芸術座」[註2]をおこし、『復活』[註3]の舞台などで成功して、須磨子はおしもおされもせぬ大女優となった。

だが劇団内部では、須磨子の我儘と、それを抑えきれぬ抱月の軟弱さから、争いが絶えなかった。

常に波乱含みながら、二人は互いの欠点を補い、陰陽合わせるように舞台を続けたが、抱月は大正七年秋、インフルエンザをこじらせ、肺炎で死亡する。このとき須磨子は舞台に出ていて、抱月一人、冷えきった部屋で看とる人もなく息を引きとった。

抱月亡きあと、須磨子はなお芸術座を続けようとしたが、抱月なくしてはもはや劇団の存続は難しく、行く先に失望した須磨子は二カ月後、劇場の裏手の鴨居に、抱月から貰った緋色の腰紐を吊し、縊死した。

いま二人の生涯をふり返れば、悲劇とも喜劇ともとれるが、これほどのラヴレターを残して愛する女性に尽くした抱月も、これほどの手紙を受けて愛された須磨子も、ともに自らの思いのまま一途に生きたという意味で、悔いなき人生であったことは疑いない。

最後にいま一度、抱月のラヴレターについて触れるが、ラストの数行の、須磨子のことを思って、嬉しくわくわくする躍動感の見事さはどこからくるのか。

改めて検証してわかることは、「うれしいうれしい」「抱きしめて抱きしめて」「セップンしてセップンして」「キッスキッス」と、同じ言葉を書き連ねていることである。

一般にこの種の反復語は幼稚で稚拙な文章とされているが、そんなことはない。これらを幼稚と決めつけるのは、主観的すぎて客観性に欠けるからで、そのかぎりでは当っているが、このラヴレターではその幼稚さが見事に生きている。

いいかえると、ラヴレターだけは自らの思いのたけを吐きだす、きわめて主観的なものだから、客観性などは不要である、ということになる。

いまもし、これからラヴレターを書こうと思う人がいたら、文章読本を読んだり、客観性を保つなどと、つまらぬことを考える必要はない。言葉が足りなければ、ただただ、思いのたけを訴える言葉をくり返すだけでいい。

接吻をしたければ、「キッスキッス」とひたすら書き連ねる。それだけで百の美辞麗句に勝る強さがあることを忘れるべきではない。

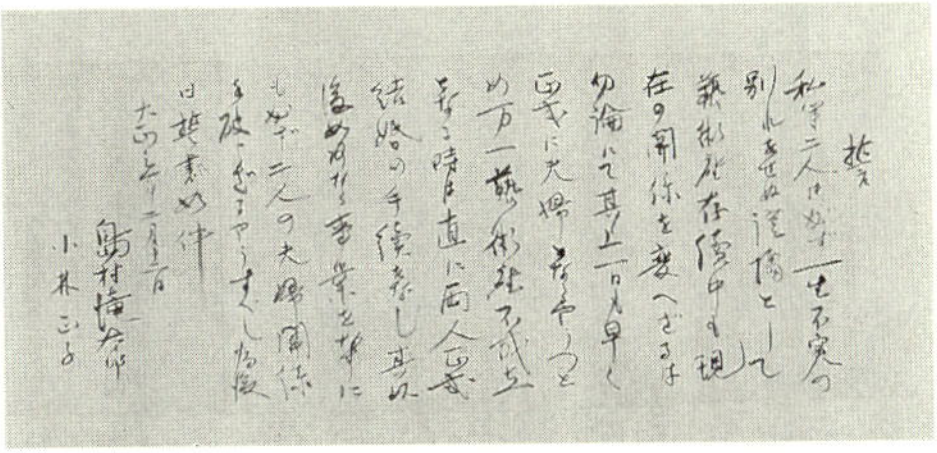

▶抱月と須磨子は結婚を約束した誓紙を3度取り交わしている。が、誓いが守られる前にふたりはこの世を去ってしまった。

◀芸術座の旗揚げ公演が行われたのは大正2年（1913）9月。公演終了後の祝賀会の席で抱月と須磨子は、一輪挿しに記念の署名をした。

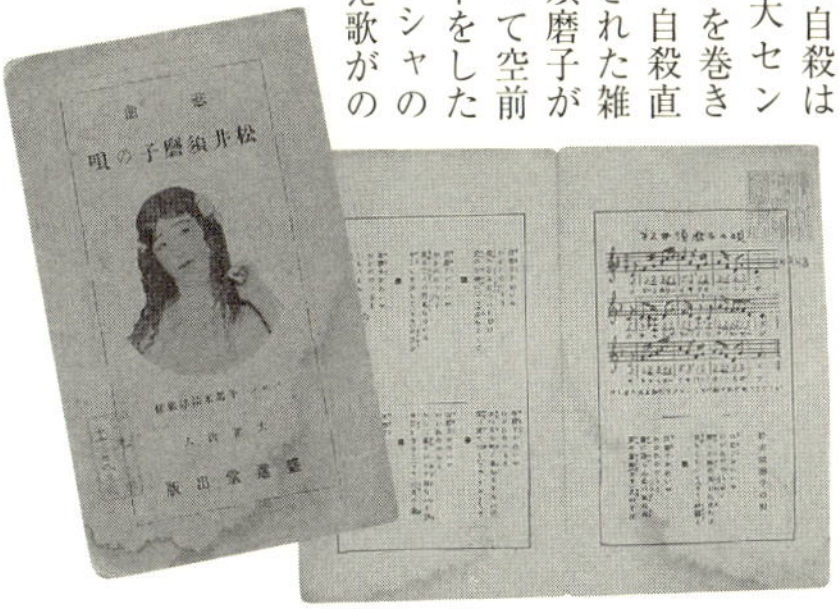

▼須磨子の自殺は世間に一大センセーションを巻き起こした。自殺直後に出版された雑誌には、須磨子が劇中で歌って空前の大ヒットをした「カチューシャの唄」の替え歌がのせられた。

▶『サロメ』は芸術座の人気劇のひとつ。サロメを演じる須磨子は当時としてはめずらしい肌を出した衣装をつけ話題に。

▼第4回公演『復活』は須磨子の名を一躍、有名にする。が、その陰には大衆向けの作品に仕上げた抱月の力があった。

◀芸術座の第1回公演『内部』『モンナ・ヴァンナ』のパンフレット。劇評はさまざまだったが、客席は連日満員だった。

島村抱月が松井須磨子に宛てた手紙

（原文ママ。ただし旧漢字は新字に改めた）

今日あれから半日、向うにいて、あの手紙をよみ返しては、抱きしめたり接吻したりして、ボンヤリ考えこみ考えこみしていました。（引用1後半に続く）けれども例の世界がこわさに裂いた。其時は何だかあなたの体に手をかけるような気がして身を切るほどにつらくなさけなかった。（引用2に続く）

（引用3入る）かわいい、かわいい、永久にぼくのもの、ね、いいかえ、ただ悲しかったのは名古屋の最後の楽屋のことと、それから酒印をテイシャバに送って行った時、あの時は自分ながら男らしくないと思ったほど心細かった。（中略）

ぼくは妻と一しょに住んでいて、あなただけそんな所へ行かないようにというのはぼくがむりだ。もっともぼくにはあなたが今までにもう何度もあの人と逢っているように思われてならない。そう思わせる所がある。どんな逢いようだかは知らないが、逢ってるでしょう。いつだったかどんな風にだか知らしてちょうだい。え、名古屋から帰って逢わないわけはないでしょう。いつかの電話だってそうだし、あなたがあの人のことだけかくすのもおかしい。ああ、もうよそう、こんなことを考え出すと胸がさけるようになる。どうもじっとしてはいられない。みんなウソだウソだ。ぼくの邪推だ。ゆるしてちょうだい。（中略）

あなたの写真は、この前言ったように首から上だけでいいのです。それをぼくの髪の毛と一しょに懐中へ入れておくから大丈夫。ただ顔が見られさえすればいい。肱つきはどうしてだめ、ハンケチなら、それでもいいから、この次送ってもらう方法を打ち合せてから送って下さい。もし不安なら学校の方において、そこでばかりつかいます。送る前にあなたが使ってあなたのにおいをうつして下さい。羽織のほうはその心持だけでぼくは涙のにじむほど嬉しい。品物はあなたのタンスに入れておいてちょうだい。あなただって今では着物なんかに不自由してないでしょう。その中からそれほどに言って下さるのは、ぼくどんなにうれしいでしょう。その志しだけで沢山、あなた着てはどう？　それよりかもしくれるならばね、いつかジュバンをこしらえて下さい、それも夏じゅばんがよかったが、もう今年はだめでしょう。（中略）

戸山ヶ原の方へ散歩に来た？　少しも知らなかった。逢いたいねえ。この十五日すぎからは途中でぼくちょいちょい逢えるかもしれない。顔だけでも見たいねえ。宅の書生なんか心配するに及びません、あれは何も知っていないはずです。それにしてもあなたに人をこわがらせることを教えたのはぼくね。ぼくがこんなに苦しい恋をさせたからのこと、かんにんしてちょうだい。因縁だと思ってちょうだい。全くふしぎな恋だとぼくは思う。少なくともぼくにとっては、生まれてはじめてこんなに深く深く胸の底から物を思うようになりました。この恋をとり去ったら、ぼくの命はなくなってしまいましょう。

（引用4入る）けれども二人の仲だけは必ず必ず打ち明けっこよ、死のうと生きようと必ず相談することね。本当本当の夫婦よ、心も体も一となることね。あなたのハタには男が多いけれども、ぼくの近くには妻の外には研究所の女か女文学者の一、二しか知ってるものはない。そんなものはあなたの前には人の数とも思ってやしないし、ぼくの愛はすっかりすっかりあなたにささげてあるのだから、一時の浮気じゃないと思ってちょうだい。必ずぼくのほうから変りっこないのだから、あのほうの事はぼくを信じてちょうだい、信じてくれるでしょう？　その代りあなたのほうで変ったら、正直ものの一念で、ぼくはどうなるかわからないと思ってちょうだい。（引用5に続く）

【註】

1　**文芸協会**

会長、坪内逍遥を中心にヨーロッパ的な演劇の導入を目ざし、俳優養成、演劇研究を行う。従来の型を破った新しい女優の誕生や新劇運動に大きく貢献した。

2　**芸術座**

大正2年（1913）、文芸協会を脱退した抱月、須磨子が結成した劇団。『復活』の上演で大当たりをし、有名になる。抱月、須磨子の死により解散。

3　**『復活』**

トルストイの小説を元に、芸術座が公演した大衆劇。大正3年（1914）上演以来、人気に。5年間で444回上演。劇中歌「カチューシャの唄」も大ヒット。

【参考文献・写真提供】

島村抱月の手紙＝河竹繁俊著『逍遥、抱月、須磨子の悲劇』毎日新聞社刊、渡辺淳一著『女優』集英社刊

資料写真提供＝毎日新聞社、日本近代文学館、早稲田大学演劇博物館

平塚らいてうから奥村博への手紙

どんな圧迫がふたりの上に降りかかってこようとも、あなたは私から去らないか

社会運動家 **平塚らいてう**（ひらつか・らいちょう）

明治19年（1886）東京生まれ。官僚の父の許、裕福な家庭に育つ。本名明《はる》。明治44年『青鞜』を発刊し、婦人解放運動を繰り広げる。第二次世界大戦後は世界平和を唱え、昭和46年（1971）85歳で永眠する前年までベトナム戦争終結運動などに尽力した。

画家 **奥村 博**（おくむら・ひろし）

明治24年（1891）生まれ。25歳のとき博史と改名。両親は資産家だったが、親類の借金の肩代わり、父の失明など悲運に見舞われ苦労して育つ。19歳で絵画を勉強。画家として活動するほか、成城学園教師なども務める。昭和39年（1964）73歳で永眠。

【ふたりの恋愛のあらまし】

友人に連れられ博が青鞜社を訪ねてくる。そして、らいてうと博は互いにひと目で恋に落ちてしまう。以後、関係は親密になるが、周囲の横槍で連絡が途絶。翌年、再会した二人の愛は再燃し、さらに翌年、共同生活を始める。二児をもうけ、晩年に至るまで二人は仕事、私生活で支え合った。

あなたの自画像の前で私は静かに読書してゐます。けれど、ふとしたことで私の心はたちまち烈しく波立ちます。そしていつか同じ頁ばかりみつめてゐます。

小母さんが茅ヶ崎から持って来た太田さんの撮ったあなたの写真を留守中にそっと出して何度覗いたことでせう。しまひにはあなたの絵と並べて立てて置いたんです。笑はないで下さい。私は口惜しいからそれを欲しいと小母さんに言ひはしませんでしたけれど、もう駄目です。小母さんはそれを持ってしげをといっしょにゆうべ茅ヶ崎へ帰ってしまひました。

手紙とはがきほんとうに有難う。私がそれをどんなに待ってゐたか、あなたは知って下さいますか。受取った時には全くうれしかった。あなたの詩はほんとにすばらしいのね。ありがたう。ありがたう。ふたつとも今私の懐の中であたためられてゐます。とき〴〵出して飽かず眺めもします。

城ケ島はどんな所ですか、いいところですか、絵になるやうな所が沢山ありますか。どんな絵が出来ましたか、また出来るんですか。いい絵をお描きなさいね。いい絵を描いて早く帰っていらっしゃい。

この月半ばにはあなたとあなたのいい絵を見られることと思って待ってゐます。

記念号はゆうべ遅くできて来ました。さっそくお送りします。一刻も早くあなたにお見せしたいのです。『青鞜』の記念号はやがてふたりの記念号でもあることをどうぞ覚えてゐて下さい。これに私が何も書かなかったことはほんとに残念でしたけれど。

いづれそのうち好い読物を探してお送りしませう。

あなたの手紙の来ない日はどんなに淋しからうと今からそれが案じられてなりません。いい絵をお描きなさいまし、それからいい詩や歌を——

九月三日

らいてう

年下の美男子

冒頭のラヴレターを読めば、これを書いたのは誰か、察しのつく人は多いかもしれない。

そう、この手紙の中の『青鞜』[註1]とか、最後の「らいてう」という名からわかるとおり、この手紙は、明治の女性解放運動家・平塚らいてうが、恋人、奥村博に送ったものである。

このとき、らいてうは満二十六歳、手紙の受取り人である奥村はまだ二十一歳で、詩を詠み画家を目指す美青年であった。らいてうが年上であることは、文中の「いい絵をお描きなさいね」といった言葉づかいにも表れている。

二人の出会いは、このわずか一カ月前、奥村が友人に誘われて茅ヶ崎に行き、そこのサナトリウムで偶然らいてうに会ったばかりであった。このとき、二人は思わず目を見合わせ、互いに強く惹かれるものを感じたが、このころのらいてうの印象を、のちに奥村は自伝的小説『めぐりあひ』で、次のように記している。

顔の輪郭の正しい、小柄ながらバランスの良くとれた充実して生きいきとした小麦色の皮膚。聡明さを現す額。それに懸るどこやらいたづらっけの交った渦巻く煉絹《ねりぎぬ》のやうに柔かい癖毛。いつも中心を動かぬ山の湖を思はす―そのじつ底知れぬパスションを内蔵するかに見える―物を射るやうな茶色の大きい瞳。絶えず何ものかを求めて燃える唇！　そして腹部から腰に連なる線のいっかな物に動じぬ牝豹のやうな、しかし、どこやら未成熟な少女のからだつき。むっちり肉の盛上った、人一倍小さい可愛いい可愛いい子供そのままの手。もし難を言ふならば胸のあたりの寂しさだが、これがこの人と矛盾した静的な印象を見る者に与へることであらう。おしろいけのないのもすっかり彼に気にいった。

こうして二人は急速に接近し、やがて結ばれるが、奥村は五歳年下で、まだ経済力もなかったことから、友人の新妻莞《にいづまかん》から「若い燕《つばめ》」といって揶揄される。以来、この言葉が年下の彼氏を表す言葉として一般に広まることになったが、奥村はまさしく、その第一号であった。

この二人の出会い以前に、らいてう自身は、世間を騒がせるさまざまな事件を起こしていた。

まずらいてうの生いたちだが、本名は明《はる》で明治十九年（1886）生まれ、父の定二郎は紀州藩の士族の出で、明治新政府では農商務省、外務省、会計検査院など官界で活躍した。らいてうはペンネームだが、この由来について、高山帯に棲息する雷鳥の、ふっくらとした感じのなかに潜む優しさに惹かれてこの名をつけた、と述べている。

これ以前、らいてうは十二歳で東京女子高等師範学校付属高等女学校（通称、お茶の水高女）に入学したが、二年生のころから、学校の良妻賢母主義の教育に反発し、三年生のときには級友数名と「海賊組」と称するグループをつくり、修身の授業をボイコットしたりした。それでも無事お茶の水高女を卒業し、日本女子大学家政科に入学して寮に入るが、このころから哲学書や宗教書を読みあさり、本郷教会へ出入りするようになり、さらには禅寺にも通い、さまざまな思索に明け暮れた。

やがて明治三十九年、日露戦争が終るころ日本女子大学を卒業、その翌年には、成美女子英語学校に転入した。ここで評論家の生田《いくた》長江《ちょうこう》らが設立した「閨秀文学会《けいしゅうぶんがくかい》」に参加。四十年夏には岡本かの子を知り、回覧雑誌に「愛の末日」という小説を発表した。

この作品に対して、閨秀文学会の講師であり、夏目漱石の門下であった森田草平から好意的な批評の手紙をもらい、これをきっかけに草平との交際がはじまった。

このころ、草平は妻子は田舎においたまま、他の女性と同棲していたが、若くて向上心あふれるらいてうに強く惹かれ、やがて二人の愛を実現するためには、心中するよりないとする、らいてうに誘われるまま、栃木県塩原温泉郷の峠に向かう。これを知った家族は直ちに警察に通報し、捜索の結果、山中をさ迷っていたところを発見され、無事救出される。

このあと、草平は漱石に引きとられたが、やがて事件のあらましを東京朝日新聞に、『煤煙』[註2]と題して発表し、多くの反響をよんだ。もっとも内容的には、事件のいきさつを草平の側から一方的に書いたもので、らいてうの心情はないがしろにされ、小説としての仕上がりも未熟なものだった。

しかし、らいてうがモデルとなった女性像は、当時としてはきわめて新鮮で、さらに引用されたらいてうの手紙が力強く、リアリティに富んでいたことから、多くの読者に、新しい時代の女性現わる、との印象を与えることになった。

むろん、こうした自己主張の強い奔放な女性の出現に反感を抱く人も多かったが、知識人のなかには積極的に評価する人もいて、このあと東京朝日新聞に連載された「新しき女」の中では「欧洲のフェミニストに比しても、をさ〳〵劣るまじき近代婦人の一型《タイプ》である」と紹介されている。

『青鞜』を発刊

結局、森田草平とは事件発覚とともに別れることになったが、らいてうの男性中心社会と戦う意志は衰えるどころか、さらに強まり、やがて生田長江らの助言をえて、女性だけの文芸雑誌『青鞜』の発行に踏み切る。

この創刊号で、らいてうは長文の「創刊の辞」を書いたがその初めの「元始、女性は実に太陽であった。真正の人であった……」という一文は、同時に掲載された与謝野晶子の「山の動く日来《きた》る」という一節ではじまる『そぞろごと』と題された詩とともに、女性解放運動の原典として、大きな反響を呼び、雑誌はとぶように売れた。

だが『青鞜』のその後の経過は必ずしも順調とはいいかねた。

まず翌年一月号の「附録ノラ」で、家を出ていく妻を正当化した特集は、保守的な人たちの反感を招き、同四月号に載った荒木都の「手紙」という小説が、社会秩序に反するとして、発禁処分を受けた。

くわえて当時、らいてうの身近にいた長身で男装を好んだ尾竹紅吉《こうきち》（一枝）とのあいだに、同性愛的な感情が芽生え、これを肯定するような文章を発表したことから、『青鞜』が異常な女性たちの集まりのような印象を与えてしまった。

さらにらいてうが、社会見学のため編集仲間と吉原に登楼し、泊ったことが新聞にすっぱ抜かれ、女の身で社会道徳を攪乱する不良分子というレッテルを張られてしまう。

しかし新しく編集スタッフにくわわった紅吉らはこれらの圧力に屈せず、さらに派手な雑誌づくりをすすめたが、間もなく紅吉は結核にかかって、茅ヶ崎にあるサナトリウムへ入院し、そこへらいてう自ら移ってきて、『青鞜』編集部が茅ヶ崎へ移ったような騒ぎとなった。

冒頭の手紙を受取った奥村が、らいてうと初めて会ったのは、まさにこのときであった。

女権拡張運動の最先端をすすむらいてうと、五歳年下の若き画学生との運命的な出会いであったが、恋の主導権は常にらいてうのほうが握っていた。たとえばデートのあとも、らいてうのほうから奥村を自室に招き、さらに旅へも誘い、まさに『青鞜』がかかげる女性主導の恋愛であった。

しかし、この恋に嫉妬した紅吉は、奥村へ脅迫の手紙を送り、奥村のほうにも別れをそそのかす者が現れたりして、二人の仲は一時、冷めかける。一方、『青鞜』そのものも発刊後一年を経て、その過激性とともに、らいてうの過去の男性遍歴などを大袈裟に書きたてられ、それを鵜呑みにした人たちから、激しい批判を浴びた。

しかし、らいてうはこれらの中傷に敢然と立ち向かい、当時の結婚制度と女性抑圧の源である家父長制の誤りを訴え続けた。

結婚に当って質問状

この精力的な活動とともに、一時、沈滞していた奥村との仲も復活し、らいてうは家を出て奥村との同棲を考えるが、それに先立ってまず次の八項目にのぼる質問状を送って、彼の真意をたしかめた。

一、今後ふたりの愛の上にどれ程の困難や面倒なことが起らうとも、あなたは私と一緒によく堪へるか。ふたりの愛の真実が消えない限りは外的のどんな圧迫がふたりの上に降りかかってこようとも、あなたは私から去らないか。
二、もし私があなたに結婚を要求するものと仮定したら、あなたはこれに何と答へられるか。
三、もし私が最後まで結婚を望まず、寧ろ結婚による男女関係（殊に今日の制度としての）を憎むものとすれば、あなたはこれに対してどういふ態度をとられるか。
四、もし私があなたに対して結婚はしないが同棲生活を望むものとすれば、あなたはどうされるか。

五、もし私が結婚も同棲も望まず、最後まで別居してふたりで適当の昼と夜をもつことを望むとすれば、あなたはどうされるか。
六、子供についてあなたはどんな考へをもってゐられるか。私に恋愛があり欲望があっても生殖欲がないとすれば、あなたはどうされるか。（以下、七、八は略）

これは見方を変えたら、一種のラヴレターである。一見、愛する男に問いかける形をとってはいるが、これから一緒に暮していこうとする男への、強烈な愛のメッセージともとれる。もっとも内容は、愛し合う男女のあいだでは当然生ずるはずの質問で、文章にするまでもなく、直接話し合って解決できる問題である。それをことさらに文章に表し、あえて恋人に問い詰めるところに、当時の女権拡張運動家の、頭でっかちの世間知らずが現れているといえなくもない。

これを受け取った奥村は、おおいに驚き、困惑した。実際この種のことは質問して答えるというより、互いの態度で感じ、理解すべきものである。しかし年下の穏やかな青年はこれに対して、受験生のように真面目に答えて合格する。いいかえると、年上の女性のおめがねにかなったのである。

かくして二人はまず巣鴨で、着の身着のままの同棲生活を始める。このとき実母に送った手紙を、らいてうは『青鞜』に発表するが、そこでは、「私は現行の結婚制度に不満足な以上、そんな制度に従ひ、そんな法律によって是認して貰ふやうな結婚はしたくないのです」と、いいきっている。

実際の結婚生活もそのとおりに実行し、間もなく、曙生《あけみ》、敦史の二人の子供を産んだが、正式の結婚はしていなかったので、私生児として届け出ざるをえなかった。しかしのちに、長男の敦史が兵隊にとられたとき、私生児では幹部候補生の試験に不利だときかされて、ようやく正式に結婚し、奥村明となった。

こうして、形の上では理想を追ってはみたが、らいてうだけの収入で生活を維持していくのは難しかった。日夜、雑誌の編集と子育てに追われたうえ、奥村が肺結核を患ったことから、大正四年（１９１５）、創刊から五年目にして、らいてうは編集の全権を伊藤野枝にゆずることになる。

これ以来、『青鞜』は女の貞操、堕胎、売春などについて、活発な論争をくり返し、女の性の自立を目指して戦った。

しかし野枝は間もなく恋人大杉栄のもとへ走り、大正五年の初め、通巻五十二号で、『青鞜』は休刊のやむなきにいたった。

しかし、このあとらいてうはその活躍の場を文筆から実践的な運動に広げ、母性保護から女性の参政権獲得を目指して新婦人協会を成し、さらに治安警察法の改正などを訴えて戦った。やがて日本は太平洋戦争に突入し、多くの文化人が戦争協力を余儀なくされたが、らいてうは茨城県に疎開し、一農婦として働きながら沈黙を守り続けた。

戦後、らいてうは再び東京へ戻り、アメリカとの単独講和や再軍備、原・水爆の禁止運動などに参画し、湯川秀樹博士らの「世界平和アピール七人委員会」のメンバーになり、昭和二十八年（1953）には日本婦人団体連合会の初代の会長にもなった。

だが、理想を目指してひたすら走り続けてきた体にもようやく衰えがみえはじめ、昭和四十三年には胆道癌を発病し、三年後の昭和四十六年の初夏、八十五歳でこの世を去った。

いま、らいてうの一生を振り返ると、ひたすら既成の道徳、倫理に果敢に挑み、これをくつがえし、女性の新しい時代を生み出すことに、全力を傾けた戦いの一生であった。

そのエネルギーと行動力は見事としかいいようがないが、同様に、愛においても、男に対しても、自分の意志をおし通し、自分なりの理想の形に拘泥《こだわ》り続けた。

そのやり方に対して、あまりに論理的とか観念的という批判もないわけではないが、ともかく自ら思い、強く戦い、愛においても自らの意志をおし通した、火のように熱い一人の女性がいたことはまぎれもない事実である。

そして恋人への手紙に、自ら思い、願うことを率直に書き綴る。らいてうのラヴレターは、切々たる愛の想いを秘めながら実際は結婚に当っての条件呈示である。それもいまから見ると、かなり男に都合のいい、一つ間違うと、無責任な男や遊び好きの男に悪用されかねない危険をはらんでいる。

だがそういうことには一顧だにせず、堂々と書ききるところに、らいてうの男女の愛に対する初々しさと一途さがよく現れている。

綿々と恋情を綴る情緒あふれるラヴレターもあれば、このように極力冷静さを保ち、理詰めに書こうと努めたラヴレターもある。

それぞれにニュアンスの違いはあるが、その底に愛する思いがあるかぎり、相手の心をとらえ、惹きつける力となることはたしかである。

▶共同生活後もふたりは仲睦まじくデートをした。写真は大正3年伊豆旅行時のもの。

◀大正12年ごろ博が撮影。夫の視点からからいてうの美しさ、強さをよく写し出している。

▶3歳ごろのらいてう（右）と母、姉。豊かな生活がうかがわれる。

◀らいてうは女性に不利な法律上の結婚を拒否。ふたりの子は自分の籍に入れた。

▼大正3年らいてう（右）ほか『青鞜』の執筆陣、賛同者など面々の集い。

◀長沼（高村）智恵子の図案による『青鞜』創刊号の表紙。1周年記念号の表紙は博が担当。

◀らいてうと情死未遂事件をおこした作家、森田草平。小説の執筆ほか翻訳も多く手がけた。

平塚らいてうが博に宛てた手紙

（原文ママ。ただし旧漢字は新字に改めた）

（前略）私は去年あなたから受けたあの手ひどい打撃をいまだに忘れることが出来ませんから、今度私があらゆる困難と犠牲を排して、いよ〳〵ふたりの間に自由の道を拓いて見ると、一番肝腎のあなたは、またシイズンが来たといふのでどこかへ飛んで行ってしまって居ないといふやうなことでは、じっさい世界はまっ暗で、いったい私はどうなってしまふでせう。

私はけふまでも両親に宛てて何度も手紙を書きかけたのですけれど、どうしてもあなたに対する不安が頭をもたげて決心が鈍っては中止して来ました。

私は今改めてあなたの責任ある言葉をたしかめた後に、そして私の意見を述べた上で最後の手段をとらうと思ひます。

それで以下のことに就いてあなたの確かなお返事を頂きたいと思ひます。

八月十七日

一、今後ふたりの愛の上にどれ程の困難や面倒なことが起らうとも、あなたは私と一緒によく堪へるか。ふたりの愛の真実が消えない限りは外的のどんな圧迫がふたりの上に降りかかってこようとも、あなたは私から去らないか。

二、もし私があなたに結婚を要求するものと仮定したら、あなたはこれに何と答へられるか。

三、もし私が最後まで結婚を望まず、寧ろ結婚による男女関係（殊に今日の制度としての）を憎むものとすれば、あなたはこれに対してどういふ態度をとられるか。

四、もし私があなたに対して結婚はしないが同棲生活を望むものとすれば、あなたはどうされるか。

五、もし私が結婚も同棲も望まず、最後まで別居してふたりで適当の昼と夜をもつことを望むとすれば、あなたはどうされるか。

六、子供についてあなたはどんな考へをもってゐられるか。私に恋愛があり欲望があっても生殖欲がないとすれば、あなたはどうされるか。

七、あなたに今の下宿を引越す意志がほんたうにあるのか。それほど引越しを要求してはゐないのか。金さへ都合がつけばいつ越しても差支へないのか。

八、今後の生活についてあなたにどれだけの成算が立ってゐるのか。

【註】

1『**青鞜**』

18世紀半ばのロンドンで、男性と伍して芸術や文化を論じる進歩的な女性たちが青い靴下をはいていたことから揶揄的に「ブルーストッキング」と呼ばれていたのを和訳し、誌名とした。多くの女流文学者や名流婦人などが賛助会員として参加。

2『**煤煙**』

二人の心中行を新聞は「令嬢の紛失」「情死未遂」「今様高襟道行《いまようハイカラみちゆき》」と派手に伝え、「塩原事件」として世間に騒がれた。森田はその事件を題材に、自意識の強い近代青年の悲劇を小説に綴った。

【参考文献・写真提供】

平塚らいてうが奥野博に宛てた手紙＝『婦人公論』中央公論社1956年2月号、3月号掲載の奥野博史著「めぐりあひ」、「いのちひとつに」より引用

資料写真提供＝大月書店『平塚らいてう自伝　元始、女性は太陽であった（全4巻）』、日本近代文学館

竹久夢二から笠井彦乃への手紙

話したいことよりも何よりも、
たゞ逢ふために逢ひたい

画家・詩人　**竹久夢二**（たけひさ・ゆめじ）

明治17年（1884）岡山にて酒の取次販売を営む家に生まれる。独特の女性描写、シンプルな画面構成の絵が人々の支持を得る。また、詩、短歌、童話などの文芸作品も多数残す。昭和9年（1934）病死。

笠井彦乃（かさい・ひこの）

明治29年（1896）東京日本橋にて紙問屋のひとり娘として生まれる。画家を志していた。大正6年（1917）画会に「山路しの」の名で夢二とともに出品するなどの活動も。後に結核を発病。大正9年病死。

【ふたりの恋愛のあらまし】

夢二デザインの品々を売る「港屋」に画家志望だった彦乃が通い、夢二は彦乃に絵の指導をするようになり、やがて相思相愛に。彦乃の父に反対されつつも約1年半、京都で二人は幸せな日々を送るが、結核を発病した彦乃は父により病院に隔離され、夢二と二度と会うことなく死んでしまう。

大正ロマンチシズムの流れのなかで、美しく儚《はかな》い女人像を描いて圧倒的な人気を得た画家、竹久夢二には多くの女性がいたが、なかでも有名なのが、たまき、彦乃、そしてお葉の三人であった。[註1]

最初のたまきは金沢に生まれ、高等女学校を卒業後、日本画家と結婚したが、二十三歳のころに死別し、そのあと兄を頼って上京し、早稲田鶴巻町で「つるや」という絵葉書屋を開いていた。

当時の絵葉書屋は時代の先端を行く派手な仕事で、多くの男女が歌舞伎役者や新派の役者などの絵を求めて群がっていた。

そこにいたたまきは、色白の瓜ざね顔に黒く大きな瞳が印象的で、まさに夢二好みの美人であった。

一方の夢二は明治十七年（1884）に岡山に生まれ、十七歳のとき家出をして上京。翌年、早稲田実業学校に入学したが中退。その後、雑誌にコマ割りの絵などを発表していたが、二十二歳のとき、「つるや」でたまきを知った途端、たちまち恋のとりこになり、以後熱烈なプロポーズをくり返し、翌年ようやく結婚にこぎつけた。

この五年後の明治四十二年、夢二は『夢二画集・春の巻』を刊行したが、これが爆発的に売れ、たちまち時代の寵児となった。この夢二スタイルの美人画のモデルとなったのが、たまきその人であった。

やがてたまきとのあいだに、虹之助、不二彦と、二人の男の子が生まれたが、たまきとの結婚生活は必ずしもうまくいかなかった。この二年後、二人は離婚するが、子供のこともあって、二人の関係は完全に切れたわけではなかった。

哀しき恋人

大正三年（1914）、たまきは人気の出た夢二のデザインによる便箋や千代紙や自画版画などを売る「港屋」を日本橋に開いたが、ここに夢二ファンで熱心に通ってくる美少女がいた。

これが笠井彦乃（しの）で当時十八歳。本郷の女子美術学校に通っていたが、彦乃にはすでに親が決めた婚約者がいた。

だが夢二はこの色白で、笑うと糸切り歯が見える女子学生に惹かれ、彦乃も夢二のファンであるところから、二人は急速に接近する。

この間、夢二とたまきはなおときどき逢い、夢二が嫉妬からたまきに切りつけるという刃傷沙汰をおこしたり、さらに三番目の子供が生まれるなど、別れながらも関係し合うという複雑な状態が続いていたが、その間も夢二と彦乃のあいだは深まっていく。

しかし、日本橋で紙問屋を営む彦乃の父は夢二との交際を認めず、彦乃を監視して無断で家から出ることを禁じた。

逢えなくなって、夢二の彦乃恋しさはさらにつのり、夢二は頻繁にラヴレターを送り続けた。次に示すのは、大正四年の夏、夢二が彦乃へ宛てた手紙である。

たましひのぬけたひとのやうに上野広小路をあるいて、ぼんやりうちへ帰るには帰つたれど、心身にそはず、床《とこ》のうへあふむけになつて、はげしい愛着にぢつとしてゐられないのでした。蚊がぶん〳〵とせめるのも好《よ》い刺撃（激）です。

こうして手紙のくる日までまつてゐるわたしかとおもへば、この日頃のわたしがあはれまれる。

あなたもいとしい、かはいゝ、わたしもかなしい。なんといふ、かなしい、寂しい恋であろう。おもふまい〳〵ゆくすえのことは誰が知ろう。こうしてまつてこがれてゐる今日の日が事実なばかりで、きのふも、あすも知らない。

それにしてからが、いまのいまのこの心のおきどころのわびしさ。

心のひまのないこの頃のやうでは、わたしは死ぬであろう。とりとめて、しつかりと、何も私は握つてゐない不安、やはり、ただひとりのおもふひとがなくては、生きてゐられないわたしをおもふ。
もつと〳〵おどりあがれ、かなしめ、泪《なみだ》よ、太陽の光のごとく、降れかし。
はだかのまゝ、相抱いて、泣かんかな。

この手紙は、間違いなくラヴレターだが、読むうちに、女性に愛を訴えているというより、恋する自分の心情を歌った詩か歌詞のように思われてくる。

このあたりが夢二の手紙の特徴で、女性を愛していながら、いつか女を恋している自分に恋しているような、いわゆるナルシスティックな心情のほうが強くなってくる。

本名の茂次郎を自ら「夢二」と称したとおり、夢見がちの性格はここにも現れていて、それが夢二の才能でもあったが、これを貰った一廻り年下の彦乃は、その歌のような手紙にいささか面喰らったようである。

このあと、大正五年十一月、夢二はたまきと完全に別れて京都へ移り、そこで彦乃が東京から出てくるのを待ち続けた。

以下の手紙は京都へ移った一カ月後、夢二から彦乃に宛てられた手紙である。

（前略）その後はどうしてゐるの。忙しいのだとも、いろんなむつかしいことがあるのだともおもつてゐるけれどたよりがないと気にかゝる。甲州行《ゆき》はどんな風《ふう》。なんだか此頃《このごろ》はむやみと枕がさびしい。村瀬はとりあへず近所へ下宿させ不二彦と二人で暮してゐます。ちこと二人でねてゐても、この子を愛しいとおもふにつけ、やつぱり愛情のやりばがほしい。甲州へゆくなら、こちらへ来られないことはないとおもふに。考へのうへではいつも近いとおもふけれどやつぱり手にふれるやわ肌は遠い。もの、本にある江戸の街をゆく娘のやうに遠くなつかしい。理屈はなしに逢ひたい。甲州ゆきにかこつけて来られるなら切符をおくる。それでなければこちらから出かけても好い。ほんとにちよつとでも逢ひたい。こんなに切ないおもひで淋しがつたことは私はおぼえない。手紙でもよこして呉《く》れなければ随分困るやうにおもはれる。話したいことよりも何よりもたゞ逢ふために逢ひたい。

夢

彦の様

この頃、夢二は次男の不二彦と一緒にいたが、長男の虹之助はたまきが引取り、三男の草一は河合栄次郎という役者の許で養子になっていた。夢二は三人の子供のなかでも次男の不二彦をとくに可愛がり、このあと別の女性と同棲したときも、不二彦を離すことはなかった。

手紙の前半はそれらの事情が記されているが、後半は彦乃恋しさの言葉であふれている。それも逢いたい理由を書くというより、ただ逢いたいの連呼で、欲しくなると我慢できない、駄駄っ子らしい性格がよく現れている。

この手紙に対して、彦乃は短いが冷静な返事を送っている。


　そんなにだゞをこねるものではありません。……信じてまかして下さい。私のむねの中にあるんですから、こん度だめなら、そんないくぢなしなら死んぢまひます。きゝわけてね。

　　川さま　　　　　　　　　　　　　　　　やま

なにも知らずにこれを見たら、母親から息子へ宛てた手紙と見間違うかもしれない。

だが実際は、二十一歳の女性が、すでに一度結婚して三人も子供のいる、十二歳年上の男に宛てた手紙である。


この頃、彦乃は夢二とのことが親に知れて、家に監禁された状態であった。

こんな彦乃に対して、夢二は一刻も早く京都へ逃げ出してくるようにと、矢のような催促をしている。そのあまりの騒々しさに呆れて、彦乃は訓《さと》すように記している。

「そんなにだゞをこねるものではありません」「信じてまかして下さい」「私のむねの中にあるんですから」と、彦乃は彦乃なりに脱出の計画を練っていることを伝えている。さらに、あなたがそんなに我慢のできぬ意気地なしなら、わたしは死んでしまいますよ、と脅かし、最後に「き、わけてね」と、まさしく母が幼い児を宥《なだ》めているようである。

もともと、「いかなる男も、愛する女の前では赤児になる」ものだが、それにしても、この逆転の構図はおかしさをとおりこして、微笑ましくもなる。

ただでさえ、ふらふらとして落ち着きがない。淋しがり屋で一度欲しいとなると待ちきれない。それが男の特性といえばそのとおりだが、夢二はそうした甘えと身勝手さを臆面もなくさらけだし、そのことに彦乃はほとほと困惑しながら、一方では、そんな駄々っ子の夢二が愛おしかったのかもしれない。

手紙の最後に、「川さま」「やま」とあるのは家の者をあざむくための暗号で、川は夢二を山は彦乃をさすが、これも夢二が考えたもので、他愛ないといえば他愛ない。

このあと、彦乃は京都に絵を習いに行く、という口実で巧みに東京を脱出、約束どおり夢二の許へ駆けこんでくる。

これを受けて、夢二は高台寺南門鳥居脇の八坂の塔の見える二階の部屋を借り、最愛の彦乃と晴れて世帯をもつ。

だが新居に落ち着く間もなく、夢二は彦乃を連れて北陸から九州へスケッチ旅行に出かけた。

これら馴れぬ土地での生活は病弱の彦乃には辛すぎたのか、一年後、彦乃は肺結核を発病し、迎えに来た父親によって京都の病院へ隔離される。

だがじき彦乃はそこを抜け出して、再び夢二のところへ舞い戻る。それを知った父親は今度は東京へ連れ戻し、お茶の水の順天堂に入院させ、訪ねてきた夢二は彦乃に会うこともできず追い返される。老舗の堅実な商人であった彦乃の父には、いい年をして甘い言葉をつらねるだけの夢二を許せなかったのである。

以下は東京の病院の病床で、彦乃が夢二に宛てた手紙である。


名を惜しんで下さい。……あたしは静かになれました。どうぞ心おきなうあなたのお仕事大切にして下さい。逢ひたいけれど……

しの

このとき、彦乃はすでに自分の病気が治らぬことを知っていたと思われる。その意味では、この手紙は遺書に近く、それだけ冷静に夢二の行く末を案じ、夢二への溢れる思いを静かに訴えている。

この一年後、彦乃は夢二に逢えぬまま、わずか数え年二十五歳でこの世を去る。

夢二は亡き彦乃を偲び、『山へよする』と題した歌集を出版したが、そのなかの一首を紹介する。

なつかしき娘とばかり思ひしをいつか哀しき恋人となる

このあと死ぬまで、夢二はプラチナの指輪をはめていたが、その裏には「ゆめ35しの25」と彫られていた。ちなみに「しの」は、夢二が彦乃につけた愛称である。

夢追い人

彦乃は死んだが、夢二の女性遍歴は終わったわけではなかった。この前、彦乃が東京の病院にいるころから、夢二は絵のモデルの佐々木カ子ヨ《ね》[註2]を知り、今度は彼女と深い仲となる。

このとき、カ子ヨはまだ十五歳。やはり瞳の大きい色白の女性で、伊藤晴雨《せいう》の縛り絵などのモデルをし、さらに藤島武二のモデルをしながら関係もあったらしく、年齢からは想像つかぬほど大人びていた。

当然のことのように、夢二はカ子ヨに傾き、お気に入りの女性に自分好みの名前をつけていたように、「お葉」と名付け、同棲をはじめる。

お葉は、二年後に妊娠するが、夢二は他の男とのあいだの子ではないかと疑った。幸か不幸か、その子は出産後間もなく死亡したが、その二年後に、カ子ヨが隣家の書生と駆け落ちするという騒ぎをおこし、間もなく戻ってくる。

夢二はこのお葉と結婚することを考え、静養中のお葉への手紙の宛名に、「竹久お葉どの」と記している。だがその直後、徳田秋声の女弟子であった美貌の小説家、山田順子(当時二十四歳)を知るやそちらに惚れ、それを知ったお葉は夢二の許を去り、かわりに順子が夢二の家に入るという慌ただしさだった。

しかしこれも長く続かず、それから七年後の昭和七年(1932)、夢二は単身ヨーロッパへ渡り、各地を廻って帰京。その後、台湾へ行ったが、そこで体調を崩し、昭和九年、信州富士見高原療養所で孤独のまま世を去った。享年五十歳。

ここまで記せばわかるとおり、夢二の一生は女性を求めての、遍歴の一生ともいえるが、その実態は女性そのものを求めてというより、女性がかもしだす儚く可憐な風情を追い求めた、といったほうが当っている。

いいかえると、夢二が追い求めたのは、遠くから憧れの眼差しでみるときの女の風情であり、近づいてともに生活したときの、女の肉体や存在感ではなかった。

女の実態ではなく、理想の虚構だけ求めただけに、ともに暮すと長続きするわけもなく、破局はじき訪れ、また新しい女を求めてさ迷う、ということになる。

その表に現れた遍歴だけをみると、女あさりのドンファンといえなくもないが、その実態は常に女性の美だけを追い求める画家であり、夢追い人であり、かつ現実の人ではなかった。

夢二と関わった女性たちのすべてが、現実の夢二には満たされぬまま、どこかで夢二を憎めず、慕っていたのは、この美の夢追い人という性格と才能を、それぞれに理解し、納得していたからに違いない。

▲大正4年ごろに夢二が彦乃を描いた作品「夏姿」。

◀夢二と彦乃の間にはともに芸術を志す者としての信頼感があった。芸術について語り合い、互いに高め合う間柄だったという。

◀昭和2年の作品。彦乃を偲んだ歌「ぬれて来ばよしや涙にあらずとも　うれしきものを山のおとづれ」が添えられている。

▶装いから仕草まで忠告し、夢二が自分好みの女にしようとしたという、お葉。

◀京都の生活で彦乃は、夢二とたまきの間の子、不二彦に母親のごとく接した。

▶夢二式美人の原点、たまき。夢二の絵のスタイル確立に欠かせない存在だった。

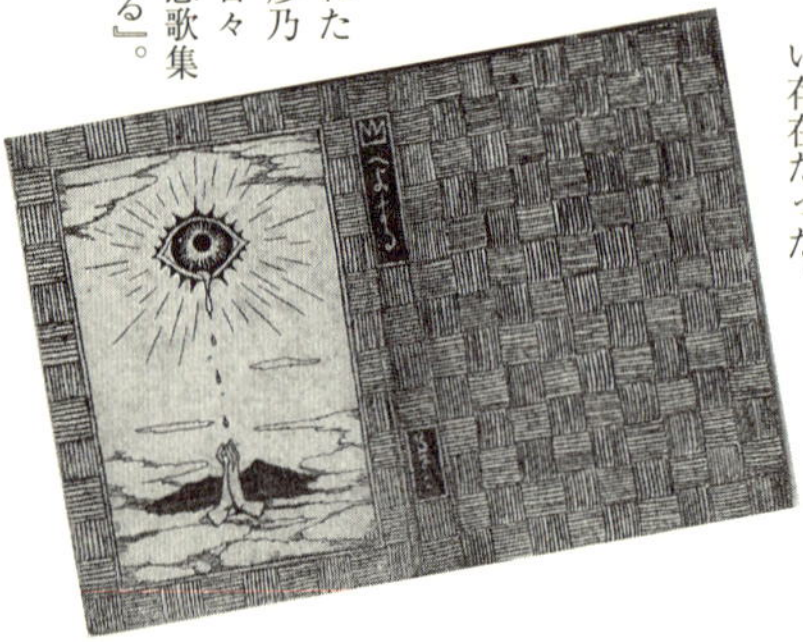

▼彦乃と引き離された夢二が、彦乃との愛の日々を綴った恋歌集『山へよする』。

夢二が彦乃に宛てた手紙

（原文ママ。ただし旧漢字は新字に改めた）

大正四年の夏

たましひのぬけたひとのやうに上野広小路をあるいて、ぼんやりうちへ帰るには帰つたれど、心身にそはず、床のうへあふむけになつて、はげしい愛着にぢつとしてゐられないのでした。蚊がぶん〳〵とせめるのも好い刺撃（激）です。

こうして手紙のくる日までまつてゐるわたしかとおもへば、この日頃のわたしがあはれまれる。

あなたもいとしい、かはいゝ、わたしもかなしい。なんといふ、かなしい、寂しい恋であろう。おもふまい〳〵ゆくすえのことは誰が知ろう。こうしてまつてこがれてゐる今日の日が事実なばかりで、きのふも、あすも知らない。

それにしてからが、いまのいまのこの心のおきどころのわびしさ。

心のひまのないこの頃のやうでは、わたしは死ぬであろう。とりとめて、しつかりと、何も私は握つてゐない不安、やはり、ただひとりのおもふひとがなくては、生きてゐられないわたしをおもふ。

もつと〳〵おどりあがれ、かなしめ、泪よ、太陽の光のごとく、降れかし。

はだかのまゝ、相抱いて、泣かんかな。

大正五年十二月下旬

一昨日から「伊勢」のために図書館通ひをしてゐます。あんまり好い参考品がなくて困つてゐます。彦ちやんの画いた写本はやつぱり絵も好い構図で助りました。下巻があつたらと惜しい気がします。時代錯誤でやつちまふつもりです。春になれば美術学校へいつて絵巻を写すことになつてゐます。その後はどうしてゐるの。忙しいのだとも、いろんなむつかしいことがあるのだともおもつてゐるけれどたよりがないと気にかゝる。甲州行はどんな風。なんだか此頃はむやみと枕がさびしい。村瀬はとりあへず近所へ下宿させ不二彦と二人で暮してゐます。ちこと二人でねてゐても、この子を愛しいとおもふにつけ、やつぱり愛情のやりばがほしい。甲州へゆくなら、こちらへ来られないことはないとおもふに。考へのうへではいつも近いとおもふけれどやつぱり手にふれるやわ肌は遠い。ものゝ本にある江戸の街をゆく娘のやうに遠くなつかしい。理屈はなしに逢ひたい。甲州ゆきにかこつけて来られるなら切符をおくる。それでなければこちらから出かけても好い。ほんとにちよつとでも逢ひたい。こんなに切ないおもひで淋しがつたことは私はおぼえない。手紙でもよこして呉れなければ随分困るやうにおもはれる。話したいことよりも何よりもたゞ逢ふために逢ひたい。

彦乃が夢二に宛てた手紙

（原文ママ）

そんなにだゞをこねるものではありません。……信じてまかして下さい。私のむねの中にあるんですから、こん度だめなら、そんないくぢなしなら死んぢまひます。きゝわけてね。

やま

川さま

名を惜しんで下さい。……あたしは静かになれました。どうぞ心おきなうあなたのお仕事大切にして下さい。逢ひたいけれど……

しの

【註】

1　たまき

夢二より2歳年上。夢二と離婚しながらも、その後約10年間、同棲と別居を繰り返した。死別した前夫が日本画家だったため、夢二に日本画の技法を伝授したという。

2　佐々木カ子ヨ（お葉） ささきかねよ（およう）

20歳年上の夢二を「パパ」と呼び、夢二も父のように接した。が、お葉をモデルとしつつも彦乃を思い浮かべる夢二と争いが絶えなかった。夢二と離別後、医師と結婚。

【参考文献・写真提供】

竹久夢二が笠井彦乃に宛てた手紙＝関川左木夫編『夢二の手紙』講談社刊、長田幹雄編『夢二書簡』夢寺書房刊より引用

笠井彦乃が竹久夢二に宛てた手紙＝『ＳＯＰＨＩＡ』講談社刊、１９９９年４月号、竹久夢二著『山へよする』新潮社刊より引用

資料写真提供＝竹久夢二美術館

柳原白蓮から宮崎龍介への手紙

こんな怖しい女、もういや、いやですか、さあどうです、お返事は？

歌人 **柳原白蓮**（やなぎはら・びゃくれん）

明治18年（1885）東京生まれ。父、伯爵柳原前光、母、元柳橋芸者。大正天皇のいとこ。本名、燁子《あきこ》。明治44年伊藤伝右衛門と結婚。歌集などを発表する。後に龍介と結婚し2児出産。昭和42年（1967）没。

国家社会主義運動家・弁護士 **宮崎龍介**（みやざき・りゅうすけ）

明治25年（1892）熊本生まれ。父、宮崎滔天《とうてん》（中国革命の援助者）の影響を受け、東大在学中から社会主義運動をする。卒業後、社会民衆党中央委員などを経、民族主義運動に専念。戦後、弁護士に。昭和46年（1971）没。

【ふたりの恋愛のあらまし】

白蓮の戯曲『指鬘外道《しまんげどう》』を舞台にする許可を得るため、大正9年（1920）龍介が白蓮を訪ね、以後、親交と愛は深まっていく。大正10年白蓮は夫への絶縁状を新聞に発表して出奔。しかし、「白蓮事件」と騒がれ、二人は離ればなれとなる。ともに暮らせるようになったのは2年後だった。

今日飯塚君と出会ひました。お芝居をいよいよ六月二日から六日まで市村座でやることに決定しました。役者の顔ぶれはほぼ従前通り、二、三変更を見るかもしれません。もしご都合が出来たらご上京なさいませんか。

山田耕筰氏に会ひましたらまだ楽譜の原稿が出来ていませんそうで、至急書いて貰ふことに致して置きました。指鬘外道[註1]の方は着々進行しております。

日暮れてから夕立が車軸を流すほど激しく降つています。轟々と電雷が閃めき怒つております。だんだん暖かくなるしるしでせう。蛙がよろこんで啼いています。愈《いよいよ》夏の気分が致します。やがて蛍も飛ぶでせう。私は毎日夏の来るのを楽しみにして明け暮らしています。こんなに一途に思ひ焦がれるようには誰がしたのでせう。私にはこんなことは今迄にないこと、不思議な運命だとひとり存じています。まるで赤児が母さんの乳房を欲しがるように……。あなた毎日どんなことを考へていらつしゃるのですか。時々はこちらのことも考へて下さるのか。

龍介

私の今日までの事は何もかも貴方に言つてしまつた。もう何もありはしない。人魚の如く刺された人がもしあるとすればそれはその人が悪いのです。貴方は私を裏切る事はしますまいね。こんどももしも貴方までが男といふものはこんなものだと憎むべきものを私に見せたら、私でもなく人魚の如くに古草履よりもた安くほうり出してしまふかもしれない。否それよりももつと恐ろしい事をやるかもしれない。私にもし悪魔的な所があればそれは皆男が教へたのです。又会つて話は山ほどあります。私は貴方を信じていますよ。わかりましたか。

やつぱり六月はゆきますまいね。山田さんもいやに待ち焦がれている。他にも誰がゐるやら。何しろなぜか私にはなぜこんなに人の誘惑が強いのやら。人の情けと世の無情が悲しくつらい。どうぞ私を私の魂をしつかり抱いてて下さいよ。あなた決して他の女の唇には手もふれては下さるなよ。女の肉を思つては下さるなよ。あなたはしつかりと私の魂を抱いてて下さるのよ。きつとよ。少しの間もおろそかな考へを持つて下さるなよ。

夏にはあひませう。今はあまり人々の視線が強すぎて私は目がくらみそうですから。そして妬みの焔の中に貴方を入れ度くないから。貴方が卒業してしまつたら或はその嫉妬の焔の中になげ出して見て、これ見ろと人々に見せつけるかもしれない。覚悟していらつしやいまし。こんな怖しい女、もういや、いやですか。いやならいやと早く仰い。さあ何うです。お返事は？

龍さま

蓮

人妻と東大生

冒頭の男から女への手紙、これを書いたのは当時（大正十年）二十九歳で、東京帝国大学の学生であった宮崎龍介である。父滔天[註2]は明治から大正にかけて活躍した情熱的な憂国の革命家であっただけに、その影響を受けてか、東大では仲間と『解放』という雑誌を出し、貧しい労働者たちを救う社会運動をやっていた。

続く女から男への手紙。これを書いたのは当時三十六歳の柳原白蓮。明治十八年、柳原前光伯爵の次女として生まれ、このときは九州の炭鉱王といわれた伊藤伝右衛門の許に嫁いでいた。これ以前、白蓮は華族女学校を中退して北小路資武と結婚したが五年後に離婚。そのあと東洋英和女学校に入り、在学中に竹柏会にくわわり、[註3]佐《さ》佐《さ》木《き》信綱《のぶつな》に師事して歌誌『心の花』に短歌を発表していた。

伊藤家へ嫁いだとき、白蓮は二十六歳。夫の伝右衛門は五十一歳で、ふたりのあいだには二十五歳の年齢の開きがあった。しかし屋根を銅で葺いた「あかがね御殿」と呼ばれた豪邸に住み、その美貌と才能から「筑紫《つくし》の女王」と呼ばれていた。

この白蓮が龍介を知ったのは、白蓮が『解放』に書いた戯曲、「指鬘外道」を舞台にかける許可を得るため、龍介が九州まで訪ねていったのが、きっかけであった。

もともと華族の娘でありながら、請われるままに九州の大金持ちに嫁ぎはしたが、夫を愛せず悶々としていた白蓮にとって、七歳年下とはいえ、知的で情熱的な龍介は、砂漠でめぐり合ったオアシスのように思えた。

一方、若さと好奇心にあふれる龍介にとって、不幸の翳りのある美貌の人妻は、妖しく魅力的な存在であった。

最初の手紙は、この二人が京都で秘かに会い、体を許し合ったあと、互いにつのる思いをラヴレターに託したものである。

龍介の手紙は、前半は芝居の話が中心だが、途中から季節の描写に変り、最後になって一気に白蓮への思いを叩きつけている。若いだけに言葉は強いが簡潔で、「赤児が母さんの乳房を欲しがるように」と、年上の女への甘えまで滲ませている。

このように、まず用件を前面に出しながら、途中からラヴレターに変るのは、よくある書き方で、男独特の照れかくしともいえる。

これに比べると白蓮の手紙ははるかにストレートで激しい。時候の挨拶も自らの近況報告もなく、いきなり「貴方は私を裏切る事はしますまいね」と切り込み、「私は貴方を信じていますよ。わかりましたか」と、年上の女性の強さと一途さを前面におし出している。

男の、東京に出て来ないかという誘いに、行けないと答えているが、このころ北九州から東京までは汽車と船を乗り継いでまる二日もかかる長い旅であった。もっともここでは、自分がいろいろな男たちの注目の的になっていることを理由としてあげているが。

そのあと、「あなた決して他の女の唇には手もふれては下さるなよ。女の肉を思つては下さるなよ。あなたはしつかりと私の魂を抱いてて下さるのよ。きつとよ。少しの間もおろそかな考へを持つて下さるなよ」の一文はさらに激しく率直である。このたたみかけるような文章の中に、白蓮の燃える思いが噴き出ている。

そして最後に、「覚悟していらつしやいまし。こんな怖しい女、もういや、いやですか。いやならいやと早く仰い。さあ何うです。お返事は?」

ラヴレターを書くときは往々にして、相手の本心を知りたい、探りたい気持が先行して疑問形をつかうことが多くなる。実際、龍介の手紙も最後は、「考へて下さるのか」と軽い疑問形になっているが、それに対して白蓮のそれはよりはっきりと「?」をつけて終わる。しかもその前の「いや、いやですか」と問い詰める激しさは、男の比ではない。

数多いラヴレターのなかでも、これほど迫力のある終り方のラヴレターは珍しい。

ラヴレターのひとつの効用は、書いているうちに心が高ぶり、目前に相手がいないこともあって、実際に思っている以上に強く書いていけることである。恋は一種の凝縮作用だから、愛の思いが高ぶり凝縮することで、一層、相手への説得力が増してくる。もっとも、ときにはそれが強すぎて相手をたじたじとさせ、怯えさせることもないわけではないが。

事実、龍介はこの白蓮からの手紙を見るうちに、不安な気持にとらわれた。このままなにか白い魔女にとり込まれ、食べ尽くされるような不安さえ覚えた。

だが、その不安がまた一方で、女人への好奇心と怖いもの見たさをかきたて、さらに恋心がつのっていく。

このあと、二人の絆は一段と深まり、やがて白蓮は龍介の子供を身ごもったのを知り、伝右衛門の許から去ることを決意する。

夫へ絶縁状

大正十年（１９２１）十月二十日、白蓮は夫とともに上京した機会をとらえて、突然行方をくらまし、翌々日の朝日新聞に、夫、伊藤伝右衛門に対する絶縁状が掲載された。

この日の朝日新聞の社会面は白蓮と龍介の写真とともに、全面をつかって白蓮の失踪事件を伝え、「同棲十年の良人を捨て、、白蓮女史情人の許に走る」「冷たい涙の同棲十年の生活、坑夫上りの無理解に虐げられた艶姿」といった見出しが躍っている。

絶縁状はたしかに白蓮が書いたものだが、新聞にまで公表されたのは、いち早く白蓮出奔の噂をかぎつけた同社の記者をおさえ、伊藤家から無事脱出するための交換条件でもあった。

その絶縁状は堂々として淀むところがなく、かなり以前から、白蓮がこの日のために書き記していたことがわかる。

初めにまず、「私ハ今貴方の妻として最後の手紙を差上げるのです」と述べたあと、これまで結婚がうまくいくよう、自分なりに努めてきたことを告げている。

しかしその期待と努力はすべて水泡に帰したといい、その最大の理由として、夫伝右衛門に仕えている女性のなかに、明らかに肉体関係があると思われる者がいたこと、また家庭の主婦としての実権を他の女性に奪われていたこと、などを訴えている。

この白蓮の指摘は当っていて、結婚前から伊藤家では、実際の主婦の仕事はサキという女中頭に委ねられ、伝右衛門のまわりにはなお多くの肉体関係のある女性が仕えていた。いわば妻妾同居のような感じで、正妻とはいえ、白蓮は床の間の飾りもののような存在であった。

もっとも伝右衛門の側からすれば、華族育ちのお嬢さまでは、雑多な人間が出入りする家庭のすべてを切り盛りするのは大変だろう。さらに書や歌が好きな白蓮に、できるだけ自由な時間を与えてやりたい、という気持があったこともたしかである。また伝右衛門のまわりに妾らしい女性がいたことも事実だが、当時、大家や大店の主人のまわりにその種の女性がいることは、かくべつに珍しいことではなかった。

しかし白蓮には、そんな状態に耐えるだけの気力も、また耐えねばならぬほどの理由もなかった。絶縁状では、これまでの夫婦生活への不満を堂々と訴えたあと、「私といふ貴方の妻の価は一人の下女にすら及ばぬ」と断じている。

さらに二伸として、これまで伝右衛門から貰った宝石類は書留郵便で返送すること、残してきた衣裳などは目録通りみなに分け与えて欲しいこと、白蓮自身の実印は送らないが、もし名義変更などで必要なことがあれば、いつでも捺印すること、などを記している。

まさに見事としかいいようのない絶縁状だが、いまからは想像もつかない旧弊な時代だけに、これを読んだ読者は驚き、大騒ぎとなった。

いわゆる、世に名高い「白蓮事件」だが、ここで一気に、夫であった伊藤伝右衛門と愛人の宮崎龍介の存在がクローズアップされる。

なかでも伝右衛門は、妻に絶縁状を叩きつけられたうえ、妻に逃げられた夫として、多くの人々の好奇の眼にさらされ、立場を失う。しかし伝右衛門は、その後の新聞記者などのインタビューには、「自分には思いがけないことで、まったく心当たりがない」、というだけで、あからさまに白蓮を批難することはなかった。

一方、龍介も白蓮を拐《かどわか》し、かくまった男として伝右衛門に劣らぬ好奇の眼にさらされたうえ、世間のあまりの反響の大きさに怖くなって一時は姿をかくし、白蓮ともども姦通罪で告発されることを怯えるうちに、肺病になった。

このあたり、白蓮の終始毅然とした態度に比べて、男の龍介はどこかひ弱で腰が定まらない。

事件に関する世論は、初めのうちこそ白蓮のほうにやや好意的であったが、伝右衛門の余計なことを語らず、逃げていった妻への寛容な態度を見るうちに、白蓮の我儘とする意見も増えてきて、賛否両論から、やがて白蓮非難のほうが勢いを増してきた。とくに女性のなかに、白蓮の行動を支持する人が少なかったのも、意外といえば意外であった。

このあと、白蓮はかねての計画どおり龍介の実家に身を寄せたが、兄嫁や姉の説得で柳原家に戻り、一種の軟禁状態におかれ、龍介とは一切連絡がとれなくなった。

そんな状態のなかでも白蓮は一人で龍介の子、長男香織を出産する。さらにそのあと京都の大本教本部に身を寄せ、ここでようやく龍介と再会する。

事件から二年後の大正十二年、関東大震災が起き、それとともにさしもの大スキャンダルもようやく下火となり、二人はともに暮らすことになるが、この年の十一月、白蓮は龍介とのスキャンダルが因で華族の身分を剝奪された。

二人が正式に婚姻届を出したのはこの二年後で、この年、白蓮はさらに長女蕗苳《ふき》を出産した。

一方龍介は社会民衆党中央委員となり、昭和に入ってからは国民議会や全国大衆党などを結成し、民族主義、あるいはアジア各国の独立運動などに関わり、のちに弁護士となった。

こうして一家はようやく、普通の家族に戻ったようにみえたが、長男の香織は太平洋戦争で戦死し、その悲しみに耐えて白蓮は歌をつくるかたわら、「国際悲母の会」などを結成し、全国各地で講演などをおこなった。

一方、伝右衛門は、事件のことについては口を閉ざしたまま昭和二十二年（1947）に死亡した。

その後、白蓮、龍介夫婦は互いに愛し合いながら年を重ねたが、昭和四十二年、白蓮は一生を賭けてとび込んだ夫龍介に優しく看とられて死亡し、その四年後に、あとを追うように龍介も亡くなった。

二人の晩年は、一時代を揺るがしたスキャンダルの当事者とも思えぬ、穏やかで満たされた生涯であっただけに、灼熱の恋は最後に、それまでの悲しみと忍耐を補うに余りある、豊かな結実を得たともいえる。

いずれにせよ、その恋が何百通ものラヴレターを交わし合うことによって高まり、燃え上がったことは事実で、ラヴレターが二人の恋を成就させる原動力となったことはたしかである。

恋をするからラヴレターを書くのだが、ラヴレターを書くことによって、相手への思いはさらに募《つの》り、それで相手も燃え、ともに惹きつけられていくのである。

◀伊藤伝右衛門は、行商から身を起こし、「筑紫《つくし》の炭鉱王」と呼ばれるまでの財をなした。白蓮出奔後、龍介を姦通罪で訴えることをせず、復讐を申し出た炭坑の男たちも止めるなどの男気もあった。右：伝右衛門と結婚当時の白蓮は豪華な暮らしぶりから「筑紫の女王」とあがめられた。

◀伝右衛門、白蓮が住んでいた豪邸「あかがね御殿」。

▶大正10年10月22日、23日の朝日新聞は、白蓮が夫に宛てた公開絶縁状や駆け落ちに関し、大々的に報じた。美貌の歌人、白蓮は女性たちのあこがれとして、女性誌のグラビアにも度々、登場するほどの有名人であったため、「白蓮事件」への世の関心は非常に高かった。

◀晩年を幸せに迎えたふたり。心臓病を患った白蓮の下の世話に至るまで龍介は自ら行い、最期を看とった。

白蓮が書いた夫への絶縁状

（原文ママ。ただし旧漢字は新字に改めた。新聞に掲載されたのはこれをもとに龍介の友人が書き直したものだった）

伊藤主人へ

私ハ今貴方の妻として最後の手紙を差上げるのです。

今、私がこの手紙を上げるといふ事ハ突然であるかもしれませんが、私としてハ寧ろ当然の結果に他ならないのです。或ハ驚ろかれるでせうが、静かに、私のこれから申上げる事を一通りお聞き下さいましたなら、つまりは、私が貴方からして導かれ遂に今日に至つたものだといふ事もよく御解りになるだらうと存じます。

そもそも私と貴方との結婚当時からを顧みなぜ私がこの道をとるより外に致方がなかつたかといふ事をよくお考へになつて頂き度いとおもひます。

ご承知の通り、私が貴方の所へ嫁したのは、私にとつては不幸な最初の縁から離れて、やうやう普通女としての道をも学び此度こそは平和な家庭に本当の愛をうけて、生き度いと願つて居ました。然るにたまたま縁あつて貴方の所へ嫁す事に定まりました時、貴方は或ハ金力を信頼して来たかとでもお思いだつたかは知りませんが、私としては、年こそは余りに隔てあるものの、それも却つて此の身を大切にして下さるに異ひハなく、学問のない方との事も聞いたれど、自分の愛と誠を以つて及ばずながら足らぬ所ハ補つて貴方といふものを少しでも大きくして上げ度いと思つて居りました。私自身としては貴方の愛と力とを信頼して生きて行き度いと思つて居ました。言ふ迄もなく貴方はまづ誰よりも強く自分を第一に愛して頂けるものと信じて居たればこそです。

貴方はどの様に待遇して下されたかといふ事を思ひ出すとき、私は何時でも涙ぐむ斗りです。誰一人知る人もない中に頼むは唯夫一人の情けでした。家庭といふものに対しても、足らぬながらも主婦としての立場を思ひ、相当考へも持つて来ました。然るにその期待ハ全く裏切られて、そこにはすでに、私の入るより以前から居る女中サキが殆ど主婦としての実権を握り、あまつさへ貴方とは普通の主従の関係とはどうしても思へぬ点がありました。それは貴方が、私よりも彼女を愛して居られたからです。貴方が建設された富を背景としての社会奉仕の理想どころか、私はまづこの意外な家庭の空気に驚かされてしまいました。

ことある毎に常に貴方はサキの味方でした。

私ハ主人の妻でありながら我家で召使ふ雇人一人を何うする事も出来ませんでした。（中

略）

実に私といふ貴方の妻の価は一人の下女にすら及ばぬのでした。（中略）御別れに望んで一言申上げます。とまれ十年の間、欠点の多いこの私を養つて下された御恩を謝します。

この手紙は今更貴方を責め様として長ながしく書いたのではありませんが、長く胸に畳んでゐた事を一通り申しのべて貴方の最後のご理解を願ふのです。

終わりに望んで、私の亡き後の御家庭ハ、却つて平和であらうと存じます。第一艶子殿の為めにも幸であるべく、さすれば、貴方としても御心配が少なくなり、何事も私の愛する者は憎く私の嫌ひなものは可愛いといふふしぎ、貴方のその一番私に辛かつた御心持ちも、私さへ居ずば、凡ての人々を明らかに善と悪とを見分けられる正しい御目を持つ事の御出来になるのが、家族の者のどんなにか幸福となる事でせう。

女心といふものは、真に愛しておやりなさりさへすれば心から御慕ひ申す様になる事は必定。何卒これからはもう少し女といふものを価つけてご覧なさる様、息子の為めにも又貴方の御為めにもお願ひ申して置きます。

【註】

1 **『指鬘外道』**

白蓮が書いた戯曲。仏話に基づいた内容で、肉欲に負けてしまう男女を描き出した。のちに龍介などの手により舞台にかけられる。その舞台稽古に白蓮は上京して立ち会い、龍介との愛を育んだ。

2 **宮崎滔天**

明治・大正期の志士。社会主義やアジア問題に深い関心をもち、中国革命運動調査のため中国に渡る。帰国後、来日中の孫文と交遊し、中国革命の援助につくした。宮崎家に来た白蓮を温かく迎えたという。

3 **佐佐木信綱**

明治・大正・昭和の歌人、国文学者。与謝野鉄幹らと「新詩会」をおこし歌壇の革新をはかり、短歌、唱歌などの創作にも力を入れた。また、和歌、歌学の史的研究、外国語訳などに多くの業績を残した。

【参考文献・写真提供】

白蓮と龍介の手紙、絶縁状＝林真理子著『白蓮れんれん』中央公論社刊より引用

資料写真提供＝日本近代文学館、西日本新聞社、毎日新聞社

資料提供＝朝日新聞社

有島武郎から波多野秋子への手紙

あなたが私を愛し、私があなたを愛する、その気持を如何に打破することもできません

作家 **有島武郎**（ありしま・たけお）

明治11年（1878）東京生まれ。裕福な家庭で育つが、自分の農地を小作に解放するなど人道主義者だった。明治42年安子と結婚。7年後死別。大正6年から本格的に作家活動に入る。大正12年（1923）自殺。

編集者 **波多野秋子**（はたの・あきこ）

明治27年（1894）実業家の父、新橋芸者の母の間に生まれる。実践女学院在学中に波多野春房と出会い、翌年結婚。青山女学院英文科卒業後、大正7年（1918）『婦人公論』編集部に入社。大正12年自殺。

【ふたりの恋愛のあらまし】

秋子が編集長の命で有島に原稿依頼に行ったのが出会いだった。以後、秋子は有島にしきりに接近。最初、相手にしなかった有島もしだいに引かれていく。有島は幾度か別れを試みるが結局できず、秋子と結ばれる。秋子の夫春房に発覚し、追いつめられた二人は情死することで愛を成就させる。

一通のラヴレターも、その出されたときと、そのときの二人をとり巻く事情によって、思いがけない内容になることがある。

ここにかかげる有島武郎から波多野秋子に宛てられたラヴレターは、まさにその代表的なものかもしれない。

十五日のお手紙大変にいゝ御手紙。これですつかりあなたの御気持ちがわかりました。私の所謂ABのことがあなたのつきつめた心に実感となつて現はれた事がよろこばしい。で今日あなたに約束した御宅に上る事を私はひかへました。五分を待つのにもそれ程の苦しみをして下さるあなたに二時間を空しくお待たせするのを考へると私は自分が苦しく思ひますけれども強ひて自分を縛ります。それは私が次ぎのやうな結論に達したからです。

愛人としてあなたとおつき合ひする事を私は断念する決心をしたからです。あなたにお会ひするとその決心がぐらつくのを恐れますから、今日は行かなかつたのです。私は手紙でなりお目にかゝつてなり、波多野さんに今までの事をお話してお詫びがしたいのです。

あなたが私を愛し、私があなたを愛するその心持を如何に打破ることも出来ません。自然を滅却することが出来ない以上は出来ません。けれども純な心であなたを愛し、十一年の長きに亘《わた》つて少しも渝《かは》らないばかりでなく、益々その人をいとしく思はせる程の愛情をそゝいで居られる波多野さんをあざむいて、愛人としてあなたを取りあつかふことは如何に無恥に近い私にでも迚《とて》も出来る事ではありません。波多野さんの立派な御心状が私の心まで清めてくれます。美しい心の美しさを私はしみ〴〵尊くなつかしく感じます。あなたも波多野さんの前に凡ての事実を告白なさるべきだと思ひます。而してあなたと私とは別れませう。短かい間ではあつたけれども驚く程豊に与へて下さつたあなたの真情は死ぬまで私の宝です。涙なしには私はそれを考へることが出来ません。(中略)

脅迫された二人

この手紙を書いたのは、当時文壇の寵児であった作家有島武郎。そしてこれを受取ったのは『婦人公論』の美人編集者で、有島の担当であった波多野秋子である。

有島は明治十一年、薩摩島津家の陪臣《ばいしん》出身で大蔵官僚であった父武、母幸子の長男として生まれ、学習院にすすんでときの皇太子の学友でもあった。このあと、札幌農学校にすすみ、さらにハーバード大学で学んだあと、北大の前身である東北帝国大学農科大学の予科教授となった。

このあと武者小路実篤らと『白樺』[註1]の同人となり、創作活動をはじめた。家庭には妻安子とのあいだに三人の男の子供がいたが、安子は大正五年（1916）に死亡、その後、子供と一緒に生活しながら、本格的に小説を書きはじめた。

一方の秋子は有島の十六歳年下の明治二十七年（1894）生まれ。母は新橋の芸者で父は実業家であった。

秋子の美貌は『婦人公論』[註2]に入社したときから有名で、当時、秋子と同僚の滝田哲太郎という編集者は次のように記している。

「（波多野秋子さんは）背は高く、肉づきも程良く、血色もよく、殊に眼が大きく活《いきいき》と輝き、顔の輪郭や鼻の形などはギリシャ型で、何処から見ても先ず言い分のない美人と云ってよかった。（中略）街上《とおり》を歩いている波多野さんと擦れ違って、振り返らぬ男も女も殆んど無かったようである。芝居や角力に一所に行っても、随分遠方の方から（男たちが秋子に）双眼鏡《めがね》を差し向けているのをよく見かけた」

だがこのとき、秋子は英語の家庭教師であった波多野春房[註3]と結婚していた。二人が結ばれたのは、秋子が十九歳のときで、当時としても早婚であったが、春房はすでに結婚していた妻と離婚してまで、秋子に惚れこんでいた。

冒頭のラヴレターの中で、「波多野さんをあざむいて、愛人としてあなたを取りあつかふことは如何に無恥に近い私にでも迚も出来る事ではありません」とあるのは、秋子の夫、波多野春房のことをさしているのである。

むろん秋子が結婚していたことは、有島も知っていたが、秋子が有島に原稿を頼みにいったことから、二人は急速に親しくなり、やがて愛し合うようになる。

当時、売れっ子ながら容易に原稿を書かなかった三人の大物作家、有島武郎、永井荷風、芥川龍之介らが、秋子に依頼されると簡単に承諾して書いたことから、文壇の三大奇蹟とまでいわれていた。

そのなかで、すでに妻を失い、かつハンサムであった有島と秋子が結ばれたのは、ごく自然の成り行きといえなくもない。

大正十二年四月、有島は秋子の家に招かれ、二人は初めて結ばれた。

このとき、秋子の夫の春房は旅行に出かけて不在だったが、突然舞い戻り、そこで二人が密会していたことを知られてしまう。のちに、それは世知にたけた春房が仕組んだ罠であったと気がつくが、すでに遅かった。

このあと嫉妬に狂った春房は有島に、「それほどおまえの気に入った秋子なら喜んで進呈しよう。しかし俺は商人だ。ただでは引き渡せないから代金をよこせ」「終生、お前を苦しめてやる」などと脅迫した。

これに対し有島は、「自分の命がけで愛している女を、僕は金に換算する屈辱を忍び得ない」

といって、春房の要求を突っぱねた。

こうした背景を頭に入れて、このラヴレターを読むと、二人の立場がよくわかってくる。

このとき、有島は脅迫される苦しさと、他人の妻をかどわかしているという罪の意識から、秋子と別れることを決意した。一方の秋子は有島を愛していながら、夫春房の束縛から完全に逃れる決心まではつきかねていた。

当時はまだ姦通罪があって、夫は、不貞を働いた妻とその相手の男性を訴えることができ、それが事実とわかると、二人とも刑に服さなければならなかった。

むろん春房は告訴することをちらつかせながら、執拗に有島に迫り、求道的な小説を書いていた有島は窮地におちいっていた。

このような事情の下で、ラヴレターはさらに続く。


勿論誤解はして下さらぬと思ひますが、私は決して嫉妬や激情から此手紙を書いてゐるのではありません。心の中のほがらかな光によつてこれを書いてゐるのです。

あなたが自分では迚も死ねないと仰有る言葉なぞも私にはよく解ります。而してあなたのそのやさしい心をなつかしく思ひます。死んではいけません。

波多野さんの為めに私の為めに一日でも長く生きてゐて下さい。あなたとはお目にかゝれない運命に置かれてもあなたの此世に於ける存在を感じてゐられる事は矢張り私のよろこびです。さうです。私も私の子供に帰ります。三人の子供を私は恋人とします。全くあなたとの地上の交渉を絶つてあなたを愛し続けるのは波多野さんも憐んで許して下さるでせう。許して下さらなかつたところがそれを如何することも出来ない事ではありますが……

然し波多野さんが同情と理解とを持つて下されば私としては矢張りうれしいことです。あなたも如何か凡ての事を静かに考へて下さい。殊に私が波多野さんにお詫びをしたいといふ取りつめた考へを考へてゐゝ方法を示して下さい。

溺れ易く感じ易い私の心といふよりも（今までの）行為を笑はないで下さい。私は私のこの弱点を矢張り憐れみ愛せずにはゐられません。私は生涯かゝる弱点に苦しみぬく男でせう。恋愛事のみならずすべてのことの上に。

私の恋愛生活は恐らく是れが最後ではないかと思ひます。この次ぎに若し来るとしたらそれは恋愛と死との堅い結婚であるでせう。

つまらないことを云ひ過ぎてゐたらすべてそれを無視して下さい。まだ書けてそれがいつまでも書き続けさうです。然しそれにはきりがないから。

愛惜と未練

ラヴレターはここで終っている。

ここまで読めばわかるとおり、これは明らかに別れのラヴレターである。冒頭間もなく「愛人としてあなたとおつき合ひする事を私は断念する決心をしたからです」と、きっぱりと書いている。

その理由は先に記したように、秋子の夫波多野春房に二人の情事を知られ、脅迫まがいの激しい非難を受けていたからである。向こうみずのヤクザじみた波多野に、知識人の有島はかなり脅えていた。

そんな状態のなかで、肝腎の秋子は波多野に対して毅然とした態度をとらず、いまひとつ未練あり気なところが、有島の気持ちを苛立たせた。むろん秋子にとって春房は、長年一緒に暮らした夫であり、それなりに自分を愛してくれた男であるだけに、きっぱりした態度をとれなかったのも無理はなかった。たとえ夫が卑劣なやり方で自分たちのことを怒り、有島を脅迫したからといって、もともと非があるのは秋子のほうである。

それらもろもろの事情を考えて、有島は秋子とこれ以上、つき合うことを断念した。当然、その裏には、断念すれば春房からの脅迫も消え、スキャンダルに巻き込まれなくてすむ、という計算もあった。

そのあたりのことを踏まえて、「私は手紙でなりお目にかゝつてなり、波多野さんに今までの事をお話してお詫びがしたいのです」とも記している。

さらにこれからは、「私も私の子供に帰ります。三人の子供を私は恋人とします」と宣言し、秋子に対して、「波多野さんの生活を幸福にしてお上げなさる様祈り申します」と記している。

どこから見ても、明確な別れの手紙だが、しかしその実、手紙の各所に秋子への愛惜と未練が色濃く滲んでいる。

それは「あなたが私を愛し、私があなたを愛するその心持を如何に打破ることも出来ません」「あなたとはお目にかゝれない運命に置かれてもあなたの此世に於ける存在を感じてゐられる事は矢張り私のよろこびです」「全くあなたとの地上の交渉を絶つてあなたを愛し続けるのは波多野さんも憐んで許して下さるでせう」などの文章によく表れている。

こう見てくると、この手紙は、一見別れを宣言していながら、心情的には未練一杯で、心の中では別れかねている、煩悶の手紙といってもいいだろう。

それだけに文章は必ずしも明快でなく、行きつ戻りつ迷う気配が濃厚で、波多野氏への過剰な思い入れも、そんな男となお別れ切ろうとしない秋子への皮肉ととれなくもない。

軽井沢心中

ここでとくに注目されるのは、ラヴレターの中にすでに死の影が忍び寄っていることである。「あなたが自分では迚も死ねないと仰有る言葉なぞも私にはよく解ります。而してあなたのそのやさしい心をなつかしく思ひます。死んではいけません…」「私の恋愛生活は恐らく是れが最後ではないかと思ひます。この次ぎに若し来るとしたらそれは恋愛と死との堅い結婚であるでせう」

察するところ、有島と秋子は、春房の脅迫や周囲の冷たい眼にさらされながら、二人の今後のことについていろいろと相談したのであろう。互いにどうするか、考え詰めた末、有島のほうからふと、「ともに死のう」というようなことをいいだしたのかもしれない。それに秋子は「イエス」とは答えなかったが、有島のなかでは、自殺という行為が、かなり有力な選択肢として残っていたに違いない。

はっきりいって、誇り高く完全主義者に近い有島にとって、人妻との情事を暴露され、姦通罪で訴えられるなどは屈辱すぎて、到底、耐えられる事態ではなかった。それよりいっそ死んで安らぎを得ようと思ったとしても無理はない。

事実このあと、二人の関係は信じられない展開を見せる。


この手紙が書かれた二カ月半後の大正十二年六月八日、二人は秘かに東京から軽井沢に向かい、九日未明、そこにあった有島の別荘（浄月庵）でともに首を吊って自殺する。

しかもこの一カ月間、二人の遺体は行方不明のまま放置されていたので、夏の盛りに発見されたときには、全身が腐乱し、蛆が滝のように群がっていた、といわれている。

悲惨というより、凄惨としかいいようのない死に方だが、ともに死を決意したときの二人は、精神的にも肉体的にも結合し、悲しみというより、ともにあの世に旅立つ至福の思いで満ちていたに違いない。

事実、有島が残したいくつかの遺書には、死への迷いはまったくなく、死出に旅立つ直前の秋子と会った人たちも、迷い悩む気配は見られなかったという。

それにしても、別れを決意した手紙から二カ月半後に、このような事態が起きるとは、当の二人でさえ予測していなかったに違いない。

むろん詳《つぶ》さに手紙を見ればその気配もないとはいいきれないが、それより別れを決意し、その手紙を投函したことによって、有島のなかに秘められていた秋子への思いがかえってかきたてられ、一方、訣別の手紙を受取った秋子のなかに、いまさらのように有島の存在が大きく迫ってきたに違いない。

いいかえると、苦渋の果ての別れの手紙が、逆に抑えに抑えていた火を一気に噴き上がらせ、死まで決意させるにいたった。

その意味では、一通のラヴレターもときに両者の人生を大きく左右することがある。それも未練から狂おしいほどの愛着へ、そして生から死へ。

それを思うと、一通のラヴレターといえども、そのなかに無限の思いと、人生を左右する強さと妖しさを秘めていることを、改めて思い知らされるのである。

▼編集者時代の波多野秋子。年齢とともに容姿が衰えることへの不安を周囲にもらしていた。

▼有島の妻安子。大正5年肺結核で死亡。以後、有島は周囲の再婚のすすめも聞かずに独身を守り、3児を育てた。

▼有島は写真撮影が好きで、愛する子供たちの写真を多く残した。これは大正9年、有島と3人の子の写真。

軽井澤の別莊で
有島武郎氏心中

▼大正12年7月8日朝日新聞は有島の死をトップで報じた。このとき心中相手の真相は不明で誤報も見られる。

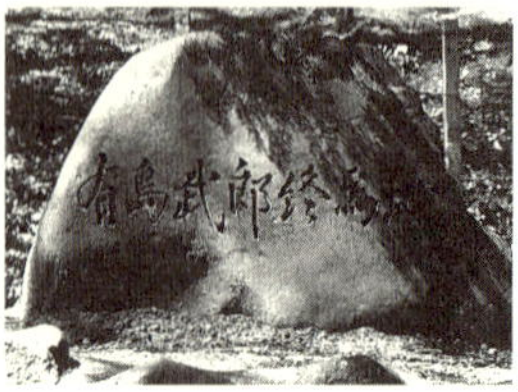

▼有島の別荘は「浄月庵」と名づけられていた。その跡地には「有島武郎終焉の地」の石碑が立てられている。

▼軽井沢に向かうとき、有島は小さな風呂敷包みひとつだけを持って旅立ったという。死後、別荘内にはこれらの品々と遺書が残されていた。

有島武郎が書いた遺書

（原文ママ。ただし旧漢字は新字に改めた）

弟妹宛て

弟妹諸君。

弟よ妹よ

長いよい共和の生活に存分私を与《あずか》らせてくれたのを喜びます。暖い思い出丈けが残つてゐます。

秋子と識り合つてからだん〳〵暗くなりつゝあつた人生観が一時に光明に輝くのを覚えます。

××××××××××××××××××。

私のあなた方に告げ得る喜びは死が外界の圧迫によつて寸毫も従はされてゐないといふことです。私達は最も自由に歓喜して死を迎へるのです。軽井沢に列車が到着せんとする今も私達は笑ひながら楽しく語り合つてゐます。どうか暫く私達を世の習慣から引離して考へて下さい。たゞ母上と三児の上を思ふとき涙ぐみます。三児は仲のよい三人です。三人で仲よくしてゐなければ寂しくてたまらない者共です。向後も三人がどうかして常に一緒にあり得るやう、さうしてあなた方の愛に浴することが出来るやう合力して下さい。親愛なる甥や姪にも私の渝らざる好意を伝へて下さい。あなた方すべての上にいつまでもよい世界が展らけてゐるやう。

六月八日夜　列車中にて

母と三人の息子宛て

母上、行光、敏行、行三宛

今日母上と行三とにはお会ひしましたが他の二人には会ひかねました。私には却つて夫れがよかつたかも知れません。三児よ、父は出来る丈の力で闘つて来たよ。

かうした行為が異常な行為であるのは心得てゐます。皆さんの怒りと悲しみを感じないではありません。けれども仕方がありません。

どう闘つても私はこの運命に向つて行くのですから。すべてを許して下さい。

皆さんの悲しみが皆さんを傷けないやう。皆さんが弟妹たちの親切な手によつて早くその傷から断ち切るやうたゞそればかりを祈ります。かゝる決心がくる前まで私は皆さんをどれ程愛したか。

六月八日　汽車中にて

波多野春房宛て

波多野様

この期になつて何事も申しません。誰がいゝのでも悪いのでもない。善につれ悪につれそれは運命が負ふべきもの、やうです。私達は運命に素直であつたばかりです。それにしても私達はあなたの痛苦を切感せずにはゐられません。あなたの受けらるゝ手傷が少しでも早く薄らぎ癒えん事を願上げます。私達の取りかはした手紙の断片は私達が如何にあなたを感じてゐたかを少しく語るかと思ひます。然し私達は遂に自然の大きな手で易々とかうまでさらはれてしまひました。今私達は深い心から凡ての人に謝し凡ての人に同感します。現世的の負担を全く償ふ事なくて此地を去る私達をどうかお許し下さい。

六月八日夜　列車中

【註】

1　**『白樺』**

武者小路実篤、志賀直哉、有島武郎、有島生馬らを同人とし明治43年創刊の文芸雑誌。人道主義、理想主義を標榜し、大正期文壇の中心的存在に。大正12年廃刊。

2　**『婦人公論』**

大正5年創刊。当時の他の婦人雑誌『婦人之友』『婦人画報』などと違い、料理や裁縫の記事を扱わないのが特徴で、秋子も男性編集者同様、文芸等を担当した。

3　**波多野春房**

アメリカ留学を経て、英語の私塾を開く。秋子を溺愛し、家事をせず仕事をすることも許した。晩年、東京を離れるが、秋子の命日には欠かさず墓参をしたという。

【参考文献・写真提供】

有島武郎が波多野秋子に宛てた手紙、遺書＝『有島武郎全集第8巻』新潮社刊より引用

滝田哲太郎の秋子に関する記述＝『中央公論大正12年8月号』より引用

資料写真提供＝日本近代文学館、軽井沢高原文庫

資料提供＝朝日新聞社

お滝からシーボルトへの手紙

あなたと御一緒に、永い間出島《でじま》で
暮したことを考へては泣いております

遊女　**お滝**（おたき）

1806年（文化3）長崎生まれ。父の商売の失敗を機に15歳で遊女となる。17歳のときにシーボルトに見初められて結婚。4年後、イネを出産する。シーボルトの帰国後3年目に日本人回漕業者と再婚。イネの手厚い看護の下、63歳で永眠する。

医師・博物学者　**シーボルト**

1796年ドイツ生まれ。医学、自然科学を学び、27歳のときオランダ商館付医官として来日。診療と教育にあたる。国禁の地図の持ち出しが発覚し、国外追放に。ドイツで再婚。のちに国外追放取り消しにより長男を伴って再来日、3年後に帰国。1866年没。享年70歳。

【ふたりの恋愛のあらまし】

オランダ商館の祝宴に来た遊女お滝にシーボルトがひと目ぼれ。商館にお滝を呼び寄せ結婚、子をもうける。シーボルトは任期終了後、帰国せざるを得なかったが、再会のチャンスもあると考えていた。が、国外追放処分により、ふたりは永遠の別れを覚悟。のちの再会までには30年の歳月を要した。

（前略）毎日あなた様の事あなたと御一緒に永い間出島で暮したことや相共に大きな災難に出会つた事を考へては泣いております。


このラヴレターは江戸末期の一八三〇年（天保一年）、長崎に残されたお滝から、オランダへ去った夫、シーボルトへ宛てた手紙である。

日本の国際結婚の黎明期に、別れざるをえなかった日本の女性と外国の男性とのあいだで交された、日本でもおそらく初めてのラヴレターである。

ここに登場するシーボルトは本来はドイツ人。といっても彼が生まれた十八世紀終りの頃は、まだドイツという国はなく、その生地ヴュルツブルクはいわゆる司教領で、父はこの地の高名な医師であった。シーボルトはそのあとを受けて、ヴュルツブルク大学で医学と植物学、自然科学などを修めたあと、オランダに仕官した。

その理由は、当時、オランダは東洋に植民地をもっていたことから、そこに仕官すれば、憧れの東洋へ行けると思ったからである。事実、彼は希望どおりオランダ領東インド陸軍病院軍医少佐に任命され、当時オランダの植民地であったジャワ島のバタビア（現在のジャカルタ）へ向った。このあと、さらに日本の長崎にあった出島のオランダ商館付医官として、医業のかたわら日本に関する総合的学術調査をするよう指示された。

こうして一八二三年（文政6年）八月、シーボルトはバタビアからほぼ一カ月半の船旅を経て長崎に到着したが、このとき、シーボルトはまだ二十七歳の青年医官であった。

遊女との恋

当時、日本は江戸幕府の下、鎖国状態にあり、西洋の国では唯一、オランダだけが出島を通して貿易を許されていたが、オランダ人は出島から出ることを許されず、日本人も出島に出入りできるのは、遊女と托鉢僧に限られていた。[註1]

当然、シーボルトも出島の中にある商館に住んだが、日本到着直後、新任の商館長と医官を迎えての祝宴があり、そこに当時の遊廓丸山から遊女が呼ばれた。そのなかにいた遊女の一人其扇《そのぎ》が、のちにシーボルトの妻となった楠本滝（お滝）である。

シーボルトは初対面でたちまちお滝を見初め、この二カ月後、再びお滝を出島へ呼び寄せる。この場合、遊女には「居続け」ということが許され、相手が希望すれば何日か、商館内に留まることが許されていた。

ここから、シーボルトとお滝の、愛の物語がスタートするが、一方のお滝はこのときわずか十七歳。一八〇六年、長崎銅座跡の、こんにゃく屋の六人姉弟の四女として生まれたが、父が商売に失敗して困窮し、まず長女つねが丸山の遊女になり、それに続いてお滝がなったが、当時丸山の遊女には、日本人を相手にするのと、唐人を相手にする唐人行きと、オランダ人を相手にするオランダ行きの、三つの区分けがあった。

お滝が遊女になったのはこの二年前の十五歳。丸山でも一番格式の高い引田屋《ひけたや》に望まれて抱えの子になり、源氏名を「其扇」と称し、オランダ行きとなったが、姉のつねに勝るとも劣らぬ美貌であった。

このお滝に惚れこんだシーボルトは、一度、深い関係になるや、もはや一時も手離せなくなり、この年の秋、お滝を置屋からひかせて結婚する。まさに電光石火の早業というか、若い情熱のおもむくままの結婚であった。

この翌年、一八二四年、シーボルトは長崎近郊鳴滝に医療と学術研究を兼ねた「鳴滝塾」を開設する。当時、外国人が出島から出ることは異例のことだったが、シーボルトのそれまでの医療技術の確かさと、学識の深さなどが認められての、特別の措置だった。

この鳴滝塾に入門したのは、九州から東北地方まで、ほぼ日本全国から駆けつけた若い医学徒で、総数五十七人にも達した。このなかから塾頭の美馬順三《みまじゅんぞう》以下、伊東玄朴《げんぼく》、高野長英《ちょうえい》、石井宗謙《そうけん》、岡研介、二宮敬作、小関三英《おぜきさんえい》など、江戸末期から明治初頭に活躍した名医を数多く輩出した。

ここで、シーボルトは門弟に医学を教えるかたわら、各々の出身地の風俗、産業、植物、さらには気象状況や地勢などについて、オランダ語で論文を書かせて提出させた。

これらのほとんどは、日本の事情を知りたいオランダ政府の意向にそっておこなわれたものだった。

やがて、一八二六年、鳴滝塾を創設した二年後に、シーボルトは出島商館長スチュルレルに従い、江戸にのぼったが、このとき、幕府天文方《てんもんがた》、書物奉行の高橋景保《かげやす》と知り合い、彼から、日本の天文、測地、地図など、多くの資料を得た。

この翌年、お滝は妊娠するが、生まれてくるのは混血児で、さらに父のシーボルトはいずれ任期が終れば、オランダに帰国する人であることを考えて迷った。しかしこれまでのシーボルトの優しさと、誠実さを思い、さらにたとえ帰国したとしても、子供の養育費は充分与えられることが慣例となっていたので、思いきって生むことにした。

もちろんこの裏には、お滝の妊娠を知ったとき、シーボルトが「オタクサ、ヨカッタ、アリガト、アリガト」と目に涙を浮かべて喜んだことが、お滝の決心を促したともいえる。

この「オタクサ」とは、「お滝さん」と呼ぶときのシーボルトの訛りで、のちにシーボルトはミュンヘン大学の植物学教授と共著で、『日本植物誌』を発表するが、このなかの紫陽花《あじさい》の学名に、愛しいお滝の名をつけ「otakusa」とした。

江戸から長崎へ戻ってからも、シーボルトは精力的に長崎周辺の植物や地理的な研究をおこない、お滝も無事女子を出産して、その子の名前を「イネ」とした。これが、のちに無免許ではあるが、日本の女医第一号として活躍した[註2]「オランダおイネ」である。

しかしこのあとに、いわゆる「シーボルト事件」が起きる。

事件の顛末は、一八二八年九月、シーボルトは日本滞在の任期を終えて長崎を発つことになり、帰国する船に荷物を積みこんだが、この直後長崎地方を暴風雨が襲い、船が難破して、積荷が流出するという事件が起きる。このなかに海外へ持ち出し禁止の日本地図などがあることが発覚したことから、積荷はもとよりシーボルトの部屋まで厳しい取り調べを受けた。そこでシーボルトの弟子の一人が、眼科手術を教わったお礼として渡した将軍御下賜の葵の紋服があることがわかり、事件は一層深刻化する。

このあと約一年にわたる厳しい取り調べの結果、シーボルトは国外追放となり、さらに彼に資料を提供した高橋景保以下、シーボルトの弟子まで、遠島、改易などの厳しい処分を受けた。

こうして一八二九年（文政12年）十二月七日、シーボルトは断腸の思いで長崎を去り、お滝とおイネは漁師に変装した門人たちのはからいで小船に乗り、風待ちで停泊していた船にいるシーボルトと、最後の別れを告げた。

この前、シーボルトは二人の今後の生活費として、お滝とイネに銀十貫匁《もんめ》を与え、さらに最も信頼していた弟子の二宮敬作と高良斎《こうりょうさい》に、二人の今後のことを託し、「ヒトタビ西ニ去レバ、マタ再来ノ望ミナシ。コノ一塊ノ肉身（イネのこと）ハ、コレ即チ私ト思ヒテ、何トゾ良ク教育セラレヨ」というオランダ語文を書き残し、二人は「長年ノ師ノ恩ニ少シモ報ユルコトガデキヌ間ニ今ニ至ル。令嬢ノ養育ニハ必ズ力ヲツクシテ当ルベシ」と書き送っている。

このときシーボルト三十三歳、お滝は二十三歳。シーボルトが長崎に上陸し、お滝と結婚してから七年目の別離であった。

お滝とイネのその後の生活は必ずしも平坦ではなく、まず油屋を営んでいた伯父の許に身を寄せたが、イネを邪魔にし、さらにお滝の持っている銀を目当てにしていることを知って、ここを去り、姉のつねの許へ身を寄せる。

最初に記した手紙は、そのころ、お滝からオランダに去ったシーボルトに送られた手紙の一部である。

さらに別の手紙には、次のような一文（意訳）が見える。

（前略）あなたから頂いた銀も、ビュルゲルさまのお世話で伯父からとりかえし、また、ビュルゲルさまからお届けくださった五貫匁とあわせて、合計十五貫匁をコンプラに預け、毎月利息として銀百五十匁を受け取っています。これはまたビュルゲルさまとデ・フィレニュフェさまがおとりはからいくださったものです。（後略）

これを読めば、日本を離れてからもシーボルトがいかにお滝のことを思い、案じていたかがわかる。文中の五貫匁というのは、シーボルトがオランダから追加として送ったもので、コンプラというのは、当時の商館員相手の商人の組合のことである。

またビュルゲルは、シーボルトの助手として、商館で働いていた薬剤師で、デ・フィレニュフェはシーボルトが助手としてバタビアから呼び寄せた画師で、彼等がお滝をいろいろと援《たす》けていたことがわかる。

シーボルトと別れたとき、お滝はまだ二十三歳、一児を産んだとはいえ、生来の美貌は一段ときわだち、さらにシーボルトから贈られた大金を持っていたのだから、伯父以外にも、さまざまな形でお滝に近づこうとする男たちは多かった。むろんお滝は身を堅くして、それらの男を遠ざけ、イネの養育につとめたが、そんなお滝に、シーボルトはオランダ語の手紙や、ときにはおぼつかない日本語をカタカナ書きにした手紙などを送り、一方、お滝はイネと二人の肖像を描きこんだ、嗅ぎ煙草入れを贈る、などと記している。

日本とオランダ、まさに何千里を越えた愛の交信だが、それにしても、二人のあいだはあまりにも遠すぎた。たとえばいま一通の手紙を出しても、順調に届いたとして四カ月、ときには半年近くかかることもあった。さらに、お滝は字を書けなかったので、まず身近な者に真意を伝え、それをきいた者がまず候文《そうろうぶん》に書き上げ、それをオランダ語に訳してもらって、ようやく一通の手紙ができあがる。シーボルトのほうからの手紙も、ほとんどがオランダ語で書かれていて、それを日本語の候文に直し、それを読んでもらうというありさまだった。

たとえば、シーボルトが日本を去った翌年の十月、お滝がシーボルトに宛てた手紙は、「今一度お前様の御目にかけたく候《そうら》へどもかない不申候《もうさずそうろう》、これのみみなみなざんねんにおもひまゐらせ候。御前様事いかゞ御くらしなされ候哉。毎日毎日あんじまゐらせ候」といった具合になる。むろん冒頭に示したものや、次の手紙は、いずれもこの候文を現代文に直したもので、まさに現在のEメール時代からは想像もつかぬ時間と距離が、二人のあいだに横たわっていた。

さらにシーボルトは日本から国外追放された身であり、このあといつ再会できるか、その可能性はまずゼロに近い。

そんな状態のまま、別離から二年経った一八三一年正月、お滝はすすめる人があって、一歳年下で回漕業を営む和三郎という男と結婚する。このとき、お滝は二十五歳、和三郎がイネをわが子のように可愛がってくれる優しい男であったことが、結婚に踏み切った理由でもあった。

このことは直ちにシーボルトにも伝えられたが、シーボルトはその手紙を見たまま、うなずくよりなかった。

　こうしてお滝は再婚したが、シーボルトは独身のまま植民省日本問題担当顧問に任命され、さらにこれまでの功績に対して、国王ウィレム一世から勲章を授与された。また日本で得た資料をもとに『Nippon』の第一分冊を、さらに『日本動物誌』『日本叢書』『日本植物誌』などを次々と出版した。

　一方、イネは順調に成長し、お滝の美貌とシーボルトの気品を兼ねそなえて、行き交う人すべてが振り返るほどの、色白の美少女となった。だが混血のためいじめられることも多く、ほとんど家で過して、かつての門弟から、オランダ語や医学の手ほどきなどを受けていた。

　やがて一八四五年、日本を離れてから十六年後に、シーボルトはドイツ貴族の娘ヘレーネと結婚する。このとき、シーボルトはすでに四十九歳、十六年間、独身を通した末の結婚であったが、ライデンの自宅を「日本」と名付け、その後どこに転居しても、自邸の庭には日本の木や花を欠かさなかった。

　このころイネは十八歳、長身で、多くの男たちが溜息をつくほどの美貌であったが、イネはかつての門弟、二宮敬作や石井宗謙などに外科、産科などを教わっていた。しかし二十四歳のとき、あろうことか、師である石井宗謙に強姦同様に体を奪われ、しかも妊娠してしまう。

イネは援助の手をさしのべようとする石井の保護をきっぱりと拒絶し、一人で女児を産むが、生みたくて生んだ子ではない、ただの子だということから、「ただ」と名付けたが、のちに「たか」と改名した。

このあと、たかは恩師の二宮敬作の甥である三瀬《みせ》周三と結婚したが死別したので、のちに長崎医学校の教官であった山脇泰助と再婚した。

歳月の悪戯

やがて一八五七年（安政4年）、諸外国から開港を求められた幕府は徐々に鎖国を緩め、それとともにシーボルトへの追放令も解除された。

その翌々年、シーボルトは三人いる子供のうち、長男のアレクサンダーを伴って長崎に到着。オランダ貿易会社顧問として出島に入り、三十年ぶりに、お滝、イネ、二宮敬作らと再会する。

このとき、シーボルトは六十三歳、お滝五十三歳、イネは三十二歳になっていた。

三十年の星霜は三人のうえにそれぞれの人生を滲ませ、まさに涙の再会かと思われたが、お滝はシーボルトの顔を見てうなずくだけで、それ以上の表情は見せず、期待されたドラマチックな盛り上がりはなかった、といわれている。

あまりに長すぎた別離が、過去の思い出を昇華してしまったのか、それでもシーボルトはなお、昔と変らぬ愛しみの眼差しをみせたが、お滝はむしろ淡々として、それ以上の感情を表すことはなかった。

このあたり、男のロマンチシズムに対して、大地に足をつけて生きてこなければならなかった女の、現実主義とでもいおうか。

期待したほどの感激のシーンを得られなかったシーボルトは、それまでの思いを子供のイネに寄せ、在日中、しきりと手紙を届けさせては会っている。

そんな状態で三年間、シーボルトは幕府の医学、外交顧問として長崎にとどまったが、お滝との関係はそれ以後も盛り上がらず、むしろ冷えていった。その原因は、イネがシーボルトの世話のために送った二人の若い女性に、シーボルトが手をだしたから、ともいわれている。

いずれにせよ、江戸の末期、大陸と海をまたいだ熱い熱い国際結婚も、歳月という風化のなかで確実に色褪せてしまった。その意味では、歳月は非情ともいえるが、風化させる歳月があるからこそ、人間は前に向かって生きていける、ともいえる。

そして燃える火が強ければ強いほど、消えたあとの闇は深いように、狂おしく燃えたからこそ、その冷めかたが際立《きわだ》ってみえた、ともいえるだろう。

しかし結末がどうであれ、かつて狂おしく愛し合ったという事実は消えはしない。ともに何人もの手を通し、長い長い月日をかけて交されたラヴレターがいまも残っているかぎり、二人の愛の記憶は当人はもとより、その後の人々の胸に永遠の命となって生きていく。

このあと、シーボルトは故郷ドイツのミュンヘンで七十歳で亡くなったが、最期に、「私は美しい平和の国へ行く」といって息をひきとったといわれている。そしてお滝は六十三歳で亡くなるとき、イネに手を握られたまま、「もう一度、オランダイチゴを食べたい」とつぶやいたという。

ともに思い出の世界で二人は結ばれていながら、男が死のきわまでなお夢を追い続けるのに女が現実を追うのは、洋の東西を問わず、男女に共通した特性なのかもしれない。

▶「唐蘭館絵巻」蘭船入港の図。川原慶賀筆。出島の商館からオランダ船の入港を眺めるシーボルト（白い服）、お滝やイネ（右の母子）。船の来航は別れを意味していた。

◀▼シーボルト妻子像螺鈿盒子《らでんごうし》。国外追放の翌年、お滝が自分（左）とイネの顔を螺鈿細工でつくらせ、ドイツのシーボルトのもとへ送ったかぎたばこ入れ。

▼シーボルトがその学名にお滝への思いを込めた「日本植物誌」の紫陽花。

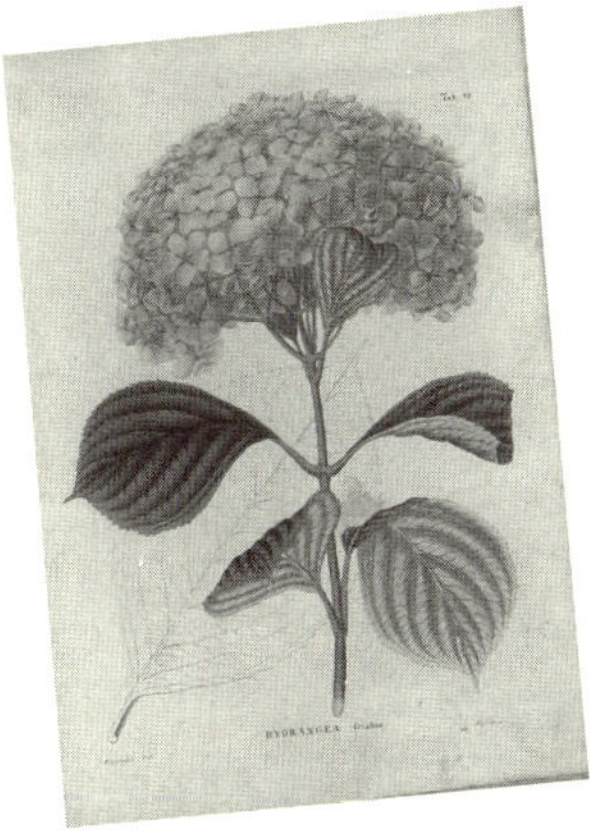

▶シーボルトは再婚した妻と息子を伴い再来日。のちに息子はイネの医院開業資金を出すなど異母姉を援助した。

お滝がシーボルトに宛てた手紙

今年七月 de vileneve 氏より私宛のあなた様の手紙三通受取り申しあなた様が無事バタヴイアに御到着なされて大変御丈夫なることを承はり大変うれしく存じます。

私もおいねも亦大変丈夫に暮しております、あなた様の御出立の日より毎日あなた様の事あなたと御一緒に永い間出島で暮したことや相共に大きな災難に出会つた事を考へては泣いております。

あなた様が御自ら私に御書き下さつた手紙を見てはあなた様に再び御会ひした様な気が致します。おいねはどんなにか悧巧になつたでせう。又その事をたづねてどんなに喜んでゐるでせう。オルソンは既に私に約束したことに就いて例外ではないでせう。私は決して忘れないでせう。今年早早私とおいねは伯父の家に移りました。彼は非常にい丶人です。あなた様が日本滞在中の不幸な事件に対し御心配なつたあなた様の母様によろしく御伝へ下さい。

今回は又非常に美しい贈物を下さつた方をどうして忘られませう。即ち指ぬき七ツ、皿一枚、指環十、髪止七つを遠いお会ひすることの出来ぬ所より私とおいねの為に下さいました。あなたの母様とあなた様にかぎたばこ入夫々一つづつ差上げます。母様へのはオイネの像、あなたへのは私とおいねの像をよく描かせました。オルソンへは煙草二十包送ります。では御機嫌よろしく、来年また御便り下さらんことを御願ひします。

【註】

1　出島

江戸時代、鎖国中の日本で唯一、オランダと中国との貿易を許されていた地。海にせり出す、約４０００坪の扇型の埋立地だった。

2　オランダおイネ

母を看とったあと、築地で産科医院を開業。評判となり、一時は宮内省御用掛という輝かしい職を得る。が、医術開業試験法施行後は資格がないため医院を閉じ、長崎で暮らした。

【参考文献・資料提供】

お滝がシーボルトに宛てた手紙＝「シーボルト関係書翰集」日本学会・日独文化協会共編　大島蘭三郎訳、『国際結婚の黎明』講談社文庫に収録の「シーボルト・イネ」山本藤枝著より引用

資料写真提供＝シーボルト記念館、長崎市立博物館、毎日新聞社

高村光太郎から長沼智恵子への手紙

其のうち何処からか血が出て来て、
あなたの乳の処を流れるんです

詩人・彫刻家 **高村光太郎**（たかむら・こうたろう）

明治16年（1883）東京生まれ。父は彫刻家光雲《こううん》。幼少から彫刻を学ぶ一方、17歳で『明星』の同人になり短歌、戯曲を書く。東京美術学校卒業後、欧米留学を経て、晩年にいたるまで詩集や彫刻、翻訳を発表し活躍。昭和31年（1956）病没。享年73歳。

画家 **長沼智恵子**（ながぬま・ちえこ）

明治19年（1886）福島生まれ。実家は造り酒屋。日本女子大在学中に絵画へ関心をもち、卒業後は、『青鞜』の表紙絵などを描くほか、油絵を制作。新聞等に短文も発表。40代半ばで精神異常をきたし、以後療養生活を。昭和13年（1938）病没。享年52歳。

【ふたりの恋愛のあらまし】

詩人・彫刻家として活躍する光太郎を智恵子が訪ねて来る。独特の雰囲気をもつ智恵子に光太郎はひかれ、恋に落ち、3年後に結婚。貧困の中で二人は創作活動を続けるが、やがて智恵子は心身を病み、ともに病と戦う日々が続く。結婚から24年後、智恵子は光太郎に看とられ生涯を閉じる。

今廿六日の御葉書を見ました。さつき手紙を書きましたが又書きます。どうかそんなに私の事を心配せずに居て下さいまし。早くお帰りになつて下すつた方が、其《それ》はうれしいに極《きま》つてますけれども、御都合があるのをもかまはず無理にお帰りになつては、却《かえっ》て私がすまない気がします。私はほんとに安らかな心持ちであなたを遠くおもひ抱いて居りますから、あなたはなさるだけの事を静かになさつて、本当に帰つても残り惜しくなくなつたらお帰りなさい。あなたの御都合といふのは多分絵の事だらうと考へて居ます。

今度こそは絵が拝見出来るわけですね。大きなのをやつて居るのですか。寒い国では乾く事も遅いんでせうね。

いろんな事でお帰りが遅くなるといふ事のうちに、まさかおからだがお悪い様《よう》なことはないんでせうね。此の間のお手紙に御病気になり相《そう》だつたとあつたので、何だか気になつてます。

ゆふべはそれはそれは大変な夢をみました。書いてもいゝでせうか。いゝとしませう。それはあなたが殺人犯になつたんですよ。そしてあなたを多くの人が高い台の上へ載せて、青空の下で焼き殺さうとしているんですけれど、火がないので、氷で殺すといつて、あなたを其の台の上へのせたままあなたの衣服を残らず取つちまつたんですよ。其でもあなたは何だか少し笑つてゐた様です。

私は其の姿が美しくて美しくて堪らないで見つめてゐました。其のうち何処からか血が出て来て、あなたの乳の処を流れるんです。私は驚いて見てゐるうちに、あなたは手をのばして木の枝によりかかつたまま、石像のやうになつて死んでしまつたんです。其れからあとは何だか活劇があつた様ですが覚えてません。これであなたの死んだ夢を二度みたんです。

（中略）

東京は大変な寒さです。

私は三十日に一寸《ちょっと》小田原へ行つて来ようかとおもつてます。みかん畠を画《か》きに。若《も》し私の不在中にあなたが帰京なされたら、まあゆつくり休んでゐらつしやい。おからだ大切に、

二十八日夕　㊇

ちゑ子様

以上は、詩人であり彫刻家でもあった高村光太郎が、のちの妻となった長沼智恵子へ送ったラヴレターである。

光太郎から智恵子へ送られたラヴレターは、行李に一杯ほどあったといわれているが、すべて戦災で焼失し、これ一通だけが、智恵子が新潟の知人のところにいたときに送られ、そこに置き忘れていたことから、現在まで残る結果となった。

この手紙の内容はまさしくラヴレターだが、夢の部分は、いかにも詩人らしい想像力に富んで、妖しく、暗示的である。これをフロイト的に考えるとどうなるのか、興味があるところだが、ここに記されているとおり、正直な夢の回想だとしたら、かなり肉感的、かつ加虐的である。

このころ、光太郎は智恵子へかなり強い性的欲望をもちながら、それを満たされていなかったのか。そして智恵子をしかと自分の恋人として、とらえきっていなかったのか。いや、とらえきったと思っても、気が付くと智恵子はするりと光太郎の腕から逃れて、一歩離れた位置からけらけら笑いながら、こちらを見ているだけだったのか。

いずれにせよ、夢の異様さと生々しさが、高村光太郎という詩人の感性の鋭さを表しているようでもある。

その意味では、ただ一通しか残されなかったとはいえ、当時の二人の関係から心情を知るうえで、きわめて貴重な手紙ということができる。

光と影

高村光太郎は明治十六年（1883）、東京下谷区西町で生まれたが、父光雲は仏像を彫る下町の貧しい木彫師であった。しかし光太郎が七歳のとき、父の光雲は岡倉天心に認められて、東京美術学校の彫刻科の教授になり、さらに帝室技芸員に任ぜられて、ようやく家計も安定した。

この父の影響を受けて、光太郎は幼いときから当然のように彫刻を学び、十五歳のときには東京美術学校予科から本科にすすみ、同時に文学にも強い関心を抱き、十七歳のころには、与謝野鉄幹が主宰していた『明星』にくわわり、短歌、詩、戯曲、エッセイなどをたて続けに発表した。

やがて十九歳で美術学校の彫刻科を卒業し、研究科に残って制作に励んだが、自分の作品が文学性に富みすぎていることに悩み、新たな展開を求めて、二十三歳のとき単身アメリカへ渡り、ニューヨークのアカデミー・オブ・デザインの夜学校に通った。さらにこの翌年にはロンドンに移って画学校に通い、一年後パリへ移った。この間、さまざまな美術館や博物館を見て回り、文学的にはヴェルレーヌやボードレールなどの影響を受けて、二十六歳のときに帰国した。

翌年、二十七歳で神田に「琅玕洞《ろうかんどう》」という画廊を開く一方、吉原の娼妓を恋して通いつめた。その娼妓は日本人には珍しいエキゾチックな顔立ちで、光太郎は結婚することまで考えたが、娼妓は終始冷ややかで、失恋した光太郎は酒に溺れ、退廃的な生活を続ける一方で、狂ったように詩を書き続けた。

この翌年、画廊を閉めて油絵に没頭しはじめたころ、知人の紹介で智恵子を知り、たちまち激しい恋のとりことなる。

一方の智恵子は明治十九年（１８８６）生まれで、光太郎の三歳年下。実家は福島県安達郡で造り酒屋をしていたが、十七歳のときに上京し、日本女子大の予科に入学した。四年後、女子大を卒業したが親の反対をおしきって東京に残り、太平洋画会研究所に入り、画家としての道を歩みはじめる。光太郎と会ったのは智恵子が二十五歳のときで、平塚らいてう等がはじめた『青鞜』の創刊号に、表紙絵を描いた直後であった。

この智恵子に会った途端、光太郎は運命的な啓示を覚え、以後自らの退廃的な生活を改め、智恵子を深く愛するようになる。

翌年、光太郎は装飾美術展に『紫朝の音』と題した塑像を出品し、駒込にアトリエをつくる。このとき智恵子はお祝いに、南米産のグロキシニアという神秘的な花の大鉢を持参して、光太郎を驚かせた。このあと、光太郎は岸田劉生《りゅうせい》らとフューザン会を結成し、ここに次々と油絵を出品。さらに「白樺」の運動に関心を抱き、智恵子へ捧げる詩を書きはじめる。

冒頭の手紙はこの翌年一月に、光太郎から智恵子に送られたものだが、この夏、二人は上高地で一カ月ほどともに過ごし、婚約した。このとき、智恵子は郷里ですすんでいた結婚話を振りきっての決断であった。

翌年、大正三年（１９１４）十月、光太郎の詩の代表作である詩集『道程』を刊行したあと、十二月に二人は結婚し、共同生活がはじまったが、両者の意志で婚姻届は出さなかった。

結婚後の二人の生活は経済的には必ずしも恵まれたものではなく、光太郎は昼は彫刻を、夜は詩や評論の執筆についやしたが、実際の生活費は父の仕事の下請けでしのぐありさまだった。

しかし結婚後の数年間、光太郎は『裸婦坐像』や『手』など、初期の優れた作品を生み出し、同時に『ロダンの言葉』やヴェルハアランの愛の詩集『明るい時』『午後の時』などを智恵子のために訳し、彫刻家であり詩人として注目されるようになる。

一方、智恵子は同じ家の二階のアトリエで静物画の勉強を続け、階下のアトリエでモデルをつかってデッサンをしている光太郎の様子をときどき覗きにきたりした。そのうち智恵子は、光太郎がモデルをつかっていることに嫉妬を覚え、自分からモデルになることを申し出て、光太郎もそれを受け入れた。

もともと智恵子は人を吸いこむように見詰める癖があり、口数は少なかったが、体はよく均整がとれていて、光太郎も智恵子のモデルに満足していた。

そんな状態で、二人はときにデッサン旅行にも出かけたが、福島県五色温泉で智恵子が描いた風景画に秀れたものがあり、光太郎のすすめもあって文展（日展）に出品したが、落選する。

このとき以来、光太郎がいくらすすめても、智恵子は二度と公の場に自分の作品を出すことはなかった。

このあたりの二人の関係は微妙で、光太郎にとっては最愛の女性を妻にしたうえ、その女性は自分の仕事に理解を示してモデルにまでなってくれる。まさに公私ともに充実したときであったが、智恵子にとっては、夫の光太郎ほど画業がすすまず、焦りのときでもあった。とくに夫婦で同じ芸術的な仕事にたずさわっている場合、相手と比べて、自分のほうが劣っていると思うと、急速に自信を失っていく。文展に落ちたのは、その象徴的な事件で、それ以来、智恵子は画業にもあまり熱中せず、それどころか肋膜炎などをわずらい、病気がちとなった。

一般の夫婦なら、夫の仕事が順調であれば、妻はその陰で支える立場に満足して納得することが多いが、智恵子は智恵子なりに、画家として身を立てたいという希望と自負があった。しかし実際は、夫の仕事を見る度に自己の才能の乏しさに気付き、打ちのめされていく。

この状態は、「与謝野晶子から与謝野鉄幹への手紙」の与謝野晶子と鉄幹夫妻と逆の関係、といえなくもない。

狂える妻

大正十年から昭和五年（１９３０）くらいまでの十年間、光太郎の年齢でいうと、三十代の後半から四十代の後半まで、その制作活動は成熟期を迎えて最も活発なときだった。詩作では『雨にうたるるカテドラル』『傷をなめる獅子』『鯰』『雷獣』など、近代詩史の記念碑的な作品を発表するとともに、ゴッホの『回想のゴッホ』ホイットマンの『自選日記』ヴェルハアランの詩集『明るい時』『天上の炎』ロマン・ロランの戯曲『リリュリ』などの翻訳を次々と刊行した。

これに対して智恵子は『病間雑記』『生き甲斐のある悩みを悩め』など、数篇のエッセイを発表しただけで、絵画にはほとんど手をつけず、病気がちな状態は変わらなかった。しかも昭和二年ごろから実家の長沼の家が傾きはじめ、二年後には破産して一家はばらばらになり、そのうちの数人を、光太郎が面倒を見ることになる。

このころから智恵子の体調はさらにすぐれず、四十五歳のときに最初の精神異常の徴候が表れてくる。そして翌年七月、智恵子は自宅の画室で睡眠薬を飲んで自殺をはかり、未遂に終わるが、その折の遺書には、光太郎とともに過ごした日々への思い出や感謝の気持などが、延々と書きつづられていた。

光太郎は智恵子が快復するよう、懸命に尽くす一方、自分に万一のことがあった場合を考えて入籍し、初めて正式の夫婦となった。さらに智恵子の気持を癒やすべく、墓参をかねて東北の温泉をめぐるが、智恵子の病状は悪化する一方で、精神分裂症から痴呆状態にまですすむ。

昭和九年、四十八歳になった智恵子の病状は一時回復し、以前習い覚えた機織《はたおり》などをできるようになったので、智恵子の母や妹夫婦などが住む九十九里浜に転地させ、光太郎は東京から毎週のように通い続けた。十月には光太郎の父、光雲が死去し、残されたわずかな遺産も智恵子の療養費に消えていく。

しかしこの年の十二月、智恵子の病状は再び悪化し、光太郎は知人に、「ちゑ子の狂気は日増しにわろく、最近は転地先にも居られず、再び自宅に引きとりて看病と療治とに盡《つく》してゐますが、連日連夜の狂暴状態に徹夜つづき、さすがの小生もいささか困却いたして居ります」と訴えている。

こうしてやむなく翌年の二月、光太郎は智恵子を東京南品川のゼームス坂病院に入院させたが、脳の病状とともに結核もすすみ、光太郎は毎日のように病院を訪れ、その疲労も重なって大量の血を吐いた。智恵子はそんなことを知ってか知らずか、童心に帰ったように折り紙を折り続け、それを見た光太郎が色紙を買って渡すと、それでさまざまな紙絵をつくり、忘れていた絵画への意欲を見せはじめた。

光太郎はこんな智恵子を愛しく思いながら、『値《あ》ひがたき智恵子』『千鳥と遊ぶ智恵子』など、愛の絶唱ともいうべき詩をつくるとともに、象やマント狒々、鯨など、動物を題材にした『猛獣篇』などの詩をまとめた。

この間も智恵子の病状は悪化する一方で、昭和十三年の夏に入ると急速に衰えはじめ、ついに十月五日、光太郎に看とられながら五十二歳の生涯を閉じた。

まさしく智恵子の一生は、光太郎という偉大な芸術家に憧れ、愛され、自らも深く愛しながら、自分本来の才能を開花させることができず、むしろ萎《しお》れていく。その愛の喜びと自分の才能への絶望と、二つのジレンマのなかで傷つき、精神まで痛め、狂い死にしたともいえる。


残された光太郎はこのあと、智恵子への思い出と哀惜を一冊にまとめた『智恵子抄』を刊行。戦争の真最中であったが、国家やイデオロギーの争いをこえて一人の女性への愛がいかに強く、人間的であるかを示し、明日をも知れぬ激しい戦争のなかで生きる人々を励まし、昭和十九年までに十三刷を重ねるベストセラーとなった。

終戦とともに光太郎は、智恵子がつくり続けた紙絵をまとめて、故郷の山形はじめ、盛岡、東京などで紙絵展を開いた。また昭和二十二年には、新しく詩二編を追加して『智恵子抄』を再刊、さらに二十五年には詩集『典型』と『智恵子抄その後』などを出し、多くの読者の支持を得た。

昭和二十六年から『高村光太郎選集』全六巻の刊行が始まったが、このころから体調がすぐれず、以前からわずらっていた肺結核が老いた肉体をむしばみはじめていた。

だが翌年、六十九歳になったとき、青森県から十和田国立公園に記念碑の建立を依頼され、これに智恵子の裸婦像を刻もうと決意する。このとき光太郎は「智恵子の裸形をこの世にのこして、わたくしはやがて天然の素中に帰ろう」と詩で訴え、観世音菩薩の印相を身につけ、老体に鞭打ちながら制作に励んだ。

この努力の甲斐あって、翌年十月、智恵子像は湖畔の休屋御前ヶ浜で完成し、除幕された。この智恵子像制作に全精力をつかい果たしたのか、このあと光太郎の病状は急速に悪化し、昭和三十年、『高村光太郎詩集』を出したのを最後に、療養生活に入り、昭和三十一年四月、七十三歳でその生涯を閉じた。

遺骨は東京駒込染井の高村家墓地に、智恵子とともに埋葬されている。

いま二人のあいだに残された唯一通のラヴレターを見るとき、そこにすでに、光太郎の詩人としての才能と、そんな詩人と接して、先に埋もれていく智恵子の運命を予言しているかのようでもある。

いうまでもなく、ラヴレターは恋する人へ愛を訴えていながら、同時に未来への予言にも満ちている。
最後に、二人が結婚する前、光太郎が智恵子が去っていくかもしれない不安にとらわれて詠んだ『人に』という詩の、冒頭の部分を紹介する。

いやなんです
あなたのいつてしまふのが――

花よりさきに実のなるやうな
種子《たね》よりさきに芽の出るやうな
夏から春のすぐ来るやうな
そんな理窟《りくつ》に合はない不自然を
どうかしないでゐて下さい
型のやうな旦那さまと
まるい字をかくそのあなたと
かう考へてさへなぜか私は泣かれます

小鳥のやうに臆病《おくびやう》で
大風のやうにわがままな
あなたがお嫁にゆくなんて

▲光太郎と出会ったころの智恵子。無口だが存在感のある女性だった。

▲平塚らいてう（右から2番目）が創刊した女性だけの文芸雑誌『青鞜』の新年会に智恵子（前中央）も参加。

◀智恵子は創刊号ほか数号の表紙絵を描いた。

▶昭和3年アトリエにて。このころ光太郎は精力的に彫刻を制作。一方、智恵子は実家の問題に心を痛めていた。

◀智恵子が3年間入院をし、最期のときをむかえた南品川のゼームス坂病院。病室で智恵子は千数百枚に及ぶ紙絵を刻み、光太郎は絶唱を詩に綴った。

光太郎が智恵子に宛てた手紙

今廿六日の御葉書を見ました　さつき手紙を書きましたが又書きます

どうかそんなに私の事を心配せずに居て下さいまし

早くお帰りになつて下すつた方が　其はうれしいに極つてますけれども　御都合があるのをもかまはず無理にお帰りになつては　却て私がすまない気がします　私はほんとに安らかな心持ちであなたを遠くおもひ抱いて居りますから　あなたはなさるだけの事を静かになさつて　本当に帰つても残り惜しくなくなつたらお帰りなさい　あなたの御都合といふのは多分絵の事だらうと考へて居ます

今度こそは絵が拝見出来るわけですね。大きなのをやつて居るのですか。寒い国では乾く事も遅いんでせうね。

いろんな事でお帰りが遅くなるといふ事のうちに　まさかおからだがお悪い様なことはないんでせうね。此の間のお手紙に御病気になり相だつたとあつたので　何だか気になつてます。

ゆふべはそれはそれは大変な夢をみました。書いてもいゝでせうか。いゝとしませう。それはあなたが殺人犯になつたんですよ。そしてあなたを多くの人が高い台の上へ載せて　青空の下で焼き殺さうとしているんですけれど　火がないので　氷で殺すといつて、あなたを其の台の上へのせたままあなたの衣服を残らず取つちまつたんですよ　其でもあなたは何だか少し笑つてゐた様です

　私は其の姿が美しくて美しくて堪らないで見つめてゐました。其のうち何処からか血が出て来て　あなたの乳の処を流れるんです　私は驚いて見てゐるうちに　あなたは手をのばして木の枝によりかかつたまま　石像のやうになつて死んでしまつたんです　其れからあとは何だか活劇があつた様ですが覚えてません。これであなたの死んだ夢を二度みたんです。

　三四日前の晩には　私があなたであなたが私だつた夢をみました　そして私は女の心理を始めて本当に理解した様におもつた事があります。私のこれまで経験しなかつた心持ちを私のあなたが感じてゐたんです。其の夢は大変長いんですが　衣服の模様まで明瞭に記憶してゐます。これは今にお話しして上げませう。

　其の時、女でゐた私が、男のあなたに帽子（洋服でゐたんですよ。西洋の事なのです）を、其も駄鳥《ママ》の羽毛の大きな黒いののついてゐる非常にいい形の帽子を買つて貰つた時の嬉しかつた事といつたら何にも譬へられない程なのです。私はあんな種類のうれしさも女でなくては感じられないんだらうと思ひます

あんまり嬉しいので、いきなりあなた（あなたは背広の洋服へ変な外套をきてたんです）に抱きついて接吻したんです、そしたらあなたが怒つたんです。だけど直き葉巻をくはへながら笑つてました。

随分まだ面白いんです。此のつづきが。それはお楽しみにして置きませう。

東京は大変な寒さです。

私は三十日に一寸小田原へ行つて来ようかとおもつてます。みかん畠を画きに。若し私の不在中にあなたが帰京なされたら、まあゆつくり休んでゐらつしやい。おからだ大切に、

二十八日夕　㊗

ちゑ子様

【註】

1「白樺」の運動

志賀直哉、有島武郎らが同人として発刊した文芸雑誌『白樺』を中心に、自然主義に抗し、人道主義・理想主義を標榜。大正文壇の主流をなした。

2『道程』

古い詩情を無視し、詩語を捨てて、日常の言葉で綴った数々の詩を収録。読む者の心を捉え、近代詩の無限の可能性を示した功績は大きい。

【参考文献・資料写真提供】

光太郎が智恵子に宛てた手紙＝『芸術　夢紀行シリーズ・高村光太郎　智恵子抄アルバム』芳賀書店刊より引用

光太郎が知人に宛てた手紙『みちのく手紙　高村光太郎書簡集』宮崎稔編　中央公論社刊より引用「人に」＝『智恵子抄』高村光太郎著　新潮社刊より引用

資料写真提供＝北川太一氏、日本近代文学館

与謝野晶子から与謝野鉄幹への手紙

死のことおもひ〱て、いつもそのはては、さ云へ恋しきものをと、終《つい》にはいつもかくおもふのに候

歌人　**与謝野晶子**（よさの・あきこ）

明治11年（1878）堺の和菓子商の家に生まれる。16歳のときに『文芸倶楽部』に短歌が掲載され、関西青年文学会に参加。明治34年上京し、歌集『みだれ髪』を出版。以後、歌集の出版のほか、小説、童話など多方面で活躍。昭和17年（1942）没。享年63歳。

歌人　**与謝野鉄幹**（よさの・てっかん）

明治6年（1873）京都生まれ。父は住職。19歳で上京。以後、短歌に打ち込み、明治33年雑誌『明星』を創刊。後進の指導に当たるとともに詩歌集、歌論集を出版する。大正8年（1919）から昭和7年（1932）まで慶応義塾大学教授。昭和10年没。享年62歳。

【ふたりの恋愛のあらまし】

二人は出会う前から互いの歌を読み、才能を認め合っていた。明治33年（1900）関西に講演旅行に来た鉄幹に会い、晶子は一気に思いを募らせる。鉄幹には内妻や取り巻きの女流歌人がいたが、晶子と結婚を約束。翌年、晶子は押しかけるように上京し、鉄幹と同居。それを機にふたりは結婚をする。

あとの月の末つかたより、まことくるしき〳〵まどひおはしき。くるしくおはしき。山の湯の香、終《つい》にしら梅におはせば、さることかたきかと君まどひ候。

かなしきことかず〳〵おもひ候。はづかしきのことに候。されど君、ゆるしきゝ給へ。さきにまゐらせし文にそれ皆ひめて、そのおもひひめてくるしくおはしき。

人の子としてのわれ、星の子としてのみ名、何となるべき。白百合の君神戸へとかきし時、われこそしかおもひしに候。ゆるし給へ。

さま〴〵なることおもひ候。何《いづ》れと死とおもひきめて、扨《さて》いろ〳〵のことおもひ候ひき。そのすつるいのち、君をさびしき世にのこしまゐらせて、そのいのちをこの少女のいのちにかけてのねがひ、けふその君、君と末ながくともに居させ給はれと、その父君なるひとに文のこさばやなど、それせめて君へのわがつみにむくひかまゐらすことか、などもおもひ候。

死のことおもひ〳〵て、いつもそのはては、さ云《い》へ恋しきものをと、終《つい》にはいつもかくおもふのに候。よしそれなりとて、われえ死なざりしなるべく、されど死もよひ〳〵おもひ候。

詠草《えいそう》おくりまゐらす時、すぎしは歌よむまじときこえし。この悩みもちていかでとおもひしに候。この一月二月、せめてたのしく、あたゝかくと云ひ居給ふ君に、かゝるまどひきかせまゐらすことかと、そはまこと〳〵くるしくおはしき。わが心（神）経質なるは君しり居ますところ。まことあまり小心にておはし候。はづかしく候。

以上の手紙は、明治三十四年（1901）二月二日、明治から昭和にかけて一世を風靡した女流歌人、与謝野晶子が、のちに夫となる鉄幹へ送ったラヴレターの一部である。

このとき晶子は二十二歳。全文、候文で書いているところに、若さに似合わぬ学識の深さと、気持ちの高ぶりを知ることができる。

この晶子は明治十一年、いまの大阪府堺市の老舗、駿河《するが》屋の三女として生まれた。父は堺市市議会議員をつとめた名士であったが、先妻とのあいだに一男二女があり、後妻とのあいだに生まれたのが晶子であった。

駿河屋は堺の町を東西に分ける大道筋の中央にあり、羊羹が人気の和菓子屋であったが、父の宗七は学問を好み、晶子は小学校へすすむとともに漢学塾に通わされ、「論語」「長恨歌」などを学んでいた。

小学校を卒業後、堺女学校に通ったが、当時の中心科目の裁縫などより学問が好きで、父の蔵書の中から、『栄華物語』『源氏物語』『枕草子』『古今和歌集』といった古典から、樋口一葉、幸田露伴、森鷗外などの現代小説、さらには翻訳小説まで、幅広く読んでいた。

これを見て、父の宗七は、「男なら学者にしたい」と嘆いたが、十六歳のとき、投稿した短歌が『文芸倶楽部』に掲載されたのをきっかけに、「堺敷島短歌会」に加入し、二十歳のときには関西青年文学会の機関誌『よしあし草』の同人となった。

　この頃、晶子は近くに住む僧侶鉄南《てつなん》に恋し、彼の紹介で、与謝野鉄幹が主宰していた歌誌『明星』[註1]を知る。

　晶子の初期の代表作の一つ、「やは肌のあつき血汐にふれも見でさびしからずや道を説く君」は、この鉄南のことを歌ったものである。

　だがこのあと、『明星』に歌を投稿して採用され、主宰者の鉄幹から、「いまだ見ぬ君にはあれど名のゆかし晶子のおもと歌送れかし」という短歌入りの手紙をもらい、さらに講演旅行のため大阪に来た鉄幹と会って、晶子の気持ちはたちまち鉄幹に傾いてしまう。

　この鉄幹は明治六年生まれで晶子の五歳年上。父は京都岡崎の願成寺の住職をしていたが、寺以外の事業に手を出して失敗し、知己を頼って全国を転々としていた。

　おかげで、鉄幹は小学生時代を鹿児島で過ごすが、その後、京都に戻り、十四歳のときに長兄を頼って岡山へ行く。二年後それまでの漢学の素養を生かして、わずか十六歳で、次兄が関わっていた山口県徳山の白蓮女学校の国語教師となったが、のちに子供までもうけた浅田信子や、続いて妻となった林滝野《たきの》は、いずれもこの女学校で知った教え子であった。

　しかし、鉄幹は徳山に埋もれる気はなく、十九歳で上京して、大町桂月（歌人）、森鷗外らを知ったが、新たな野心を抱いて朝鮮へ渡った。以後、数回、朝鮮行きをくり返し、一攫千金の事業を夢見たが、結局失敗して諦める。このあたり、父と同様、一つの仕事に安住できぬ野心家の性格がよく現れている。

このあと、鉄幹は歌の師である落合直文などの忠告で、ようやく腰を据えて短歌にとり組むことになり、二十三歳のとき、初めての詩歌集『東西南北』を刊行する。

この頃の鉄幹の詩は、勇壮な調子で男心を詠んだものが多いが、同時に、これまでの公家風の形式的な短歌に反撥し、平明で即物的な歌をつくり、新しいタイプの歌人として注目されるようになった。

この三年後の二十六歳のとき、鉄幹は落合直文らの後援を得て「東京新詩社」を創立し、雑誌『明星』の主宰者となった。

しかし私生活では、この間、先の徳山で知った浅田信子とのあいだに一児をもうけたが、死産して別れ、続いて同じ教え子の林滝野と、養子縁組する条件で同棲をはじめる。

鉄幹が晶子と会ったのはこの直後、鉄幹が新詩社の拡大運動のため、大阪に来た時で、晶子は一目見て、鉄幹の、長身で引き締った風貌と、過去のぬるま湯的な歌壇を否定する鋭い論法に共感し、たちまち恋のとりことなる。

だが、鉄幹のまわりには、妻をはじめ、山川登美子、増田(茅野)雅子など、美貌の女流歌人が常に付き添っていた。

鉄幹は、これら自分を取り囲む女性たちに各々花の名をつけ、妻の滝野には「白芙蓉の君」、登美子には「白百合の君」、雅子には「白梅の君」、そして晶子には「白萩の君」と名付けて呼んでいた。

このあと、鉄幹は再度関西に来て、登美子と晶子と三人で京都粟田山の旅館で一夜をともにする。むろん、二人の女性が自分を恋していることを承知のうえでの行動で、三角関係をそのまま宿へもちこんだ形になった。

晶子は登美子の一歳年上であったが、二人は食事中から火花を散らし、互いに激しく恋する歌を披露し競《きそ》い合った。

この夜、晶子は登美子と同じ部屋に泊り、鉄幹は隣りの部屋に一人で休んだが、翌朝、晶子は登美子がまだ眠っているのを見届けて、庭から鉄幹の部屋へ忍び込み、鉄幹の寝起きの手伝いをし、自分の赤い腰紐で鉄幹の浴衣を結んでやった。

これを見て登美子は大きな衝撃を受け、翌日、かねてから話のあった、父のすすめる外交官と結婚することを決意し、二人の前から去っていく。

もともと登美子の家は若狭小浜藩の重役職の家柄で、父は明治に入って銀行の頭取までつとめた人で、登美子は、いわゆる深窓の令嬢であった。これに対する晶子は容貌こそ落ちるが、堺町人の血を受けて情熱的で、その一途な積極ぶりに登美子がかなわず身を退いた、というのが実情である。

このとき鉄幹は、美しく控えめで、しかも実家の豊かな登美子のほうに惹かれていたが、妻子ある身で、これから嫁ぐという女性を引き留めるわけにもいかない。

別れに当って登美子は、「それとなく紅き花みな友にゆづりそむきて泣きて忘れ草つむ」という歌を詠んでいるが、「紅き花」が鉄幹のことで、「友にゆづり」の友が晶子であることは明白である。

この翌月、鉄幹は再び関西を訪れ、今度は晶子と二人だけで、再び粟田山の旅館に連泊する。前回から二カ月後で、すでに登美子は去り、晶子は心おきなく鉄幹の腕に抱かれ、恋の勝利の美酒に酔い、次の歌を詠む。

「春みじかし何に不滅の命ぞとちからある乳を手にさぐらせぬ」

晶子はまさに幸せの絶頂にあったが、それも束の間、鉄幹と別れて一人になってみると、鉄幹には妻子があり、自分のしたことは、いわゆる不倫である。

古い道徳観念が支配していた明治の時代、晶子は改めて、自分の犯した罪の大きさに驚き、慌てるが、許されぬ愛であればあるほど、恋しさはつのり、苦しく、切ない。

そんな状態で書かれたのが、冒頭の手紙である。

喜びと悲しみ

晶子はこの手紙を巻紙に墨字で書いているが、字体は細く、一本の糸のように長々と続いて、しまりがない。書が人を表すとしたら、晶子は几帳面というより、融通無碍《ゆうずうむげ》でおおらかな性格、といったほうが、当っているかもしれない。

手紙の内容は、まず、初めの「あとの月の末つかた」は、先月の終りごろから、ということで、二人で夜をともにして以来ひたすら想い続けていることを、正直に告白している。

続く、「かなしきこと」「はづかしきのこと」は、鉄幹に妻子がいること、そんな人に抱かれて燃えたことが悲しく、恥ずかしく、先の手紙では、それらのことを隠していたが、それがかえって苦しかった、と訴える。

「星の子として」は、当時、鉄幹が唱えていた「歌人星の子説」のことで、もともと芸術家は星の世界から来た特別の人間だから、現世で反道徳や不倫を犯しても、その事実を正直に表現するかぎりは許される、という考えで、『明星』という誌名も、そこからきている。

この理論は晶子や登美子など、旧家で育った女性にはとくに説得力をもち、それを信じたからこそ、彼女等の心のなかを赤裸々に曝し、のちの「みだれ髪」などに見る名歌が続々生まれたともいえる。

この星の子であるという思いと、人の子という現実に、苦しみ迷いながら、白百合の君（登美子）は神戸に来ています、と書きながら、自分のことしか考えていなかったことを、許して欲しいと思う。しかし、いまはそのライバルもいないが、それだけに粟田山の宿で二人で過ごした夜は忘れ難い。

「君さらば粟田の春のふた夜妻またの世までは忘れゐたまへ」

この歌からもわかるように、このとき、鉄幹は晶子と結婚することをほのめかし、それを受けて、晶子は狂おしく燃えた。

だが醒めてみると、自分が考えていることの罪深さに恐ろしくなる。

こんなに苦しむのなら、いっそ貴方と別れて、二人妻みたいな状況から逃れたいと思う。

とにかく、あの夜のことは貴方があの世に行くまで忘れても結構です、といいきる。

たしかにこのとき、鉄幹のまわりには、まだまだ未解決の問題がいくつも残されていた。

「その父君なるひとに文のこさばやなど」の父とは、鉄幹の妻、滝野の父のことである。この人は山口県徳山の素封家で、鉄幹はその資産に目をつけ、『明星』の発行に当って、かなりの資金を出してもらっていた。

義父は、こんな鉄幹のやり方に不快の念をもっていたが、さらに滝野との結婚は、鉄幹が養子に入るという条件で決められたものだが、いまだに鉄幹はそれを実行しようとしない。

そんな状態にしびれを切らした義父が娘の滝野に、あんな口達者な遊民風情とは、きっぱり縁を切って実家に戻ってこいと、強硬な態度をとっていた。

鉄幹はそれらの事情を晶子に打明け、本当は君と結婚したいのだが、そうなると、義父からの援助が失くなり、雑誌がたちゆかなくなると嘆いていた。

文中では、わたしは先に死にますから、貴方はそのまま奥さまと一緒にいられるよう、お義父さまに手紙を書いて差しあげましょうか、とまでいっている。

純情な晶子をそこまで追いやった鉄幹の責任は重いが、丁度その頃、鉄幹を貶《おとし》めようと企んだ者により、鉄幹の女性関係をあげつらった註2『文壇照魔鏡《ぶんだんしょうまきょう》』という印刷物が出廻り、その火の粉を払うのに、鉄幹はおおわらわであった。

そんな多事多難の鉄幹を愛してしまった晶子は、もはや引き返すわけにいかない。

「死のことおもひ〳〵て、いつもそのはては、さ云へ恋しきものをと」いっそ死のうと何度も思うが、その果てに、そうはいっても、やっぱり恋しくて恋しくて、やはり容易に死にきれないのです、と嘆く。

「詠草おくりまゐらす時」過ぎたことは歌に詠まないようにしなさい。「この一月二月、せめてたのしく、あたゝかくと」もう少し暢《の》んびり、考えるようにしなさい、と鉄幹は忠告してくるが、晶子は、なかなかそうはできません、といい、わたしが神経質で、小心者であることは、貴方が一番よくご存知でしょう、と拗ねてみせる。

一見、候文で気取っているように見えるが、内容は、恋する女の喜びと悲しみと苦しさを率直にさらけだして迫力がある。

しかし同時に、このままでは死ぬと叫び、いっそ貴方は奥さまのところに戻りなさいと理解のあるところを見せながら、その実、煮えきらぬ鉄幹の決断を促しているともいえる。

逆転した晩年

その後、いくつかの紆余曲折があったが、この年の夏、ついに晶子は単身上京し、妻の滝野が実家に帰っていた隙を狙って、渋谷にあった鉄幹の家に入りこみ、そのまま居ついてしまう。

「狂ひの子われに焔《ほのお》の翅《はね》かろき百三十里あわただしの旅」

晶子が上京するときに詠んだ歌だが、まさに狂いの子は、押しかけ女房となって鉄幹のところに転がり込む。

これを見て、実家から戻ってきた滝野は鉄幹と別れる決心がつき、乳飲み子を連れて一人、悄然と東京駅から去っていく。

ようやく念願の、鉄幹の妻となった晶子は、狂ったように歌を詠み、『みだれ髪』を出して一躍脚光を浴び、以後、『小扇』『毒草』さらに『君死にたまふこと勿れ』『恋衣』などをやつぎ早に発表し、歌壇の寵児となっていく。

この精力的な仕事とともに、次々と子を産み、五男六女の子宝に恵まれた。

そのまま、明治、大正、昭和と生き抜くが、この間、晶子は歌のみならず、随筆から小説まで手がけ、文学史に残る大輪の花を咲かせるが、鉄幹はそれに反比例するように逼塞《ひっそく》し、文壇からも忘れられていく。

晩年、与謝野家に「先生」と電話がかかってくると、すべて晶子への電話で、来客も晶子が目当てで、鉄幹を訪れる人はほとんどなく、鉄幹は仕方なく孫と二人で、近くの公園へ行き、身動きもせず蟻の巣穴を眺めていた、といわれている。

かつて既成の歌壇に敢然と挑んだ鉄幹と、それを恋い慕い、死を賭けてとびこんでいった晶子と、夫と妻の立場は晩年まったく逆転して、鉄幹は一種の濡れ落葉となったが、二人は別れることもなく、鉄幹は六十二歳で、晶子は昭和十七年（1942）、六十三歳で、この世を去った。

さまざまな苦難にぶつかりながら、二人が強く結ばれていたのは、やはり、互いに心の底で尊敬し合っていたからで、鉄幹は、晶子の天性の歌才を評価し、晶子は鉄幹の、怜悧《れいり》な評論家としての才能を、かっていたからでもあった。

いずれにせよ、晶子の思い詰めたら貫きとおす、気迫と一途さはすでに初期のラヴレターに見事に表れていて、改めてラヴレターは、その人の性格と生き方そのものを表す鏡であることを知らされる。

▶鉄幹の内妻、林滝野。鉄幹との間に一男をもうけた。

▶『婦人画報』（明治45年6月）に掲載された晶子。「服装は特に三越に注文したる派手好み」という記述が。

▶山川登美子（左）は夫と死別後、鉄幹への思いを歌い続け、晶子（右）の心を乱したが、29歳の若さで病没。

▶結婚後、間もないころの鉄幹と晶子。

▶大正初年の与謝野一家。晶子は仕事の傍ら出産、育児も精力的にこなした。

▶昭和2年晶子と鉄幹は家を建て、書斎は冬柏亭《とうはくてい》と名づけた。その冬柏亭は現在、鞍馬寺に移築されている。

明星

▶『明星』創刊号（明治33年4月）。第2号には鉄幹の呼びかけに応じた晶子の歌が掲載された。

晶子が鉄幹に宛てた手紙

あとの月の末つかたより、まことくるしき〳〵まどひおはしき。くるしくおはしき。山の湯の香、終にしら梅におはせば、さることとかたきかと君まどひ候。

かなしきことかず〳〵おもひ候。はづかしきのことに候。されど君、ゆるしきゝ給へ。さきにまゐらせし文にそれ皆ひめて、そのおもひひめてくるしくおはしき。

人の子としてのわれ、星の子としてのみ名、何となるべき。白百合の君神戸へとかきし時、われこそしかおもひしに候。ゆるし給へ。

さま〴〵なることおもひ候。何《いつ》れと死とおもひきめて、扨《さて》いろ〳〵のことおもひ候ひき。そのすつるいのち、君をさびしき世にのこしまゐらせて、そのいのちをこの少女のいのちにかけてのねがひ、けふその君、君と末ながくともに居させ給はれと、その父君なるひとに文のこさばやなど、それせめて君へのわがつみにむくひかまゐらすことか、などもおもひ候。

死のことおもひ〳〵て、いつもそのはては、さ云へ恋しきものをと、終にはいつもかくおもふのに候。よしそれなりとて、われえ死なざりしなるべく、されど死もよひ〳〵おもひ候。詠草おくりまゐらす時、すぎしは歌よむまじときこえし。この悩みもちていかでとおもひしに候。この一月二月、せめてたのしく、あたゝかくと云ひ居給ふ君に、かゝるまどひきかせまゐらすことかと、そはまこと〳〵くるしくおはしき。わが心（神）経質なるは君しり居ますところ。まことあまり小心にておはし候。はづかしく候。

【註】

1『明星』

明治33年（1900）創刊。ロマンチシズムを主張し、短歌の革新に貢献。近代文学史に大きな業績を残す。明治41年100号にて終刊。のちに2度復刊されるが、初期の勢いはすでになかった。

2『文壇照魔鏡』

明治34年（1901）3月鉄幹を誹謗する『文壇照魔鏡』という怪文書が出回った。鉄幹は『明星』のライバル誌『新声』同人の仕業と見て名誉毀損で告訴したが、証拠不十分で敗訴した。

【参考資料】

晶子が鉄幹に宛てた手紙＝『君も雛罌粟われも雛罌粟コタリコ』渡辺淳一著　1996年文藝春秋刊

資料写真提供＝藤田三男編集事務所、日本近代文学館

芥川龍之介から塚本文への手紙

貰ひたい理由はたつた一つ、
僕は文ちやんが好きだと云ふ事です

作家
芥川龍之介（あくたがわ・りゅうのすけ）
明治25年（1892）東京生まれ。母の発狂により、母の実家で育てられた。幼少期から感受性鋭く、書物を読みあさり、東大在学中に「鼻」で認められる。「或旧友へ送る手記」に記したような「ぼんやりとした不安」を抱え、昭和2年（1927）自殺。享年35歳。

塚本　文（つかもと・ふみ）
明治33年（1900）生まれ。父は海軍軍人だったが日露戦争で戦死。母、弟とともに母の実家に身を寄せて育つ。跡見女子学園在学中に龍之介と結婚。比呂志、多加志、也寸志の三男をもうける。昭和43年（1968）心臓病で没。享年68歳。

【ふたりの恋愛のあらまし】

龍之介15歳のころ、学友の山本喜誉司《きよし》の家を訪ね、山本家に身を寄せていた7歳の文と出会う。当時は恋愛感情もなかったが、8年後に再会したときに美しく成長している文に龍之介はひかれ、翌年求婚。さらに2年後結婚した。しかし、龍之介の自殺により、結婚生活は10年目で終止符を打つ。

文ちゃん。

僕は、まだこの海岸で、本をよんだり原稿を書いたりして、暮してゐます。何時頃、うちへかへるか、それはまだ、はつきりわかりません。が、うちへ帰つてからは、文ちゃんに、かう云ふ手紙を書く機会がなくなると思ひますから、奮発して、一つ長いのを書きます。（中略）

文ちゃんを貰ひたいと云ふ事を、僕が兄さんに話してから、何年になるでせう。（こんな事を、文ちゃんにあげる手紙に書いていいものかどうか、知りません。）貰ひたい理由は、たつた一つあるきりです。さうして、その理由は僕は、文ちゃんが好きだと云ふ事です。勿論昔から、好きでした。今でも、好きです。その外に何も理由はありません。（中略）

一の宮は、もう秋らしくなりました。木槿《もくげ》の葉がしぼみかかつたり、弘法麦の穂がこげ茶色になつたりしてゐるのを見ると、心細い気がします。僕がここにゐる間に、書く暇と、書く気とがあつたら、もう一度手紙を書いて下さい。「暇と気があつたら」です。書かなくつてもかまひません。が、書いて頂ければ、尚、うれしいだらうと思ひます。

これでやめます。皆さまによろしく。

芥川龍之介

古風な妻を求める

この手紙は、最後の署名からもわかるとおり、芥川龍之介が二十四歳のとき、婚約者であり、のちに妻となった塚本文に宛てたものである。

このときの日付は、大正五年（１９１６）八月二十五日、芥川はまだ二十四歳で、千葉県一宮町の海ぞいにある旅館に泊っていた。

一方、この手紙を受け取った文は、芥川の八歳年下の十六歳。跡見女子学園に通う、愛らしい女学生だった。

二人の馴初めはかなり古く、このほぼ十年前、明治四十年（１９０７）にはじまる。

この頃、芥川は府立三中に通っていたが、同級生の山本喜誉司の家を訪れたとき、実母とともに身を寄せていた文を知ったのが、初めての出会いであった。

芥川の経歴については、知っている人も多いかと思うが、明治二十五年三月一日、京橋区入船町で生まれた。父は牛乳販売業の耕牧舎《こうぼくしゃ》を営んでいたが、生まれた年が辰年で、辰月辰日辰の刻であったことから、龍之介と名付けられた。しかしこのとき、父の新原《にいはら》敏三は四十二歳、母のフクは三十三歳の、ともに厄年であったことから、旧来の迷信により形式的に捨て子とされ、さらに龍之介の生後八カ月目に、母が突然発狂するという悲劇に見舞われた。

このため、龍之介は母の兄の芥川道章《どうしょう》に預けられ、ここに同居していた母の姉フキに育てられたが、これら一連の生い立ちの不幸が、芥川ののちの精神形成に暗い影を残したことは否めない。

しかし龍之介は十歳ごろから読書に熱中し、毎日のように近くの図書館に通い、馬琴、近松などの江戸文学から、泉鏡花、徳冨蘆花、尾崎紅葉などの近代文学を読みあさり、小学生のときには同級生と『日の出界』という回覧雑誌をつくり、さらに英語や漢学の勉強も始めていた。

だが十歳のときに実母が死去したことから翌年、芥川家に養子として入り、以後芥川姓となった。

やがて十三歳で江東小学校高等科を終了し、東京府立第三中学にすすみ、ここで山本喜誉司を知り、さらに二級上には西川英治郎、久保田万太郎らがいた。

五年後、府立三中を卒業後、第一高等学校第一部乙類に入り、同級に菊池寛、久米正雄、松岡譲、山本有三らがいた。このあと東京帝国大学英文科にすすんだが、ここで前記の仲間たちと第三次『新思潮』を創刊し、処女小説「老年」を発表した。

さらに大正四年、二十三歳のときに『帝国文学』に「羅生門」を発表するとともに、夏目漱石が主宰していた「木曜会」に出席し、漱石の門下生となった。

一方、塚本文は龍之介の八つ年下で明治三十三年生まれ。父善五郎は飛騨高山の士族で、明治維新後は海軍軍人となって東京へ移り、一時は芥川家の近くに住んでいたこともあった。冒頭の手紙が書かれた大正五年正月には、芥川と文は歌留多《かるた》会などでさらに親しさを増し、芥川家の人々も塚本家を訪ねるなどして、文に好意を抱いていた。

この頃、芥川は前記の仲間と第四次『新思潮』を創刊し、「鼻」を掲載して漱石の激賞を得、さらに七月、帝大卒業後「芋粥」を『新小説』に、「手巾《ハンケチ》」を『中央公論』に発表し、期待の新人作家として、文壇の注目を浴びていた。

しかし、文への手紙にはそうした気負いや難解さはなく、まだ若い文にもわかるように、ことさらにひら仮名を多く用い、平明に、かつ率直に書かれている。

以下の手紙はこの年の暮に、田端にいた芥川から文に宛てて送られたものである。

文ちやん

少し見ないうちに、又背が高くなりましたね。さうして少し肥りましたね。どんどん大きくおなりなさい。やせたがりなんぞしてはいけません。体はさう大きくなつても、心もちはいつでも子供のやうでいらつしやい。自然のままやさしい心もちでいらつしやい。世間の人のやうに小さく利巧になつてはいけません。(中略)

えらい女—小説をかく女や画をかく女や芝居をかく女や婦人会の幹部になつてゐる女や—は大抵にせものです。えらがつてゐる馬鹿です。あんなものにかぶれてはいけません。つくろはずかざらず天然自然のままで正直に生きてゆく人間が人間としては一番上等な人間です。どんな時でもつけやきばはいけません。（後略）

この手紙にもあるように、いまに残る文の写真は、まる顔で、ぽっちゃりとして愛らしい。外見からも穏やかそうで当時の流行の女性のように、自らを主張し、行動するタイプではなかったようである。

事実、芥川はその種の女性を嫌っていて、それはこの手紙にもよく表れている。天然自然のままが一番だといいながら、その自然のあり方を求めて立上がった女性を否定するところに、芥川の女性観の意外な古風さを見ることができる。

次の一文はこの翌年（大正六年）五月末、鎌倉に部屋を借りて住んでいた芥川から、文に宛てて出されたものである。

（前欠）ボクは毎日忙しい思をしてゐます。今日鵠沼の和辻さんのうちへ行つたら松林の中にうちがあつて、そのうちの東側に書斎があつて、そこにモナ・リサの大きな額をかけて、その額の下で和辻さんが勉強してゐました。奥さんと可愛い女の子が一人ゐて、みんな大へん愉快らしく見えます。ボクは何だかその静な家庭が羨しくなりました。ああやつて落着くべき家庭があつたら、ボクも勉強が出来るだらうと思つたのです。とにかく下宿生活と云ふものはあんまり面白いものぢやありません。

文学なんぞわからなくつたつて、いいのです。ストリントベルクと云ふ異人も「女は針仕事をしてゐる時と子供の守りをしてゐる時とが一番美しい」と云つてゐます。ボクもさう思ひます。（後略）

これを読めば、芥川が文とのあいだに描いていた新婚生活のおおよその察しがつく。とくに、女は針仕事と子守りをしているときが一番美しい、とは、ストリントベルクを持ち出したところで、現代の女性たちには容易に受け入れられないかもしれない。いや、当時の女性たちにも、こういう考え方に反発を覚えた人はいたに違いない。

そしてこんな芥川を、文はどんな風に見ていたのか。

今となっては知りようもないが、ともかく、文は芥川の求愛を受け入れて結婚する。

多彩な女性関係

大正七年二月、芥川と文は、田端の自宅（自笑軒《じしょうけん》）で結婚式を挙げたあと、新居を鎌倉大町字辻の小山別邸内に定め、新婚生活に入った。このとき、芥川は二十五歳、文は十七歳で、なお跡見女子学園に在学中だった。

結婚とともに、芥川は生活の安定をはかるため、大阪毎日新聞社と社友契約を結び、五月から「地獄変」の連載を始めた。さらに七月には『赤い鳥』に「蜘蛛の糸」を発表、また春陽堂から『鼻』を出版し、文壇登場三年にして、芥川は文壇の寵児となっていった。

文はそんな芥川を内側から支え、二年後には長男比呂志を、その二年後には次男多加志を、さらに三年後には三男也寸志を産み、少なくとも表面的には平穏であった。

だがその裏で、さまざまな問題がなかったわけでもない。

まず、芥川の女性関係だが、これはいまわかっているだけでも数人におよび、手紙に書かれているように、単純なものでなかった。

まず、芥川は幼くして実家を離れたが、ときおり新原の実家に戻るときに会う、この家の女中、吉村千代に恋心を抱き、二十二歳のときにはその気持を告白した手紙を出している。

この恋情は、幼くして母を失った、母恋の思いに近いのかもしれない。

しかしこのあと、実父の仕事の関係で知り合った吉田弥生を愛し、結婚したい旨を養家の両親に告げている。弥生は芥川と同じ年齢で、青山女学院英文科に通い、美術や文学に親しむ才媛であった。だが弥生の実家が士族の出ではなく、さらに弥生は両親が結婚する前に生れた非嫡出子であることから、養家の両親が反対し、結婚にはいたらなかった。

この弥生の才女タイプと、このあと文への手紙に書かれている芥川の女性の好みとは、いささかかけ離れているが、それは弥生を断念せざるを得なかったことへの反発でもあろうか。ともかくこの蹉跌《さてつ》が、文への思いを高めたことはたしかであった。

続いて大正五年、芥川は文へ熱烈なラヴレターを出す一方で、鎌倉の旅館「小町園」の女将、野々口豊子と逢瀬を重ねていた。

豊子は人妻であったが、旅館を経営しているだけにてきぱきとして頭がよく、くわえて京都生れの妖艶さをそなえていた。芥川は結婚後もこの小町園をよく利用し、のちに自殺についても相談するなど、二人の交際は死ぬまで続いていた。

この女性も、いわゆる古風で淑《しと》やかな女性とは違うが、芥川は妻にはそれを求めていながら、外ではまた別のタイプの女性に魅かれていたのかもしれない。

そしていま一人、結婚した翌年、二歳年上の秀しげ子[註1]を知る。彼女は日本女子大を出たあと結婚して子供もいたが、『潮音』に所属する歌人で、文壇の催しや劇場には必ず顔を見せる社交家、有名人好きでもあった。芥川は一目見るなり、たちまちしげ子に惚れ込み、「愁人」と名付けて深く関わったが、じき、その強引さに辟易《へきえき》し、中国まで逃げるが、さらにしげ子の産んだ子は芥川の子だという噂まで流れた。

のちの作品「或阿呆の一生」や「歯車」の中に出てくる「狂人の娘」をはじめ、芥川の遺書の中の、「僕の生存に不利を生じたことを、少なからず後悔してゐる」と書かれているのはしげ子のことで、芥川の死因の一つにもなっているという意見もある。

このしげ子も、文とは違うタイプだが、こういう一見派手でインテリ風の女性に易々と溺れるところが、芥川の女性を見る目の甘さと、いえなくもない。

さらに大正九年、日本女子大生の森幸枝が会いたい旨を訴えてくると、芥川は直ちに承諾の返事を出して家で会い、以来交際が始まった。この女性は小説家志望で、彫りの深い美貌であったが、しばしば芥川に簪《かんざし》や博多人形、菓子などを贈り、家の外で秘かに逢っていた。

これとほぼ同時期だが、芥川は小説の執筆に当って、女性の手紙の書き方や女性の髪型などを知りたい、という理由から平松麻素子に近付き、それがきっかけで芥川の晩年まで交際が続いた。さらに芥川はこの女性と帝国ホテルで心中するべく、誘うが、事前に友人に察知されて未遂に終ったことがある。

そして最後にいま一人、片山広子[註2]がいる。彼女はペンネームを松村みね子といい、『心の花』の歌人であるとともに、アイルランド戯曲の翻訳家としても著名であったが、芥川の十四歳年上で、知り合ったときは四十六歳であった。日本銀行理事の片山貞次郎の妻で、一男一女がいたが、大正九年に夫が亡くなってから、二人は深い関係になった。

芥川は彼女を「シバの女王」にたとえ、その才能を称えるとともに、「越《こし》びと」「相聞」などの抒情的な歌を送っている。

これら、一連の女性関係を見ると、巷間出廻っている暗く陰鬱な芥川の写真のイメージとは、いささかかけ離れているように思える。

たしかに表面は若くて貴公子然とした、文壇の寵児とはいえ、かなり女性に関心が強く、女好きであったことは否めない。

事実、のちに有島武郎と心中した美貌の女性記者、波多野秋子が芥川邸に原稿を依頼に行ったとき、ときの『婦人公論』編集長であった滝田樗陰《ちょいん》が、「芥川は女好きだから、気をつけろ」といったことも、満更、誇張とも思えない真実味がある。

この芥川の女好きの背景について、これまで正面から論じたものはないが、いま簡単に触れると、その根本は、まず男であったこと、そして好奇心一杯の作家であったこと、をあげることができるだろう。そして、幼くして母を失ったことからくる、母性愛への欲求不満と女性的なものへの憧れ。さらに、小説への行き詰まりと自らの才能への不安、人生そのものへの懐疑、それらが入り交じって、一層、女性へ深入りし、一時の安逸へ逃げた、といえるかもしれない。

いずれにせよ、一見、知的エリートとして肉欲を軽蔑しているように見えながら、その実、そこに溺れ込んでいたことはたしかであった。

そんななかでただ一人、妻の文だけはそうした外の顔とは違う、孤高で淋しげで、どこか冷ややかであった芥川を静かに見詰めていた。

その証拠に、のちに三男也寸志氏が、母の文さんのことについて、次のように語っている。

「父の生活は、朝は九時ごろに食事をしてすぐ二階の書斎にこもり、午後もずっと書斎で過ごすという日々の連続だったようです。酒も飲まず、食事などについて文句を言うこともなく、食事のときも必ず本を読み、大きな声で笑うことも怒ることもないが、子どもや年寄りをからかうのが好きだったとか。

ともかく、父の日常は家人とはまったく没交渉で、書斎へお茶を持っていったり、冬、火を入れにいっても、母はすぐ階下に戻ってしまう。きっと、夫婦がふたりだけでくつろぎ、親しく語り合うことも少なかったにちがいありません」

これに対して、文自身は次のように述べている。

「私たちの結婚生活はわずか十年の短いものでしたが、その間私は、芥川を全く信頼してすごすることができました。その信頼の念が、芥川の亡きのちの日月を生きる私の支えとなったのです」

芥川は三十五歳で、神経衰弱が高じて自ら生を断ったが、文はその後四十余年生き、六十八歳で心臓病で亡くなった。

その一生は常に控えめでもの静かであったが、その、ことさらに表に出て、夫の行動を知ろうとしなかった生き方が、ある意味で、平穏で安らかな一生を送るもととなったことも、たしかである。

ことさらに、気の重くなることは見ようとせず、知ろうともしない。それも生きていくうえでの一つの知恵かもしれない。

▲大正7年、龍之介と文は結婚。妻はまだ女学生という初々しい結婚生活がはじまった。

◀大正15年、神経衰弱と不眠症に悩んでいた龍之介は文と子とともに鵠沼で養生。自殺の2年前のことだった。

◀家の書斎でくつろぐ新婚間もない龍之介と文。晩年、龍之介は遅筆だったが、この時期は精力的に小説を書き上げた。

▶龍之介のまわりには常に女性の影がつきまとっていた。上から、青年時代に淡い恋心を抱いた吉村千代、龍之介の自殺の一因であるともいわれる秀しげ子、龍之介が人生最後に恋をした片山広子。

◀龍之介が自殺した田端の書斎。枕元には聖書が開かれ、遺書が置かれていた。

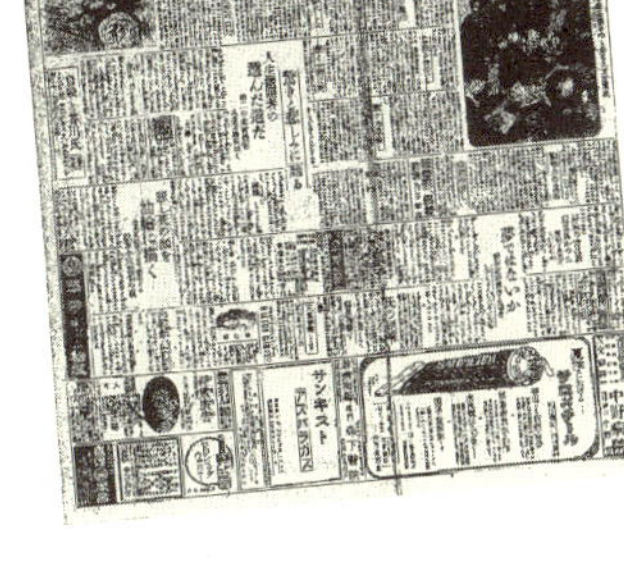

◀龍之介の自殺を新聞は1ページ全部を使って、大々的に報じた。

龍之介が文に宛てた手紙

文ちゃん。

僕は　まだこの海岸で　本をよんだり原稿を書いたりして　暮してゐます。何時頃　うちへかへるか　それはまだ　はつきりわかりません。が、うちへ帰つてからは　文ちゃんにかう云ふ手紙を書く機会がなくなると思ひますから　奮発して　一つ長いのを書きます　ひるまは　仕事をしたり泳いだりしてゐるので、忘れてゐますが　夕方や夜は　東京がこひしくなります。さうして　早く又　あのあかりの多い　にぎやかな通りを歩きたいと思ひます。しかし　東京がこひしくなると云ふのは　東京の町がこひしくなるばかりではありません。東京にゐる人もこひしくなるのです。さう云ふ時に　僕は時々　文ちゃんの事を思ひ出します。文ちゃんを貰ひたいと云ふ言を、僕が兄さんに話してから　何年になるでせう。（こんな事を文ちゃんにあげる手紙に書いていいものかどうか知りません。）貰ひたい理由は　たつた一つあるきりです。さうして　その理由は僕は　文ちゃんが好きだと云ふ事です。勿論昔から　好きでした。今でも　好きです。その外に何も理由はありません。僕は　世間の人のやうに　結婚と云ふ事と　いろいろな生活上の便宜と云ふ事とを一つにして考へる事の出来ない人間です。ですから　これだけの理由で　兄さんに　文ちゃんを頂けるなら頂きたいと云ひました。さうして　それは頂くとも頂かないとも　文ちゃんの考へ一つで　きまらなければならないと云ひました。

僕は　今でも　兄さんに話した時の通りな心もちでゐます。世間では　僕の考へ方を　何と笑つてもかまひません。世間の人間は　いい加減な見合ひと　いい加減な身もとしらべとで　造作なく結婚してゐます。僕には　それが出来ません。その出来ない点で　世間より僕の方が　余程高等だとうぬぼれてゐます。

兎に角　僕が文ちゃんを貰ふか貰はないかと云ふ事は全く文ちゃん次第で　きまる事なのです。僕から云へば　勿論　承知して頂きたいのには違ひありません。しかし　一分一厘でも　文ちゃんの考へを　無理に　動かすやうな事があつては　文ちゃん自身にも　文ちゃんのお母さまや兄さんにも　僕がすまない事になります。ですから　文ちゃんは　完《まつた》く自由に自分でどつちともきめなければいけません。万一　後悔するやうな事があつては　大へんです。

僕のやつてゐる商売は　今の日本で　一番金にならない商売です。その上　僕自身も　碌《ろく》に金はありません。ですから　生活の程度から云へば　何時までたつても知れたものです。それから　僕は　からだも　あたまもあまり上等に出来上つてゐません。（あたまの方は　そ

れでも　まだ少しは自信があります。）うちには　父、母、伯母と、としよりが三人ゐます。それでよければ来て下さい。

僕には、文ちやん自身の口から　かざり気のない返事を聞きたいと思つてゐます。繰返して書きますが、理由は一つしかありません。僕は　文ちやんが好きです。それだけでよければ　来て下さい。

この手紙は　人に見せても見せなくても　文ちやんの自由です。

一の宮は　もう秋らしくなりました。木槿《もくげ》の葉がしぼみかかつたり　弘法麦の穂がこげ茶色になつたりしてゐるのを見ると　心細い気がします。僕がここにゐる間に、書く暇と　書く気とがあつたら　もう一度手紙を書いて下さい。「暇と気があつたら」です。書かなくつてもかまひません。が　書いて頂ければ　尚　うれしいだらうと思ひます。

これでやめます　皆さまによろしく

芥川龍之介

【註】

1　秀しげ子

明治23年（1890）生まれ。歌人。大学卒業後、帝劇の電気技師と結婚。1児をもうける。大正10年（1921）に産んだ子が龍之介に似ているといわれ、そのことは龍之介の神経をさいなんだ。

2　片山広子

明治9年（1876）生まれ。歌人。ペンネーム松村みね子。日本銀行理事の夫と大正9年に死別。広子との出会いを龍之介は友人への手紙に「もう一度廿五歳になつたやうな興奮」と綴った。

【参考文献・写真提供】

龍之介が文に宛てた手紙＝『芥川龍之介全集7』筑摩書房刊より引用
三男也寸志氏が語る父の生活＝『主婦と生活』主婦と生活社刊　1968年11月号「〝明治の女〞をひっそりと生きた母を憶う」より引用
文のコメント＝『図書』第二号　岩波書店刊より引用
資料写真提供＝藤田三男編集事務所、日本近代文学館

伊藤野枝から大杉栄への手紙

私のすべては、あなたと云ふ対象を離れては何物も何事についても考へ得られないのです

婦人運動家　**伊藤野枝**（いとう・のえ）
明治28年（1895）福岡生まれ。商才のない父のもと、苦労して育つ。上野女学校卒業後、郷里で結婚するが出奔し、母校の英語教師辻潤と同棲。機関誌『青鞜』に参加し、のちに主宰。大杉栄と結ばれ、無政府主義者として執筆を続ける。大正12年（1923）没。

社会運動指導者　**大杉 栄**（おおすぎ・さかえ）
明治18年（1885）香川県の軍人の家に生まれる。幼年期には軍人を目指すが挫折。18歳で東京外国語学校入学後、社会運動に参加し始める。度々の逮捕、入獄と弾圧を受けつつも執筆活動、社会運動を続け、その活動は海外にまでおよんだ。大正12年（1923）没。

【ふたりの恋愛のあらまし】
辻潤と同棲し、二児の母の野枝。堀保子と結婚し、神近市子とも関係がある大杉。このふたりを最初、惹きつけたのは互いの思想への共感だったが、愛へ発展。大杉をめぐる3人の女が四角関係に。結局、大杉と野枝が結ばれ五児をもうけた。が、ふたりともに虐殺されるという非業の最期を遂げた。

（前略）きのふの手紙に、書かうと思つてツイ忘れて了《しま》つたが、永代静雄のやつてゐるイーグルと云ふ月二回かの妙な雑誌があるね。あれに面白い事が書いてある。自由恋愛実行団と云ふ題の、ちよつとした六号ものだ。「大杉は保子を慰め、神近を教育し、而《そ》して野枝と寝る」と云ふやうな文句だつた。平民講演の帰りに、神近や青山と一緒に雑誌店で見たのだが、神近は「本当にさうなんですよ」と云つてゐた。青山は、あなたが僕に進んで来て以来、僕等の問題に就《つ》いては全く口をつぐんで了つた。先日も「女の世界」を借してくれと云ふから「あなたはもう僕等の問題には興味がない筈であつたが」とひやかしたら、「でも、折角《せつかく》皆さんがお書きになつたのだから」とごまかしてゐた。
「保子を慰め、神近を教育し、而して野枝と寝る」は一寸《ちよつと》面白いだらう。（中略）
あなたとのキッスの一番あつかつたのは、僕が御宿を去る日、あなたが泣いてした事があつたね、あの時のキッスだつた。
ああ、もう止《よ》さう。あなたの真似をして馬鹿ばかり書きたくなるから。

野狐さん　　　　栄

この手紙は大正五年（１９１６）六月七日、東京にいた大杉栄から、千葉県御宿にいた伊藤野枝に出されたものである。

このとき、大杉は三十一歳、もともとは軍人の子で名古屋の陸軍幼年学校に入ったが中途退学。その後東京に出て東京学院などに通い、十七歳のときに洗礼を受けた。さらに東京外国語学校フランス語科で学ぶ一方、『平民新聞』の編集を手伝ううちに社会意識に目覚め、電車賃値上げ反対運動にくわわって逮捕され、釈放後『家庭雑誌』の編集にたずさわったが、二十歳のときに書いた「新兵諸君に与う」が危険思想として起訴され、巣鴨監獄に入れられた。

このあと二年の刑期を終えて出獄後も、金曜会屋上演説事件、赤旗事件などで検束され、入獄をくり返したあと、二十七歳のとき、社会運動家の荒畑寒村らとともに『近代思想』を創刊した。

以上の経歴からもわかるとおり、当時の大杉は、いわゆる無政府主義者の危険分子として、官憲から厳しく監視されていた。

一方、伊藤野枝は明治二十八年（1895）福岡県今宿の生まれ、大杉の十歳年下だが、小学校を終えたあと、北九州の郵便局に勤めるかたわら、十四歳のときに叔父を頼って上京、猛勉強の結果、上野女学校に編入した。この学校は当時の女学校には珍しく、良妻賢母型教育を強要せず、自由主義と実学精神を旨としていた。

この女学校を卒業するとともに北九州に戻され、隣村の末松福太郎と半ば強制的に結婚させられたが、祝言から八日目に婚家から逃げ出して上京し、学生時代から思いをよせていた英語教師、辻潤[註1]（二十八歳）の許《もと》に転がり込み、同棲する。これと同時に、平塚らいてうが主宰していた『青鞜』の編集を手伝いながら、十七歳のとき『東の渚』という詩を発表した。

辻と同棲した翌々年、十九歳のときに長男一《まこと》を出産したが、同時に婦人解放運動にくわわり、夫婦、貞操問題などについての論文を発表するとともに自伝的小説も発表した。

四角関係

大杉栄と伊藤野枝、この二人が知り合ったのは、この直後、野枝が発表した「婦人解放の悲劇」を読んだ大杉が、それを『近代思想』に取り上げ、賞賛したことにはじまる。これに励まされた野枝は、以後、大杉に親近感を抱くようになる。

この年、日本は第一次世界大戦に巻きこまれた。大杉はこれを強く批判し、先の『近代思想』を廃刊して大杉色の濃い『平民新聞』を発行したが、政府の弾圧により発禁となった。

一方、野枝は平塚らいてうの引退により、『青鞜』の実質的な編集長となったが、このとき野枝は今後の編集方針として、「無規則、無方針、無主義で、すべての女性に誌面を提供する」旨を訴えた。

この直後、野枝は足尾銅山での鉱毒事件で悲惨な状況に追いつめられている農民の苦境を知り、夫の辻潤に相談するが、辻は傍観者の立場を崩さず、それに失望した野枝は、以前から親しみを抱いていた大杉栄に、この件について手紙を送った。これに対して、大杉はおおいに共感し、ともに戦おうという趣旨の返事を送ったことから、二人は急速に接近する。

だがこのころ、大杉は『近代思想』を復刊する一方、九年前に結婚した堀保子[註2]とは別に、東京日日新聞の女性記者だった神近市子とも肉体関係をもち、二人の女性とのあいだでトラブルが生じていた。

この神近市子は明治二十一年生まれ。野枝の七歳年上で、津田英学塾（現津田塾大学）を卒業したあと、著述、翻訳業に励むかたわら『青鞜』に参加し、さらに大杉が主宰していた「仏蘭西《フランス》文学研究会」に出席して、大杉と親しくなった。その後、さまざまな経緯を経て戦後、社会党から出馬して衆議院議員として活躍した。

大杉と結ばれたころ、市子は二十七歳、理知的な美貌が目立つ女性記者で、女性解放運動の第一線に立っていた。むろん野枝は神近を知っていて、大杉と結ばれたことに衝撃を受けるが、ほぼ同じころに、辻潤とのあいだに、次男流二《りゅうじ》を出産する。

だがこの翌年、野枝は悲惨な農民の話にも冷淡で、自らは安全な場所にとどまって議論するだけの夫にいや気がさし、秘かに大杉を訪ね、たちまち激しい恋におちる。

このころの野枝について、「やや色は浅黒く、聡明で出っ尻で、精力的な女」という評があるが、いまに残る写真からも、小柄だが意志の強そうな感じはよくうかがえる。一方、大杉は市子と一緒の生活を始めたばかりだったが、山猫のように目を輝かせたバイタリティあふれる野枝に強く惹かれて、肉体的にも結ばれる。

こうして、大杉を中心に、妻の保子と神近市子、そして伊藤野枝と、三人の女をめぐる四角関係が生まれることになる。

冒頭の手紙にある、「大杉は保子を慰め、神近を教育し、而して野枝と寝る」は、まさしくこの間の事情をさしている。

それにしても、こんな噂が書かれていることを、その当事者である女性に自ら知らせるとは。しかもそれをきいての神近の反応と、青山（やはり女性運動家の山川菊栄）の様子を記したうえ、「一寸面白いだらう」とコメントするとは、なんという無神経な男と、憤慨する人も多いかもしれない。

このあたりは、一見、貴公子風で情熱的な運動家であった大杉のもてもてぶりの発露といおうか、当時の世間のあらゆる批難中傷に慣れきっていた活動家たちの図太さといおうか、あるいは、若さあふれる熱情をぶつけ合っていた当時の運動家らしい修羅場といおうか。

いずれにせよ、これをきいた野枝はこの噂に臆するどころか、さらに大杉を独占するべく、一段と燃え上がる。

この年の三月、野枝は『青鞜』の編集責任者の地位を捨て、一方的に辻潤と別れると、次男流二を連れて千葉の御宿へ逃れ、ここで東京にいる大杉と激しい愛の手紙の交換をおこなう。

一方、自ら撒いた複雑な女性関係に辟易《へきえき》した大杉は、保子、市子、野枝らに、「お互いに経済上独立をすること、同棲せず別居生活をすること、互いの自由（性の自由も）を尊重すること」の三項目からなる自由恋愛の条件なるものを示し、これを実行することを宣言する。

野枝はむろんそれを承知の上で、大杉へさらなる愛の告白を続ける。

（前略）今朝から私はいろ〳〵に考へてゐましたの。私の神近さんと保子さんに対する本当の心持を知りたいと思ひましてね。ですけれど、私は矢張りどちらの関係もあなたの生活の一部として是認するだけで、あなたと保子さん、それからあなたと神近さん、あなたと私、と云ふ風に切り離しては考へられないのです。（中略）

本当に平凡な理屈ですけれど、神近さんと云ひ保子さんと云ひ私と云ひ、ただあなたを通じての交渉ですから、あなたに向つての各自の要求がお互ひにぶつかりさへしなければ（何んだか他の云ひ方があるやうな気がしますが）皆なインデイフアレントでゐられる筈だと思ひます。さうすれば、猶《なお》一層よくあなたを理解し合はうとする皆んなの努力があれば、其処《そこ》で初めて完全に手を握る事が出来るのだと思ひます。（中略）

私としては、神近さんとも保子さんとも、本当に手を握りたいのが望みです。神近さんには会つてよくお話しすればそこまで進めるかと思ひます。是非さうあらねばならぬと思ひます。さうして始めて私達の関係は自由なのですね。さうしてお互ひに進んでゆきたいと思ひます。（後略）

以上の手紙はこの年五月九日、御宿にいる野枝から大杉に宛てられた手紙の一部である。全文はこれよりはるかに長いが、中心になっているのは、大杉の示した自由恋愛の条件に対する感想で、若い野枝が必死にその趣旨を理解しようとしながら、なお大杉をとり巻く二人の女性の存在に悩む気持がにじみでている。以下の一文は、その翌月の一日、やはり野枝から大杉に送られた手紙の一部である。

（前略）静かでいい気持かいなんて、そんな事を云つて本当にひどいのね。ええ、いい気持ですよ。だつて、さびしいと思つたつてあなたが来て下さる訳でもないし、我慢するより仕方がないんですもの。思ひ出させるようになんて、私があなたを思はないでゐる時があると、あなたは思つてゐらつしやるの。本当にそれだからあなたは、人をさん〴〵さびしい目に合はせて置いて、静かでいい気持かいなんて笑つてゐられるのですよ。（後略）

ここには人一倍健気で気丈な野枝が、一人の女に戻って、愛する男に甘え、すねている姿が鮮やかに浮かび上ってくる。

この二週間後、野枝は千葉から大阪の叔父の所へ行くが、社会主義など捨てて学者になれと、厳しく叱られる。

以下はそのとき、大阪から送られた手紙の抜粋である。

（前略）もうあなたのそばを離れて今日で三日目ですね。何だか長いやうな気がします。（中略）労働運動の哲学を持つてゐた事は本当に嬉しうございました。よく読みました。いろ〳〵な事がはつきり分りました。だん〳〵にすべての点が、あなたに一歩づつでも半歩づつでも近づいてゆく事を見るのは、私にとつてどんなに嬉しい事でせう。（中略）いろ〳〵な点で私はただあなたの深い、そして強い力に向つて驚異の眼を見はつて居ります。どのやうな事であらうとも、私は今、あなたのそばを離れる事がどんなにいけない事だかが、本当によく分ります。（後略）

大杉を真底愛していながら、同時に彼から学ぼうとする気持が伝わってくるが、好きと同時に尊敬する思いが、さらに愛を深めたことがわかる。

これらの手紙に誘われるように、初めはいくらか冷静だった大杉も次第に野枝の情熱に煽られ、急速に傾いていく。

以下は前の手紙の一カ月後、大杉から野枝に送られたものの一部である。


（前略）僕はもう、野枝子だけには、本当に安心してゐる。若《も》し行かうと思ふのなら、あと一と月か二た月かかぎりつかしてくれれば、何処《どこ》へでも喜んで送る。野枝子が何処へ行つた所で、野枝子の中には僕が生きてゐるんだ。僕の中にも野枝子が生きてゐるんだ。そして二人は、お互ひの中のお互ひを、益々生長さす事に努めるのだ。（中略）

帰るのなら、いつだつて決して早い事はない。すぐにでも帰つて来るがいい。来た上での事は来た上で何んとでもなる。とにかく、都合が出来たらすぐ帰つて来たらどう？　本当に、そんな叔母さんと二人ぎりでゐるのぢや、とてもたまるまい。僕だつて、可愛いい野枝子をそんないやなところに置くのは、とても堪らない。帰つておいで。早く帰つておいで。一日でも早く帰つておいで。（後略）

このころの手紙の宛名は、野枝からのには「大杉様まゐる」「栄さま」「私のふざけやさんに」

などと記され、大杉からのには、「野枝さん」「可愛らしい顔の野枝子へ」「野狐さん」などと記されている。

これらの手紙からわかるように、大杉の示した自由恋愛の条件は、保子、市子、野枝、三人の女性への提言のように見えて、その実、保子、市子に対してのみで、野枝に対しては大杉自らが破り、形骸化しつつあった。いいかえるとこの時点で、野枝は恋の勝利者として、三人のなかで一歩先んじた立場にいた。

だが、この年の十一月、葉山の日陰茶屋で突然、大杉は神近市子に襲われ、頸部を刺されるという事件が起きる。

いわゆる、日陰茶屋事件[註3]で、これにより大杉は重傷を負って入院、市子は直ちに警官に捕えられて裁判を受け、懲役二年の判決を受ける。

この事件の原因が、市子が大杉を愛するあまり、嫉妬に狂った果ての凶行であったことは明白で、人々に先んじた社会活動家といっても、愛憎の面では一般の人々と変らぬ、いや、情熱的な分だけさらに深く強かったともいえる。

事件はスキャンダラスに報じられ、多くの人々の注目を浴びたが、退院した大杉はこれに懲りてか、先の自由恋愛の条件を自ら捨てて、野枝と本郷菊富士ホテルで同棲する。このとき野枝はまだ二十一歳。以後、七年間、大杉の愛人として、かつ戦う同志としてともに暮らし、恋の勝利者の位置を満喫する。

この間、二人は巣鴨に転居して、野枝は大杉とのあいだに、長女魔子を出産する。一方、大杉は大正七年に『文明批判』を創刊し、野枝も執筆したが、三号で廃刊、このあと『労働新聞』を発刊したが、これも米騒動のあおりで廃刊となった。

このころ、大杉と野枝のまわりには絶えず巡査が尾行して監視されていたが、翌年七月、大杉はこの巡査を殴打して起訴され入獄する。この尾行は野枝のほうにもついていたが、野枝はこの巡査に荷物を持たせていたこともあったという。このあたり、女性のほうが図太いというか、したたかというか、そんな状態のなかで野枝は次女エマを出産する。

この翌年大正九年、大杉は極東社会主義者会議に出席のため、上海に密航、野枝は無政府主義を擁護する論文を次々と発表する。さらに翌年、大杉はソ連から渡された資金をもとに、『労働運動』を発刊するがすぐ廃刊の憂きめにあう。

疲れを知らぬ大杉は翌年九月、大阪で開かれた労働組合総連合大会で指導的役割りを果たしたあと、十二月に再び国際アナキスト大会に出席するため上海とパリへ密航、野枝はさらに四女ルイズを出産するとともに、活発な執筆活動を続ける。

明けて大正十二年、フランスに入って中国名で活躍していた大杉は、パリのメーデーで演説していたときに逮捕され、フランスを追放されて帰国するが、それを待っていたように野枝は八月に長男ネストルを出産、「私共を結びつけるもの」などを発表する。

ともに虐殺される

やがて運命の九月一日、東京は関東大震災に見舞われたが、二人はなんとか難を逃れる。だがその直後、親戚を見舞うために出かけた帰り、突然、なにものかに襲われ、甥の橘宗一《むねかず》とともにそのまま拉致《らち》されて消息を絶った。

のちにこれは、無政府主義者らを憎んでいた甘粕憲兵大尉らによってなされたとされ、大杉も野枝も宗一も、憲兵隊の牢獄で取調べもなく、直ちに虐殺されたといわれている。事実、甘粕はこのあと、その罪により軍法会議で裁かれ、懲役十年の刑をいい渡されたが、詳細は不明のまま闇に葬られた。

十二月、谷中斎場で三人の合同葬がおこなわれたが、その直前に右翼によって遺骨が強奪され、骨なしの告別式となった。

享年、大杉栄三十八歳、伊藤野枝二十八歳。あまりに若すぎる、そして悲惨すぎる死であった。

いま、二人の一生を振り返るとき、まさに明治から大正へかけての日本の激動期に、反体制という旗印の下、官憲と果敢に戦いながら狂おしいほどの情熱をたぎらせて生き抜いたことがよくわかる。

とくに野枝は二十八歳という短い生涯のなかで、七人の子供を産みながら、懸命に学び、懸命に恋し、懸命に戦った。

そのすべては、ラヴレターのなかにこめられた喜びと悲しみ、甘えと嫉妬、懊悩と前進として、鮮やかに描き出されている。

二人にとって、ラヴレターは愛の告白であり、自らを省みる自己確認の手段であるとともに、非情な権力と戦うための起爆剤でもあった。

▶潤みがちの瞳が印象的な大杉。自分の主義に基づき、逆境にも屈しなかったその生き様はある意味、自由奔放だったが、最期は大きな力に押しつぶされた。

◀社会に反逆する大杉の傍らで強く生きた野枝26歳のころ。眉と目が迫った南方系の顔立ちの女性だった。

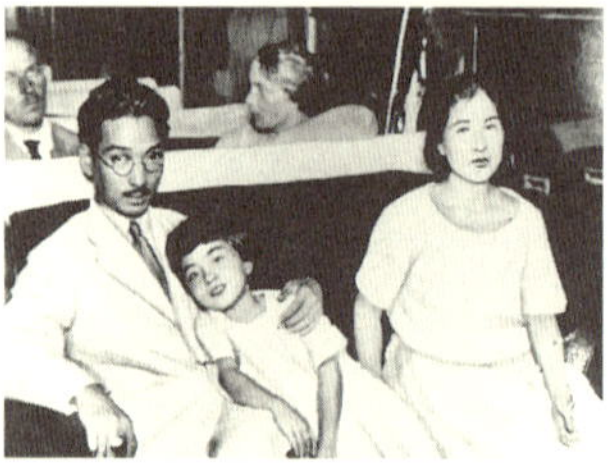

▲大杉と野枝には6年間に一男四女が誕生。大杉の妹に養女に出された次女以外は両親の死後、野枝の郷里で育てられた。

▼ときには野枝の膝枕で大杉がくつろぐなど、ふたりは同志でもあったが、周囲も認める仲の良さだった。

▼理知的な神近が、大杉を刺した事件を新聞は日陰茶屋事件として大々的に報じた。

◀神近市子は数々の修羅場をくぐりぬけ、戦後は政界に進出。93歳という長寿をまっとうした。

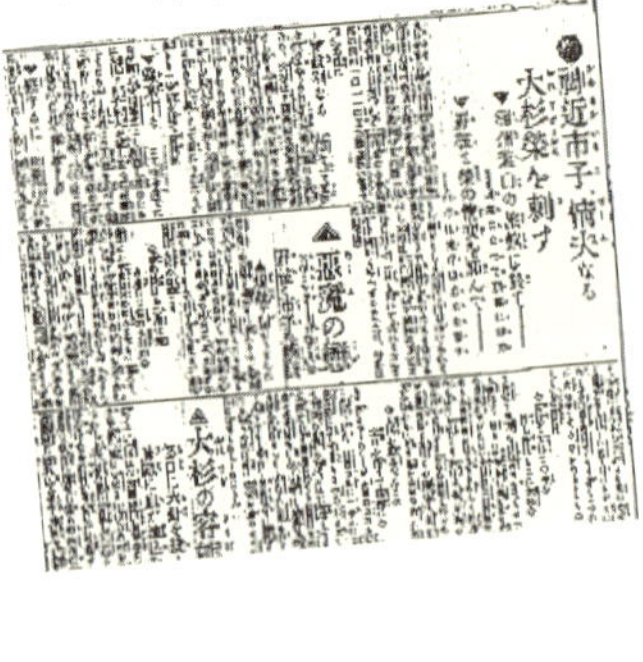

神近市子

大杉榮を刺す

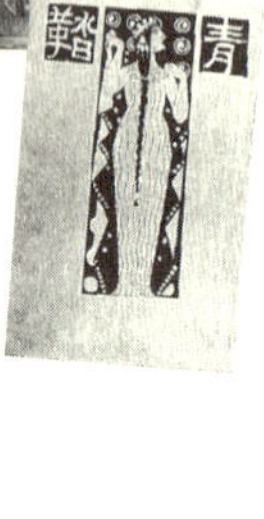

▶平塚らいてうが退いたあと大正5年の廃刊までの1年間を野枝が主宰した機関誌『青鞜』。

伊藤野枝が大杉栄に宛てた手紙

（原文ママ。ただし旧漢字は新字に改めた）

（前略）もうあなたのそばを離れて今日で三日目ですね。何だか長いやうな気がします。東京駅では何だかひどく急がされたのと、不意に多勢の中にまぎれたのとで、何だか気持が悪くてどき〴〵して、本当にいやになつて仕舞ひました。鶴見あたりを走つてゐる時分にやうやく落ちつきますと同時に、本当に、あなたのそばからだん〴〵に遠ざかつてゆくのだと云ふ意識がはつきりして来て、すつかり心細くなつて仕舞ひました。沼津までは随分込んでゐましたので体をまげる事も窮屈でしたけれど、沼津でボーイが席を代へてくれましたので少し眠りました。でも、天龍川を渡る時分はいい月で、ほんとにいい景色でした。いろんな事を考へながら眺めてゐました。労働運動の哲学を持つてゐた事は本当に嬉しうございました。よく読みました。いろ〳〵な事がはつきり分りました。だん〴〵にすべての点が、あなたに一歩づつでも半歩づつでも近づいてゆく事を見るのは、私にとつてどんなに嬉しい事でせう。大垣のあたりで明けた朝は本当におどり上りたいやうにいい朝でした。関ヶ原辺には、いい色をした緑の草の中に可愛らしい河原なでしこが沢山咲いてゐました。私の好きなねむの花も。

かうして離れてゐると堪らなくあなたが恋しい。私のすべてはあなたと云ふ対象を離れては、何物をも何事についても考へ得られない。それでゐて非常に静かにしてゐられます。あなたが今何をしてゐらつしやるかしら、と考へる私の頭の中にどのやうな影像が出来ても、私の心はおちついてゐます。本当に平らに和いでゐます。私はこの静かな心持があなたと一緒にゐる時にどうして保つてゐられないのだらうと思ひます。

あなたに何時か話しましたね、私が何時でも私たちの交渉がうるさくなつて来ると関係を断ちたいと思ふつて。それが断つても断てなくても同じだと云ふ事も云ひましたね。本当にかうしてゐればそれが出来るやうにも思ひます。けれども、私にはどんなに静かな平らかな気持であらうとも、これが単純なフレンドシップだとは思へませんわ。肉の関係を断つ事だけで総べてのことを単純に考へられるやうに思ふのは間違ひだと云ふ気がします。自分の内に眠つてゐた思ひもよらぬ謬見を、一つ〳〵あなたの暗示を受けては探し出してゆくことの出来るのを見ては、私はあなたに何を感謝していいか知りません。いろ〳〵な点で私はただあなたの深い、そして強い力に向つて驚異の眼を見はつて居ります。どのやうな事であらうとも、私は今、あなたのそばを離れる事がどんなにいけない事だかが、本当によく分ります。

神近さんはどうしてゐらつしやいますか。本当に私はあの方にはお気の毒な気がします。私は毎日々々電話がかかつて来る度びに、辛らくて仕方がありませんでした。私がどんなに彼の方の自由を害してゐるかを考へると、本当にいやでした。そして又、あなたのいろ〳〵な心遣ひがどんなに私に苦しかつたでせう。私はかなしいやうな妙な気がして仕方がなかつたのです。今度も帰へりましたら、直ぐに家を探しておちつきたいと思つてゐます。

お仕事は進みますか、心配してゐます。本当によく邪魔をしましたね、おゆるし下さいまし。

【註】

1　辻潤　つじじゅん

明治17年生まれ。翻訳家、評論家。既成の芸術観念や社会制度を否定するダダイスト。野枝の婦人運動への開眼には、辻の存在が色濃く影響した。

2　堀保子　ほりやすこ

兄は作家堀紫山、姉は社会主義者堺利彦の妻という環境下、自身も『青鞜』に執筆。大杉とは恋愛結婚後、年上の妻として11年間の結婚生活を営む。

3　日陰茶屋事件　ひかげぢゃやじけん

神奈川県葉山の日陰茶屋に宿泊する大杉を訪ねた神近市子が深夜、眠る大杉の首を短刀で刺した事件。警察の調べに市子は「動機は嫉妬」と答えた。

【参考文献・資料提供】

伊藤野枝が大杉栄に宛てた手紙、大杉栄が伊藤野枝に宛てた手紙＝『大杉栄全集第4巻』大杉栄全集刊行會発行より引用

資料写真提供＝日本近代文学館、毎日新聞社

資料提供＝毎日新聞社

佐藤春夫から谷崎千代への手紙

わたしは五分間と、あなたのことを忘れたことはないのですよ

作家・詩人　**佐藤春夫**（さとう・はるお）

明治25年（1892）和歌山生まれ。父は開業医。中学時代から投稿短歌が選ばれるなど才能が認められ、24歳で二科展入選など画才もあった。詩、小説、評論、随筆等多くの作品を残す。昭和39年（1964）病没。

谷崎千代（たにざき・ちよ）

明治29年（1896）生まれ。母の実家の養女となり、祖母が経営する置屋で10代半ばで芸者に。大正4年（1915）谷崎潤一郎と結婚、一女をもうける。昭和5年（1930）佐藤春夫と再婚、一男を産む。昭和56年没。

【ふたりの恋愛のあらまし】

佐藤は親友谷崎潤一郎の家に通ううち、夫、谷崎と自分の妹の関係に悩む千代に同情と愛情を抱く。谷崎はそんな佐藤に千代を譲る話をもちかけ、佐藤は承諾。が、谷崎が翻意し、怒った佐藤は千代を思いつつも谷崎と絶交する。9年後、佐藤と千代は晴れて結婚。ともに後半生を幸せに過ごした。

ここに示すのは、ある男が、ある人妻に宛てた手紙である。いいかえると、ある男が、友人の妻に送ったラヴレターである。

引用1

いろいろの感情が心へ一ぱいこみ上げて来るので、思ふ事の十分一も書けるかどうかわからない。けれどもあんまりさびしいので、さうしてまた逢へる日まで我慢が出来ないので手紙を書く。尤もあなたが来てくれた日に手渡しするつもりだ。（中略）

引用2

私の今生きてゐるのぞみは、あなたを一目見ることです、あしたは来てくれるか、その次の日にも来てくれるかとそればかり考へて、外の事がちつとも手につかないのです。私は五分間とあなたのことを忘れたことはないのですよ。私は一さう忘れてしまひたい。胸がいつぱいで鉛か何かでも飲んだやうに重くるしくて、こんな日が半年もつづけば自然と死んでしまひさうに思へる。死ぬなら死んだ方がいい。若《も》しこの苦しさが忘れることが出来ず、それで自然死でもしなかつたら私はこの苦しさからのがれるために死んでしまひたい。私はよく自分で死ぬことを考へる。（後略）

友人の妻に惚れる

この手紙を書いたのは、当時（大正十年）新進気鋭の詩人で、かつ作家としても注目されていた佐藤春夫である。彼はこのあと『田園の憂鬱』『美しい町』など、幻想的な作品で時代の寵児になるとともに、抒情詩人としても活躍し、晩年には伝記小説や評論にも手を染めた。もっとも、この手紙を書いたのは大正十年（１９２１）一月、二十八歳で、慶応を中退して文筆に専念、『殉情詩集』をまとめていた頃であった。

一方、この手紙を受取ったのは谷崎千代。佐藤より四歳年下で、このときすでに谷崎潤一郎と結婚していて、鮎子という一人娘がいた。

谷崎潤一郎については多くの人が知っているが、明治十九年（１８８６）生まれ。佐藤春夫の六歳年上だが、この頃すでに文壇に確固たる地位を占めていた。彼の作品は、それまでの自然主義文学に対し、「唯美主義」「耽美主義」と呼ばれ、主な作品は『お艶殺し』『痴人の愛』[註1]『春琴抄』から、晩年の『鍵』『瘋癲老人日記』まで数多い。

この頃の二人の私生活について触れると、まず佐藤春夫はこの前に芸術座の女優、川路歌子と同棲したあと、米谷《まいや》香代子と結婚していた。佐藤が谷崎と知り合ったのはこの直前で、以来、佐藤は谷崎に気に入られ、文壇に登場する機会を与えられた。

このように佐藤にとっては師匠格に当る谷崎は二十九歳のとき、十歳年下の千代と結婚したが、二人を引き合わせたのは、向島で料理屋をやっていた、千代の姉の初子であった。この店に谷崎は学生の頃から出入りしていて初子に惹かれていたが、彼女のほうが三歳年上で、谷崎に関心がなかったことから、たまたま芸者をやめて、姉のところに身を寄せていた妹の千代と結婚することになったのである。

姉妹ともに美人であったが、性格は、姉の初子が明るく闊達であったのに比べて、妹の千代は控えめで大人しかった。この千代にはさらに五歳年下のせい子という妹がいたが、彼女はエキゾチックな顔立ちにくわえて、派手で奔放な性格であった。

この性格の違いは、のちに姉妹の運命を変える大きな原因となるが、もともと谷崎は活発で奔放なタイプの女性が好きだった。

こうして谷崎と千代は結婚こそしたが、一年も経たないうちに、谷崎は家庭的で大人しいだけの千代に飽き、妹のせい子を教育するという名目で、小石川の家に同居させた。しかし真意は美貌で奔放な妹を、自分好みの理想の女に教育するためで、彼女はのちに谷崎が書いた『痴人の愛』のモデルにもなった。

やがて大正六年、結婚して二年後に谷崎の母が亡くなり、それを機に谷崎は、「妻子と同居していては、小説を書けない」という理由で、妻の千代と娘の鮎子を、父と二人の弟がいる実家に預け、自ら別居に踏み切った。

だが本当の目的は、せい子と二人だけの生活をするためであった。

この二年後、今度は谷崎の父が死亡し、それとともに一家は本郷へ移り、この頃、佐藤春夫が近くに棲んでいたことから、谷崎と佐藤は急速に親しさを増していく。

この翌年、佐藤は中国、台湾を長期旅行して帰国するが、その間に妻の香代子が自分の弟と通じていたことを知り、悩む。

一方、谷崎は新しくできた映画会社（大正活映株式会社）の脚本部顧問になり、せい子を女優として売り出すため懸命であった。この頃になると、大人しい千代夫人も、さすがに夫とせい子との仲を疑い、よく訪ねてくる佐藤に悩みを訴えていた。

すでに谷崎と千代との関係は完全に冷え、谷崎は佐藤に、千代とは性格的に合わないこと、さらに千代と離婚して、せい子と結婚したいので、よかったら千代を引き取ってくれないか、とまでいいだしていた。もちろん、佐藤が密かに妻の千代に好意を抱いていることを、見抜いていたからでもある。

佐藤にしてみると、谷崎は文壇の先輩ではあるが、妻の千代に対する冷淡さは目にあまる。とくに千代が大人しく、ひたすらかしずくのをいいことに、勝手に別居し、その妹にまで手を出している。それらを見るにつけ、堪え忍ぶだけの千代がいっそう哀れで、愛しかった。

いずれにせよ、谷崎は妻の千代と別れることを望んでいたし、佐藤は千代を欲していて、両者の利害は合致していたから、二人が結ばれるのは、時間の問題かと思われていた。

だがここに、思いがけない事件が起きる。

突然の拒否

一旦は、妻の千代を佐藤に与えると約束し、佐藤もその気になって、千代との結婚を真剣に考えはじめたとき、突然、谷崎のほうから前言をひるがえし、千代とは別れないと一方的に断ってきたのである。

怒った佐藤は直ちに谷崎に会い、ことの真意を問いただしたが、谷崎は「千代とは別れない」というだけで埒《らち》があかない。

このやりとりは小田原でおこなわれたため、いわゆる「小田原事件」として文壇でも有名になったが、ことの真意は、のちに谷崎から佐藤に送られた手紙をみてもはっきりしない。

もっとも憶測によると、佐藤の愛の言葉を受けて千代が急に美しく輝き出したのを見て手離すのが惜しくなったこと。さらに千代と別れたあと、妹のせい子と結婚するつもりであったのが、拒否されたためともいわれている。

いずれにせよ、この事件で激怒した佐藤は、谷崎と喧嘩別れをし、以後、絶交状態となる。

冒頭の手紙は、この大きなトラブルのあと、佐藤が千代に手渡した手紙の、最初の部分である。

谷崎に突然、千代は譲らないといわれて、佐藤は自分とともに、千代まで愚弄されたと思いこむ。

冒頭の手紙は一月二十八日に書きはじめてから、二十九日、三十一日、二月一日、三日、四日まで、実に一週間余にわたって、日記のように書き続けられたもので、原稿用紙（四百字詰）にして、ほぼ六十枚以上におよぶ長文である。

その全文はのちに『中央公論』に掲載されたが、これを読めば、いかに佐藤が千代を熱愛し、谷崎を怨み、千代との結婚を望んでいたかが、痛いほど伝わってくる。

以下は前の手紙に続いて二十九日に書いたもののうち、谷崎の不実への怒りをぶちまけた箇所である。


（前略）僕は谷崎があなたを気の毒に思ひ且《か》つ両親の看病のことや何かで深く感謝してゐるといふ事も一とほりあなたに話した筈です。何も悪い事をしない忠実な女房を自分の好き勝手なことの犠牲にする時に、気の毒に思はない人間があるものですか。あたりまへのことです。それをさも人情あるもののやうに言ひふらす谷崎の良心を僕は少し疑ふくらゐなものです。

そう言へば谷崎は、それならばこそ僕はお千代の方へ帰つたのだと、得意さうに言ふでせう。今時になつてそんなことを言ふのは、五年近くもあなたをだまして来て、ただだましただけではなく妹があんなに世話になつてありがたいと御礼を言はせて、しかもあなたをだまして来て、「お前が佐藤のところへ行くのは許さん」の「佐藤が思ひ切らないやうなら品性の下等な人間だ」とか「破滅するのはあの男の勝手だ」とか。さうかと思ふと、さう言つた方があなたの気に入ると思ふ時には「佐藤にもすまん」とか「おれは弱い人間だ」とか、さうかと思ふとまた「出来るならひとりで笹沼へ行つて話をつけて、勝手に出て行け」とか或はまた僕に「議論は無駄だくやしかつたら戦つたらいいだろう」とかすべて僕とあなたとを高をくくつて、おどしたり泣いたり、嘲つたりして、自分が人道主義になつたと言つてゐる。

そんな人道主義がどこにあるか。自分のしてきた悪の報ひ（を）潔ぎよく受けることも出来ない人間が、人を卑怯呼はりするのとは大したものだ。あなたの好きな亭主を悪口してあなたも気持がわるいでせうが、僕は自分でさう感ずることだから、あなたのきげんをそこねても仕方がないさうはつきり言ふ。（後略）

この一連の騒動を起こすにいたった最大の原因は、谷崎の心変りと身勝手さで、最後に佐藤が谷崎を、あんな人道主義者がいるものか、と叫ぶ気持もよくわかる。

それにしても、一緒になれなかった恨みを、これだけ延々と書き連ねる執拗さも相当なもので、文中、何箇所も誤り（傍点部分）と思われるところもあり、これが文学者の書いた文章かと、首を傾げたくもなる。

しかし見方を変えたら、この恥も外聞もなく、自らの思いを率直に綴るところが、作家の作家たるゆえんといえなくもない。


ところでこの、三角関係の頂点にあった千代の本心はどうであったのか。この点については、千代自ら記したものがないので、推測の域を出ない。

だがこの頃、千代は手紙にもあるように、ときどき佐藤に電話をしたり、ときに会ったりもしていたが、谷崎に冷たくあしらわれていながら、自ら家を出て別れようとはしなかった。

佐藤が自分に熱烈な思いを抱いていることを知りながら、谷崎がとどまれというと、素直にとどまる。

その裏には、やはり谷崎の許にいるほうが安心、という打算があったのか。そして佐藤をそれほど愛していなかったのか。ともかく、これほど熱烈なラヴレターを受取っていながら、佐藤と千代とのあいだに肉体的関係がなかったことも不思議である。

妻をゆずる

小田原事件のあと、谷崎と佐藤との関係は完全に冷えきったが、歳月はまた二人を近づける。この五年後（昭和元年）、佐藤は東京で谷崎と会い、時の流れが二人のあいだにあったわだかまりを捨て去り、再び友情が復活する。

しかしこの間の三人の人生はそれぞれ変化に富んでいて、谷崎は三年前の関東大震災のあと関西に移り、佐藤は大震災の翌年、妻の香代子と別れて、赤坂の芸妓であった小田中タミと再婚していた。一方、千代はこの頃、谷崎家に寄宿していた和田六郎と深い仲になり、その子を流産するという騒ぎがあった。

このことは谷崎も承知していて、のちに佐藤にも知らされたが、谷崎はこのときの千代をモデルに『蓼喰ふ虫』[註2]という小説を書き上げた。

これら一連のことから察すると、千代が一番心を惹かれたのは年下の和田ではなかったかと思われるが、和田は、千代が彼との結婚について、泣きながら佐藤に相談しているところを見て嫉妬し、自ら去って二人の関係は終った。

しかしいまさら谷崎と千代との愛が恢復するわけもなく、孤独のまま淋しげにしている千代に、佐藤は再び近づいていく。

この頃、佐藤は二度目の結婚をしていたが、心の底ではなお千代を求めていた。一方の谷崎は、もはや千代にはなんの未練もなく、二人の結婚話は再び具体化し、昭和五年（１９３０）、佐藤はようやく晴れて千代と結ばれる。

このとき、小田原事件から九年、佐藤が谷崎の許で千代を見初めてから実に十三年の歳月が経っていた。

この結婚に当って、谷崎、千代、佐藤、三名の連名により、後に記したような挨拶状が友人、知人はじめ、出版社や新聞社に送られてきた。

この一文は当時、「細君譲渡事件」として文壇のみならず、社会全体に大きな反響を巻き起し、一部ではかなりスキャンダラスな書き方をされた。

当時といわず、現代でも、このような事件が起きたら、テレビや週刊誌などがこぞって話題にするだろうが、佐藤の熱烈なラヴレターは時代をこえて、読む人の心をうつ。

それはおよそ作家らしくない、いわゆる達意の文章にはほど遠いが、それだけに恋する男の心情が行きつ戻りつしながら生々しく伝わってくる。まさしくこれを読めば、恋すれば文学者も、ただ恋に狂う、一人の不甲斐ない男になることがわかる。

結婚後、佐藤はようやく落着き、次々と作品を発表し、昭和三十九年、心筋梗塞で亡くなるが、千代はそれからなお十七年生き延び、八十四歳で大往生をとげた。

千代の一生を振り返ると、身勝手な谷崎にひたすら仕えた薄幸の女という印象が強いが、その実、常に男たちの熱い眼差しを受け、運命に奔弄されながらも、意外にしたたかでもあった。

そして谷崎は、これらの事件に関わった女性たちをモデルにさまざまな名作を書き上げていった。この醒めた目となにごとも作品に結実していくしたたかさという点で、谷崎と千代は相性はともかく、生き方としては似合いの夫婦といえなくもない。

これに対して、佐藤はロマンチストではあるが、どこか甘く、恋や仕事に対する姿勢でも、谷崎のしたたかさにはおよばない。

そのぶん、谷崎に振り廻されたともいえるが、その谷崎へのコンプレックスが、逆に仕事をしていくうえでの刺戟剤となり、それが彼独自の文学を構築するきっかけになったことはたしかである。

▶谷崎と千代の結婚生活は結局、15年で終止符を打つ。

◀谷崎との了、鮎子を伴って佐藤と再婚した千代は2年後長男方哉を出産。4人家族に。

▲谷崎と千代の不和の原因、せい子は西洋風な容姿の女性だった。

◀千代との結婚の了承を得るため、佐藤は谷崎とともに両親を訪ねた。そのときのものと思われる写真。

◀佐藤は画家の道こそ歩まなかったが絵筆を握り続けた。昭和17年作の自画像。

◀小田原事件の後、佐藤は自分の切々たる思いを「秋刀魚《さんま》の歌」という詩に託した。そして、その詩は佐藤の代表作ともなった。

あはれ
秋かぜよ
情《こころ》あらば伝へてよ
——男ありて
今日の夕餉《ゆうげ》に　ひとり
さんまを食ひて
思ひにふけると

さんま、さんま、
そが上に青き蜜柑《みかん》の酸《す》をしたたらせて
さんまを食ふはその男がふる里のならひなり
そのならひをあやしみなつかしみて　女は
いくたびか青き蜜柑《みかん》をもぎ来て
夕餉にむかひけむ
あはれ、人に捨てられんとする人妻と
妻にそむかれたる男と食卓にむかへば
愛うすき父を有《も》ちし女の児《こ》は
小さき箸《はし》をあやつりなやみつつ
父ならぬ男にさんまの腸《わた》をくれむと
言ふにあらずや

潤一郎氏妻を離別して
友人春夫氏に與ふ
長い間の懸案かつ急解決して
近頃揃つた連名のあいさつ状
この問題をどう見るか
文壇関係者の意見と批評
朗かな感じ
合はぬ

▼細君譲渡事件は一大センセーションを起こし、新聞は大々的に報じた。昭和5年8月17日の朝日新聞より。

佐藤春夫が千代に宛てた手紙

（原文ママ。ただし旧漢字は新字に改めた）

いろいろの感情が心へ一ぱいこみ上げて来るので、思ふ事の十分一も書けるかどうかわからない。けれどもあんまりさびしいので、さうしてまた逢へる日まで我慢が出来ないので手紙を書く。尤もあなたが来てくれた日に手渡しするつもりだ。

（中略。引用2に続く）

——ほんとうにあなたなしに私はどうして生きて行けばいいだらう。私は一年半以上もあなたの事を思ひつづけて来た。そのうちで半年はあなたの事を思ひつめて来た。あなたに私の心をうちあけてからももう三月になる。私はその三月の間、操を守つてゐる。女のそばへよつた事はない。これでも私の恋は浮気でせうか。

（中略）

私は精一杯、出来るだけのことをして人を愛して見たいので、又その人を私の愛で動かして、その人から愛されて見たいのだ。それが私の一生の目的だった。

私は今までにでも随分一本気に女を愛して来たつもりです。しかし私は気の利かない人間で、女の目から見て（男の目から見てもきつとさうでせうが）何か欠けた愛するに足りない人間ででもあると見えて、私がそれほど愛して来た女たちは皆、見事に私を裏切つて行つたのです。私はもう女といふものを一人だつて信ずることは出来なくなつたのです。その時、私の目についた人はあなたです。あなたは、私自身のやうに、また私の母のやうに、夫からもその兄弟からも裏切られてしかもそれを気づかずに、その不信な夫を一生懸命に信じて守つてゐるのです。守つてゐたのです。

（後略）

離婚の連名挨拶状

拝啓　炎暑《えんしょ》之《の》候《こう》尊堂《そんどう》益々《ますます》御清栄奉慶賀候《けいがたてまつりそうろう》陳者《のぶれば》我等三人此度《このたび》合議を以《もつ》て千代は潤一郎と離別致《いた》し春夫と結婚致《いた》す事と相成《あいなり》潤一郎娘鮎子は母と同居致す可《べ》く素《もと》より双方《そうほう》交際の儀《ぎ》は従前《じゅうぜん》の通に就き右御諒承《ごりよう しよう》の上一層《いっそう》の御厚誼《ごこうぎ》を賜度《たまわりたく》何れ《いず》相当《そうとう》仲人《なこうど》を立て御披露《ごひろう》に可及候《およぶべくそうら》へ共不取敢以寸楮《どもとりあえずすんちよをもつて》御通知申上候《もうしあげそうろう》

敬具

谷崎潤一郎
千代
佐藤　春夫

【註】

1 **『痴人の愛』**

自ら見出した美少女を育て上げるうち、愛欲の奴隷となった男の話。谷崎はせい子に重ね合わせて、美少女ナオミを書き上げた。当時、「ナオミ」は妖婦の代名詞に。

2 **『蓼喰ふ虫』**

性的不一致を原因に夫婦合意の上、各々別の男女とつきあいつつ、別れる時機を待つ話。千代との結婚生活をベースにしつつ、谷崎が男の揺れ動く心理を描いた作品。

【参考文献・写真提供】

佐藤春夫が谷崎千代に宛てた手紙＝『中央公論』中央公論社刊　1993年6月号より引用

資料写真提供＝佐藤春夫記念館、中央公論新社、日本近代文学館、藤田三男編集事務所

資料提供＝朝日新聞社

谷崎潤一郎から根津松子への手紙

一生御寮人様に
御仕へ申すことが出来ましたら、
私には無上の幸福でございます

作家　**谷崎潤一郎**（たにざき・じゅんいちろう）

明治19年（1886）東京生まれ。東京帝国大学の学生時代に『刺青』などを発表し、永井荷風に激賞されて作家としての地位を確立。以後、『春琴抄』をはじめ、多くの代表作を残す。また『源氏物語』の現代語訳も手がけた。昭和40年（1965）没。

根津松子（ねづ・まつこ）

明治36年（1903）大阪生まれ。20歳のとき船場の木綿問屋、根津商店店主清太郎と結婚。一女をもうける。昭和10年（1935）谷崎潤一郎と再婚。谷崎没後に思い出を記した『倚松庵の夢』など随筆を執筆。名文家でもあった。平成3年（1991）没。

【ふたりの恋愛のあらまし】

関東大震災を機に関西に移住した谷崎は関西文化に魅かれはじめる。その象徴的な存在が雅な雰囲気をもつ豪商根津家の夫人松子だった。谷崎は松子に創作意欲をかき立てられ小説を次々と執筆する一方、愛を告白。夫婦仲に問題があった松子もその思いに応え、出会いから10年後に結婚する。

先に、谷崎潤一郎の妻、千代夫人に宛てた、佐藤春夫のラヴレターを紹介したが、ここではこのあと、谷崎潤一郎がのちに夫人となった、根津松子に宛てたラヴレターを取り上げる。

ここまで読まれたかたはご存知だろうが、この前、谷崎は自分の妻を、同じ作家仲間である佐藤春夫に譲っている。

ところが今度は、その谷崎が別の男と結婚している人妻に惚れてしまう。

要するに、佐藤がしたと同じ道を、谷崎が歩みはじめたのである。

いかに行動半径の狭い時代とはいえ、他人の妻まで奪うことはないだろうと思うが、友人の妻であろうと、一度好きになると抑えきれないのが、当時の男の純粋さであり、また作家の我儘でもあった。

以下は昭和七年（1932）九月、谷崎から松子へ送られた手紙の一部である。

一生御寮人様に御仕へ申すことが出来ましたら、たとひそのために身を亡ぼしても、それが私には無上の幸福でございます。

はじめて御目にかゝりました日から、ぼんやりさう感じてをりましたが殊に此の四、五年来はあな（た）様の御蔭にて自分の芸術のいきつまりが開けて来たやうに思ひます。私には崇拝する高貴の女性がなければ、思ふやうに創作が出来ないのでございますが、それがやう〳〵今日になつて始めてさう云ふ御方様にめぐり合ふことが出来たのでございます。
実は去年の『盲目物語』なども始終あなた様の事を念頭に置き、自分は盲目の按摩のつもりで書きました。今後あなた様の御蔭にて私の芸術の境地はきつと豊富になること、存じます。たとひ離れてをりましてもあなた様のことさへ思つてをりましたら、それで私には無限の創作力が涌いて参ります。（後略）

人妻への恋

このラヴレターを受取った松子は明治三十六年（１９０３）、大阪に生まれた。父親の森田安松は大阪の造船会社の役員で、松子は大正十二年（１９２３）に船場の木綿問屋、根津商店の店主に嫁いだ。この店は、いわゆる船場の名門で、番頭や丁稚など多くの奉公人が働いていた。

はじめに御寮人様と呼びかけているのは、こういう由緒ある家の奥さま、という意味である。これ以前、松子は府立清水谷高女を中退しているが、当時、女子で高等女学校に通う例は稀で、なかなかの才媛であった。くわえて文学趣味があり、芥川龍之介に憧れていた。

ところが運良く、松子の夫の清太郎が行きつけの大阪南地のお茶屋に、ときたま芥川が現れるということをききつけ、機会があったら会わせてもらえるように女将に頼んでおいた。すると間もなく芥川が来ているという報せがあって、松子はお洒落もそこそこに胸をときめかせて駆けつける。

座敷に入ると、芥川ともう一人男性がいて、松子は挨拶してから二人の文学談義を拝聴していたが、このとき、もう一人いたのが谷崎であった。

この翌日、松子は谷崎に、ダンスホールに誘われたが、このとき谷崎が女王様に尽くすように礼儀正しく、丁重に振舞うので、松子はおおいに驚き、感心した。

これ以降、二人は次第に親しくなるのだが、芥川に憧れて会いにいったのが、横にいた谷崎に口説かれるという、皮肉な結果になったのである。

それ以来、谷崎と松子はときどき会うようになり、家も近いところから互いに行き来するようになったが、松子が人妻であるところから、それ以上、親しくなることはなかった。

やがて昭和五年、谷崎は「佐藤春夫から谷崎千代への手紙」で触れたように千代夫人と離婚し、佐藤春夫へ譲ることになる。

この翌年、谷崎は文藝春秋社『婦人サロン』の女性記者であった古川丁未子《とみこ》と結婚し、松子の口ききで、西宮の根津家の別荘に転居した。

しかし、谷崎の松子への思いは募る一方で、その恋心を基に『盲目物語』『蘆刈』[註1]『春琴抄』

などの小説を書く。いずれも自らを主家の娘（松子）に仕えながら、ひたすら尽くす奉公人になぞらえたものである。

このあと芦屋に近い魚崎で、谷崎家と松子のいる根津家は隣り合わせになるが、この頃、松子の夫、清太郎には愛人がいて、松子とは別居状態であった。

因果はめぐるというが、かつて佐藤は、近くに住む谷崎の妻千代に恋いこがれていたが、今度は谷崎が、隣りに住む根津の妻松子に恋いこがれたのである。

この頃のことについて、のちに谷崎の妻となった松子は、谷崎との思い出を綴った『倚松庵の夢』[註2]のなかで、次のように記している。

或る夜、春雨のようにしめやかな地唄の情熱に浸っていると、遊びに来るようにと迎えの使があって、早速隣家へと赴《おもむ》いた。一日の仕事も終えて、閑ありげに見られたので、請じられるまゝに書斎に這入った。奈良で購《あがな》われたと云う飾り棚や、時代のついた木地の机や、処狭しと置かれた書籍と次々目を移しながら、作家の持つ異った感覚に徐々に馴染んで行った。四方山《よもやま》の話に何げなく応じていると、突然に畏《かしこ》まって「お慕い申しております」と、思い決したきっぱりとした言葉が身に飛び込んで来た。私は驚きの余り言葉も出ず絶句していると、眦《まなじり》は屹《きっ》と緊《しば》り、沈痛な響きを帯びた掠《かす》れたこえで、「どのような犠牲を払っても貴方様を仕合せに致します」と聞えたようであった。私は余りにも唐突で何の事やら分からないで話を逸《そ》らせ、受け流して匆々《そうそう》と逃げるように帰った。好意は感じていた。それにいつも眼が注がれていることも。

マゾ的嗜好

男尊女卑の気配の濃い時代、このような態度で迫られて、松子が驚くとともに、心を揺さぶられたのは無理もない。

しかし、谷崎には結婚間もない妻がいる。

悩んだ末、松子は阪神間の青木という所へ転居するが、ここに谷崎から、三日にあげず熱烈なラヴレターが届けられる。

以下は当時の三本の手紙の中から、興味深い部分だけを抜粋したものである。

（前略）目下、私は先月号よりのつゞきの改造の小説『蘆刈』といふものを書いてをりますが、これは筋は全くちがひますけれども女主人公の人柄は勿体《もったい》なうございますが、御寮人様のやうな御方を頭に入れて書いてゐるのでござります。（中略）

（前略）今日までの私の経験では恋愛事件がおこりますと一向仕事が出来なくなるのでございますが、御寮人様のことを思ひますと筆がいくらでもすゝむのは唯々不思議でございます。御蔭様にて私の芸術は一生ゆきつまることはございませぬ。御寮人様が即ち芸術の神さまでいらしつて、私はそれに恵まれてゐるのでございませう。ほんたうにそれを思へばどのくらゐ御恩を受けてゐるか分りません。御寮人様こそは私の思想精力の源泉でいらつしやいます。

前略、御寮人様へ御願ひがあるのでございますが、今日より召し使ひにして頂きますしるしに、御寮人様より改めて奉公人らしい名前をつけて頂きたいのでございます。「潤一」と申す文字は奉公人らしうございませぬ故「順市」か「順吉」ではいかゞでございませうか。（後略）

これを見たら、谷崎がいかに松子に惚れていたかがわかるが、それ以上に興味があるのは、松子を恋人というより、女王様のように崇《あが》め、そこにひれ伏す自分の姿に陶酔しているところで、マゾヒスティックな嗜好がよく表れている。

実際、谷崎の文学は耽美主義とも悪魔主義ともいわれたが、その底にはマゾヒズムとフェティシズムがからんでいた。

大阪船場育ちの、大柄で明るい美貌の松子を、自分が仕える対象として見上げる谷崎の視点は、現実の恋とともに、彼自身の文学とも深く関わり合っていたことがわかる。

だがそれにしても可哀相なのは、新婚間もない丁未子夫人である。この女性はどちらかというと細っそりとして、少し淋しげな美貌で、外形からも谷崎の好みとは違うタイプなのに、なぜ結婚したのか。その点では、前の千代夫人の場合も同様だが、察するところ、当時はまだ男尊女卑の風潮が強く、谷崎が好むような驕慢なタイプの女性が見付からなかったから、と思われる。

それはともかく、これらの手紙を送った翌年（昭和九年）の三月から、谷崎と松子は同棲をはじめる。

このとき、松子は夫の根津の姓であったが、同棲をはじめた一ヵ月後に夫とは正式に別れ、実家の森田姓を名のっている。いわば松子にとっては、晴れて自由になって谷崎と一緒になった、というわけである。

だが肝腎の谷崎は松子と結婚するどころか、この年の七月に、丁未子との婚姻届を正式に提出している。しかもその半年後の昭和十年（１９３５）一月には、丁未子と協議離婚するという慌ただしさである。

この離婚の理由について谷崎は次のように記している。

（前略）創作家に普通の結婚生活は無理であることを発見したのでございます。私もC子T子と二度の結婚に失敗してその体験を得ました。（中略）

その原因は、芸術家は絶えず自分の憧憬する、自分より遥に上にある女性を夢見てゐるものでございますのに、細君にしますと、大概《たいがい》な女性は箔が剝げ、良人《おっと》以下の平凡な女になつてしまひますので、いつか又他に新しき女性を求めるやうになるのでございます。（中略）

然らざれば、一生身命を捧げて奉仕致すに足るやうな貴き方を得て、その御方の支配に任せ、法律上は夫婦でも実際は主従の関係を結ぶことだと考へて居ります。（後略）

作家のエゴイズム

この当時のことを谷崎は自ら、「私は同時に二人の女性を愛するようなことは出来得ない。若い時から女性の遍歴はあるにはあるが、世間から考えられているほどのことはなく、二人の女性を操るようなことはしなかった」と記し、だからこそ松子夫人を思って懊悩《おうのう》の日々を過ごした、という。

たしかに表面は一人の女性を追い求めたかもしれないが、それにしては安易に結婚してじき飽き、次の女性を追いはじめる。それも前の妻のすぐ身近にいる女性、たとえば千代夫人の妹のせい子、さらには丁未子夫人と隣り合わせに住んでいた松子というように。その点では、女性の気持ちなど一顧だにせず、好きとなったら止まらぬ、ただの我儘な男、といえなくもない。

さらに興味深いのは谷崎のマゾヒズムで、松子と結婚してからも、谷崎は自分は夫人の下男という立場を貫き、食事のときも、まず松子夫人一人だけに食べさせ、自分は給仕をして、あとで食べるというありさまだった。しかも夫人の食事中、谷崎は脇で畏まって待機しているので、夫人のほうも窮屈で少量ずつしか食べられず、奥方としての品位を保つのに疲れた、と述べている（『倚松庵《いしょうあん》の夢』）。

また谷崎自身、夫人を「松子」と呼び捨てにしては、仕える立場が崩れるので、「君」とか「あなた」とか「ちょっと」といった言葉を曖昧につぶやいて、なんとか用を足したが、その理由として、「世間の妻とか女房とか云ふのとは違つたもの、やうに考へたかつたからである」と述べている（『雪後庵夜話』）。

そしてきわめつけは、松子夫人が妊娠したときで、夫人は生むことを切望したが、谷崎は、「さうなれば（生んだりしたら）これまでのやうな芸術的な家庭は崩れ、私の創作熱は衰へ、私は何も書けなくなつてしまふかも知れない」といって、断固として中絶するよう求めた。

結局、夫人は谷崎の希望を受け入れ、妊娠五カ月で中絶したが、医師から、胎児は男の子で発育も順調であったことを知らされて、肉体的にも精神的にも大きな苦痛を味わうことになる。

この点について谷崎は、「お腹の子に対する愛よりも、私と私の芸術に対する愛の方が深かったのだ」と述べているが、ときどき夫人が堕した子のことを思って泣いたり、生んでいたら同じ年頃になっていたと思われる少年を見て涙ぐんだりするのを見て、「私はしばしば驚かされた」と述べているだけである。

表面、谷崎は松子夫人や、先のせい子などに対し、それこそ下へもおかず献身的に奉仕したが、それは二人の女性を愛したというより、自らの創作意欲をかきたてる存在として、大切にかつ丁重に接したといえなくもない。

このあと、谷崎は松子夫人と二人の姉妹をモデルに『細雪』を執筆するが、ここにも貪欲なまでの作家精神が現れている。

さらに晩年、谷崎は『鍵』『瘋癲老人日記』などを発表し、昭和三十三年、軽い脳溢血になり、右手に麻痺が生じ、口述筆記に頼らざるをえなくなるが、その七年後、心不全で湯河原の自宅で亡くなった。

享年七十九歳、作家としては功成り名遂げた結果の大往生であった。

松子夫人はそのあと二十六年間生きて、生来の美貌と明るさで多くの人に慕われたが、平成三年（1991）、八十八歳で亡くなった。

この二人を結びつけたラヴレターは、まさしく熱烈な愛の告白ではあるが、同時に、谷崎という巨大な作家の根本的な趣向と作風を鮮やかに映し出している。

見方によっては、ラヴレターは秘められたものであるだけに正直で赤裸々で、多くの谷崎文学を論じた評論以上に、適確かつ生々しく、谷崎文学の真髄を表している、といってもいいだろう。

▲新婚当時ふたりが住んでいた阪神打出の家。人にご馳走するのが好きだった谷崎が、結婚後は友人と飲みに出かけることも、ぱったりとなくなったという。

◀谷崎が松子に思いを告げてから、それぞれが前の結婚を清算し、総ての手続きが整うまでに3年の月日を要した。そして、昭和10年1月28日、ふたりは晴れて結婚式の日を迎えた。

◀昭和11年兵庫県反高林の家にてくつろぐ谷崎と松子（撮影：渡辺義雄）。

▲松子、松子の娘や妹たち。谷崎はこの松子姉妹をモデルに、大阪船場の旧家を舞台にした4人姉妹の小説『細雪』を執筆。▼『細雪』は戦時中、当局により掲載禁止となる。が、中央公論社社長の援助で密かに執筆が続けられ、戦後刊行された。

◀谷崎の想像力と創造力は松子の存在を得て、豊熟していく。小説『春琴抄』も松子なくしては誕生しなかった。写真は和田三造画の『春琴抄』軸。

▼谷崎は松子と結婚した年から『源氏物語』の現代語訳に着手し、昭和14年に刊行。さらに手を入れ昭和26年『新訳源氏物語』を刊行した。写真はその際の書き入れ本。

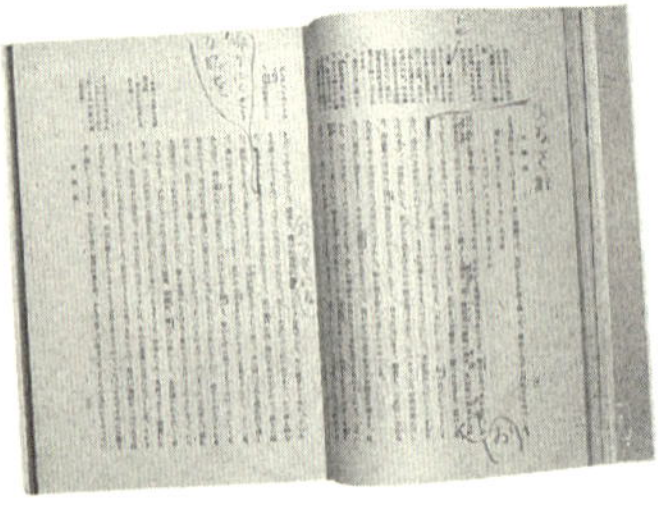

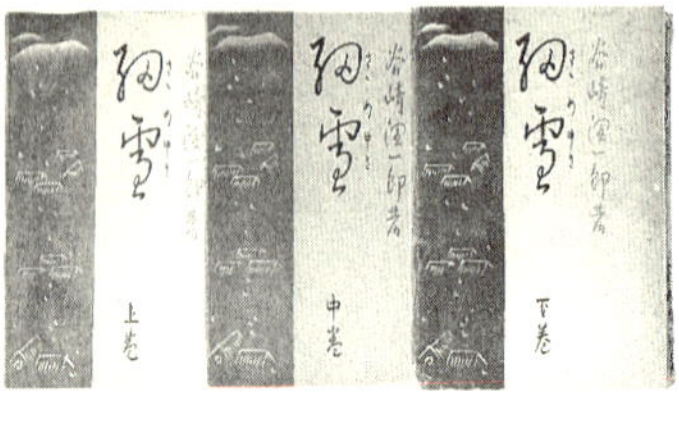

潤一郎が松子に宛てた手紙

（原文ママ。ただし旧漢字は新字に改めた）

昨日は森田様より御ていねいな下され物を頂き恐入りました　何卒御ついでの節よろしく御礼申上て下さいますやう御願申上ます

先夜帰りみちに根津様とこいさんに御目にかゝりましたが急いて《ママ》居りましたので御話申上るひまもご《ママ》ざりませなんだ　しかし根津様の御意向はよく了解いたしましたからその旨御伝へ下さいましたら有難う存ます　まだこんな事にならぬうちは御顔さへ拝めれば、そして時々何かの御用さえ勤められゝばそれが身にあまる幸福と思つてゐましたのに此頃はほんたうに勿体ないことだと存て居ります　以前の事を考へましたらもう此れだけて《ママ》も根津様の御好意を感謝するのが当り前、何のかのと勝手がましいことは申せた義理ではございません　自分を主人の娘と思へとの御言葉でございましたがその仰せがなくともとくより私はさう思つて居りました

一生御寮人様に御仕へ申すことが出来ましたらたとひそのために身を亡ぼしてもそれか《ママ》私

には無上の幸福でございます、はじめて御目にかゝりました日からぼんやりさう感じてをりましたが殊に此の四五年来はあな様《ママ》の御蔭にて自分の芸術のいきつまりが開けて来たやうに思ひます　私には崇拝する高貴の女性がなければ思ふやうに創作が出来ないのでごさ《ママ》います　がそれがやう〳〵今日になつて始めてさう云ふ御方様にめぐり合ふことか《ママ》出来たのでございます

実は去年の「盲目物語」なども始終あなた様の事を念頭に置き自分は盲目の按摩のつもりで書きました、今後あなた様の御蔭にて私の芸術の境地はきつと豊富になることゝ存じます、たとひ離れてをりましてもあなた様のことさへ思つてをりましたらそれで私には無限の創作力が涌いて参ります

しかし誤解を遊ばしては困ります　私に取りましては芸術のためのあなた様ではなく、あなた様のための芸術でございます、もし幸ひに私の芸術が後世まで残るものならばそれはあな様《ママ》といふものを伝へるためと思召して下さいまし　勿論そんな事を今直ぐ世間に悟られては困りますがいつかはそれも分かる時期か《ママ》来るとおもひます、さればあな様《ママ》なしには私の今後の芸術は成り立ちませぬ、もしあなた様と芸術とが両立しなくなれば私は喜んで芸術の方を捨てゝしまひます

何の用事もございませぬが四五日御目にかゝれませぬので此の手紙を認めました　多分五

日か六日の午後に御うかゞひいたします　今日から御主人様と呼は《ママ》して頂きます

九月二日

潤一郎

【註】

1 **『蘆刈』** あしかり

美しい女人への父子二代にわたる男の思慕と愛着の物語。谷崎は松子を念頭において女主人公「お遊さん」を描き、単行本化の際には松子の顔を模した挿し絵を添えた。

2 **倚松庵** いしょうあん

昭和6年松子のはからいで谷崎は、根津家の別荘の離れに妻丁未子と共に住んだ。その離れを谷崎は「松(子)に倚《よ》りかかる」意の倚松庵と呼び、後に『倚松庵随筆』を発表。

【参考文献・写真提供】

谷崎潤一郎が根津松子に宛てた手紙＝『谷崎潤一郎全集25巻』(昭和58年版)中央公論社刊、谷崎松子著『倚松庵の夢』中公文庫

その他の引用＝谷崎潤一郎著『雪後庵夜話』中央公論社刊、谷崎松子著『倚松庵の夢』中公文庫

資料写真提供＝中央公論新社、藤田三男編集事務所

吉屋信子から門馬千代への手紙

御身も女　吾も女――でも久遠《くおん》の愛を
結実させる日も遠いことではないでせう

作家　**吉屋信子**（よしや・のぶこ）

明治29年（1896）新潟生まれ。学生時代から雑誌に投稿し賞を得る。20歳のとき『少女画報』に『花物語』を連載し、少女小説作家として出発。以後、『良人の貞操』など長編を旺盛に発表し、晩年は歴史小説を執筆。昭和48年（1973）病没。享年77歳。

門馬千代（もんま・ちよ）

明治32年（1899）東京生まれ。東京女高師（現、お茶の水女子大）を卒業し、麹町高女の数学の教師となる。下関高女、頌栄女学校の教師を経て、昭和6年（1931）、教職を退き、信子の秘書をし、また身のまわりの世話をする。昭和63年病没。享年89歳。

【ふたりの恋愛のあらまし】

大正12年（1923）、国民新聞記者、山高しげりが、親友の千代を伴って信子の家を訪ねたのが出会い。信子と千代は急速に親しくなり、3年後には信子の家で二人は暮らし始める。以後、精力的に執筆活動を続ける信子を千代は公私ともに支え、それは、出会いから50年後、信子の死まで続いた。

（前略）私の千代ちゃん――火曜日にはきつとお顔を見せて下さい。けれど――もし来られるのなら今晩（月曜）でも　一寸　一寸　来て会つて下さい　けつして悪止めせずに直《す》ぐにお返ししますから　でも無理をする様だつたら我慢しますけれど――取材のために長崎へ旅立つ日が目の前に迫つてきました　しばらく会はぬ旅の日のやるせない　もの悲しい気持ちが思ひやられて寂しい！　だから会へる時にはたくさん　たくさん会つておきたいのです

わがままばかり言つて　かんにんして頂戴

ああ　夕《ゆうべ》に別れを告ぐることなく　一つ屋根の下に暮す日は　いつのことか！　男と女ならば易きことなれど　御身も女　吾も女――でも千代ちゃん　二人の心が定まつてゐさへすれば久遠の愛を結実させる日も遠いことではないでせう

千代ちゃん　どんなに　どんなに　あなたを愛してゐることか　どうか　わたしを信じて　今しばらく堪へて頂戴ね　二人で頭をしぼつて　共に暮すことの出来る道をさがし求めませうよ

私の千代ちゃん　今、午前一時です

四月十五日夜半

信子

以上の手紙は、大正十二年（1923）四月、女流作家吉屋信子から、女学校の教師をしていた門馬千代に宛てたラヴレターである。

一般にラヴレターというと、男から女へ、あるいは女から男へ出されるものだが、これは一読してすぐわかるように、女から女へ出されたものである。むろん、互いの愛の思いが記されていたら、男女のことを問わずラヴレターといっていいだろう。

男尊女卑への反発

吉屋信子は明治二十九年（1896）、新潟で生まれた。父の雄一は長州萩藩の士族で、下関、松江などで警察官を歴任したあと、信子が生まれた頃は新潟県警の警務課長をしていた。母のマサは父と同じく萩藩士の出で、子供は信子の上に四人の男子、下に二人の男子と、六人の男の子にはさまれて、信子だけが女の子であった。

両親が武家の出であったことからもわかるとおり、家庭は男尊女卑が骨の髄まで沁みた古い家風で、幼いときから、信子はこの雰囲気に馴染めず、ただ威張りちらすだけの男たちから離れ、孤立感を深めていった。この状態は小学校に入っても変わらず、女の忍耐と服従の大切さを説いた『家庭教育訓話』といった本を読まされたが、八歳のときに書いた作文を担任の教師に激賞されてから、本を読むだけでなく、文字で表現することに興味を抱くようになる。

十二歳で栃木高女に入学、この頃から、『少女世界』や『少女界』などに詩や短い文章などを投稿したが、たまたま講演にきたクリスチャンの新渡戸《にとべ》稲造から、日本の女子教育は良妻賢母の育成を目的としているが、その前に、まず良き人間になることが重要である、という趣旨のことをきかされて、大きな刺激を受ける。

この二年後、十四歳のとき、『少女界』に投稿した童話が一等に当選して賞金十円をもらい、さらに『少女世界』からも表彰され、大人も読む『文章世界』や『新潮』にも投稿をはじめたが、古風な母は、信子が文学の世界に興味をもつことに反対であった。栃木高女を卒業するとともに、信子は東京へ出て進学することを望んだが、母は、結婚する女に学問は不要といって、裁縫やお花など、花嫁修業を強制した。当然のことながら、信子は身が入らず、この悶々とした状態を見かねた兄の忠明が両親を説得してくれたおかげで、ようやく上京を許され、兄の下宿に住みながら各雑誌に投稿を続けた。

こうして二十歳のとき、『少女画報』に送った「花物語」が掲載されるや、大きな反響を呼び、以後、各章毎《ごと》に花の名を記したシリーズものとして版を重ね、ベストセラーとなった。

このあと、信子は四谷のバプテスト女子寮に入寮し、英語を学ぶ一方、エレン・ケイの「恋愛と結婚」などを読むうちに、女性の自由と独立をめぐる婦人問題に関心を抱くようになる。

一年後、信子は神田の基督教女子青年会（ＹＷＣＡ）の寄宿舎に移ったが、翌年、忠明が北海道の十勝町に転勤になったあとを追って池田に移り、そこで書き上げた長編小説「地の果まで」が大阪朝日新聞で募集していた長編懸賞小説の一等に当選し、賞金二千円を得る。このとき選者だった徳田秋声が最も高く信子の作品を評価してくれたことから、以後、師弟の関係となった。

この作品に続いて、YWCAにいたとき同室だった菊池ゆきえをモデルにした『屋根裏の二処女』を出版。さらに大正十年には、「海の極みまで」を東京、大阪朝日新聞に連載し、この作品は舞台化され好評であった。

一目惚れ

この頃、信子はがっしりした体つきで、目鼻立ちのくっきりした顔に髪は断髪で、男性と見間違えられたり、その男勝りの体を好奇の目で見る人もいた。

だが信子はそんな他人の視線を無視して書き続け、大正十二年、二十七歳の誕生日に、国民新聞社の婦人記者であった山髙しげり[註1]と会い、一人の女性を紹介される。それが、冒頭の手紙の受け取り人である門馬千代で、当時、千代は二十三歳、麹町高等女学校の数学の教師をしていた。

これ以前、信子と山髙のあいだで、たまたま「女の友情」についての話になり、信子が、

「そんなものはありえない」というのに対して、山高は「ある」といいきり、「その証拠を見せてあげる」といって、連れてきたのが千代で、山高と千代は府中第二高女から東京女高師まで一緒にすすんだ仲間であった。

この千代と会った瞬間から、信子は強く心を惹かれた。いわゆる女らしい美人ではなかったが、きりりとした眼差しのなかに聡明さと一途な情熱を秘め、全体の印象は清楚である。

信子はたちまち千代が気に入って、昼食をともにしたうえ、夕食まで引き留め、千代が帰ったあと、直ちに、「市《いち》にゆかば暖かき毛皮のショールは求め得《う》べし。ああされど、あた丶かき人の心はあがなふ術《すべ》もなし――」と書き送る。

一方、千代も、一見、オカッパ頭の男のような信子のなかに、純粋で愛に餓えている童女の初々しさを感じていた。

女同士とはいえ、いわゆる一目惚れで、以後、二人は激しく愛し合うことになるが、冒頭の手紙はこの三カ月後、二人の思いが一気に沸騰した直後に書かれたラヴレターである。

このなかで、信子は正直に、千代と同棲することを願っているが、「男と女ならば易きことなれど、御身も女、吾も女――」というところが、いじらしく切ない。

たしかに男と女なら、「愛し合っている」といえばすむことだが、女と女とでは、不自然でふしだらなことと見られてしまう。

だが、この頃、女性同士で同棲する例は少なくなかった。とくに知的な女性のあいだで多く、有名な関係だけでも深尾須磨子と荻野綾子、宮本百合子と湯浅芳子、平林たい子と田村俊子、大谷藤子と矢田津世子、尾竹紅吉《こうきち》と神近市子、平林たい子と林芙美子、市川房枝と山高しげりなど、かなりの数にのぼる。

なぜ、これほど多くの女性が、ともに棲むようになったのか。その最大の理由は、維新後も強固に続く男尊女卑の社会風潮に対する女性たちの反発で、それはまた、社会に出て働こうとする女性たちの自衛の手段でもあった。

とくに信子は、幼いときから古風な父親の下、男優位の現実を嫌というほど見せつけられてきたうえに、信子の味方であるはずの母親が、ひたすら父にかしずき、次々と子供を産んで子育てだけに命をすりへらす。信子はそんな生き方が女の幸せとは到底思えなかったが、やはり士族の出で、父親から良妻賢母になることを求められて家を捨て、自力で女高師をでた千代に惹かれたのは、むしろ自然のなりゆきでもあった。

しかし大正十二年九月一日朝、東京は関東大震災に見舞われ、千代が勤めていた麴町高女は焼失し、失職したのを機に、信子は千代を伴って長崎へ行く。『婦人之友』に連載する長編小説の取材のためだが、そのまま二人は長崎で部屋を借りて一緒に暮らすことになる。

「二人はまるで、ままごと遊びでもするように食器や家具を買いととのえ、家事の不得手な信子は、よく茶碗や皿を床にとり落し、その都度、「かんべんね」と照れくさ気に千代にあやまった。そんな時の信子は、いかにも童女めいて見え、いやでも世話をやかずにはいられぬ思いに千代をかりたてた。いつしか千代は、世の妻のように家のしごとをいっさい引き受けるようになる。」(『女人　吉屋信子』より)

やがて、千代は下関高女に就職先を見付けて下関に移り、それに信子も同行したが、田舎の好奇の目がうるさく、約半年で信子だけ帰京する。こうして再び別れて暮らすことになるが、それから半年のあいだ、二人のあいだで交わされた手紙は一五〇通にも達した。次のものは、その一文である。

千代ちゃん

いま　あんまり泪の気持が救はれず、これをかきました。少しは心がなごやかに濡れてきたああ恋しい〳〵人！　早くかへつてほしい。十二月にもかへれぬかも知れぬなどと　あまりにもかなしきこと仰せ給ふや　君の……

ほんたうに千代ちゃんの魂　そして身体　もう私にはなくてはならぬもの。その魂にこの寂しい頭を突き込み　しみじみと甘くかぐやかな匂ひに濡れしめりたい。どんなに力を得るだらう。その唇　その頬　私は官能の上からも苦しく　寂しい。来て欲しい。二度生れるとは思へぬ此の現世に限りある生命の時にあつて　何故　別れて棲まねばならぬの　千代ちゃん　もう悲しくなり泪がこぼれ落ちるゆゑ　これでよしておく。かへつて下さい。あなたなしの生活生命それはあまりにも寂しすぎる。愛する人　もう何とかくべきか言葉がない。帰つて　帰つて　帰つて。ただこの言葉だけが　口をついて出てくるだけ。ああ　さびしい。

九月十八日、十一時二十五分記す

熱烈というより、もの狂おしいほどのラヴレターである。とくに女が女へ迫るラヴレターだけに恥じらいや衒《てら》いもなく、思いのたけを訴える。

これに対して、千代も頻繁に返事を書いたが、この手紙の一カ月半後、千代から信子に宛てた手紙は以下のようである。

大切な大切なお姉さま

昨日千代子は　少し御機げんの悪い手紙をかいてしまひました。気になさらないで下さいませ　夜　火の側であみものをしながら　いろいろな事を思ひ出して恋しくなつかしく　胸がいつぱいになる様でございました

（中略）

姉様のお手紙見る時　千代子はかなしいですの　しをれかへつて黙つて泣いてゐるの　あみものしてゐても　本をよんでゐても　よるの事ばかり考へて涙が瞳にいつぱいになつてしまふんですもの

さやうなら　さやうなら　毎晩キスして

まさに相思相愛、熱情溢れるラヴレターの交換である。

それにしても、なぜ千代は信子から離れて、遠い下関の地にとどまっていたのか。その理由は、千代が経済的に信子の世話になるだけの生活にこだわっていたからである。むろん信子はそんなことは意に介していなかったが、女高師まで出た千代には、それなりの自負もあった。

だがそれにしても、東京と下関と、離れ離れに棲むのはあまりにも辛い。

愛と尊敬

大正十四年三月、千代に会えずに憔悴いちじるしい信子を見かねた山高しげりは、千代の東京での仕事先を見つけてやり、おかげで千代は帰京して芝の頌栄女学校に勤めることになる。このとき、信子は二十九歳、千代は二十六歳。信子は早速、下落合に初めて自分の家を建て、晴れて千代と二人だけの生活を始める。むろん、信子が執筆に精を出し、千代がそれを裏から支える形であった。

　こうして精神的な安らぎを得た信子は、『主婦之友』に「空の彼方へ」の連載をはじめ、昭和三年（１９２８）には新潮社から『吉屋信子集』を出し、その印税二万円で、千代を伴ってヨーロッパへ行き、さらにアメリカを経て、ほぼ一年間の外遊を終えて日本に戻る。帰国後、信子は婦人雑誌や少女雑誌への連載を精力的にこなし、その多忙さを見かねた千代は、自ら教師の仕事を捨てて完全に信子の妻の役に徹するようになる。

　よき伴侶を得て、信子はさらに執筆に集中し、昭和十年には『吉屋信子全集』が新潮社から刊行され、十一年から「東京日日新聞」に連載した「良人の貞操」[註2]は読者の爆発的な人気を得た。

　しかし、この頃からそれまでの過労がたたってか、しばしば胆石の発作に苦しめられたが、そのあい間をぬって香港、中国、フィリピン、さらには日中戦争さなかの北京や上海を訪れた。これらの旅行のとき、千代は必ず影のように付き添い、なにかと世話をやき、それが信子にとっては大きな支えとなった。

　昭和十六年、太平洋戦争が始まるとともに、軍部の検閲は一段と厳しくなり、信子の小説は「自由主義的すぎる」という理由で、掲載を中止させられたものもあった。戦争の激化とともににこの頃から体調を崩すことが多く、昭和十九年には東京を離れて鎌倉に疎開し、読書に没頭するかたわら俳句などをつくり、静養につとめた。

この翌年、日本は戦争に敗れ、終戦とともに信子は再び執筆活動を開始したが、昭和二十五年に母マサが死去する。信子にとっては、終生、心の通い合わぬ母であったが、そのことがまた悲しくて、棺《ひつぎ》を抱いて号泣した。

だがその悲しみが癒えるとともに、当時まだ女性がやるのは珍しかったゴルフをはじめ、この頃からさらに競馬にも熱中して、数頭の馬をもった。

そして昭和三十二年、五十八歳になった千代を養女として、入籍させた。このとき、信子はできたら婚姻のような関係を結びたかったが、女同士では認められないので、やむなく養女という形をとったのである。

昭和三十六年、女流作家として揺ぎない地位を獲得した信子は、騒々しい東京から鎌倉へ移ることを決意し、ここに広壮な屋敷を建築し、翌年に転居する。この新宅で新たな構想の下、『徳川の夫人たち』『女人平家』など、後期の代表作を執筆した。昭和四十七年、大腸癌が発見されたがすでに手術をするには手遅れで、その後の病状は一進一退であった。

この年の二月十七日、信子の日記には、「千代子誕生日なり　この人を与えたまいし運命に感謝」と記し、同年十月十九日の日記には、「千代子あっての人生の幸福。この上は丈夫にな

って こころよく生くべし」と記されている。

しかし病状は好転せず、昭和四十八年七月十一日、信子は千代に手を握られたまま、永遠の眠りについた。享年七十七歳。

二人が住んだ土地と邸宅、六千冊の蔵書や資料、原稿などは鎌倉市に寄贈され、建物は「吉屋信子記念館」として、女性の福祉、教育の場として開放されている。

なお千代はその後、熱海のマンションで一人暮らしを続けたが昭和六十三年、信子との熱い愛の思い出を胸に秘めたまま、八十九歳でこの世を去った。

信子と千代、二人の関係を見るとき、改めて女性同士の愛の絆の強さに感動させられる。当時もいまも、こうした関係はさほど珍しいものではないが、その多くは、いずれかに男性の恋人ができるとともに、破局を迎える例が多かった。

だが信子と千代、二人の関係が微動だにしなかったのは、互いに感性が合い、さらに信子が心底、千代を愛して頼りにし、千代もまた信子を愛し、尊敬していたからに違いない。

そしてさらに皮肉な見方をしたら、社会が男性主導で、世間がレズビアンに厳しかったからこそ、二人の絆は一段と強まったともいえる。

さまざまな愛の形が認められつつある現代に、このラヴレターは時代を先取りした、先駆的な意味からも評価されるべきだろう。

▶昭和3年渡欧直後の信子。創作の新たな飛躍を目ざしての1年間の旅だった。

▶信子は「おかっぱ頭」を終生続けた。理髪店を嫌う信子の髪を月に2度、千代がカットした。

▶昭和27年の女流文学会には信子（前列左から4番目）や宇野千代（後列左）が参加。信子は作品の中だけでなく実生活でも「女が女にやさしい」を標榜し、女性作家との連帯を大切にしたり、女性医学生に学資の援助などもした。

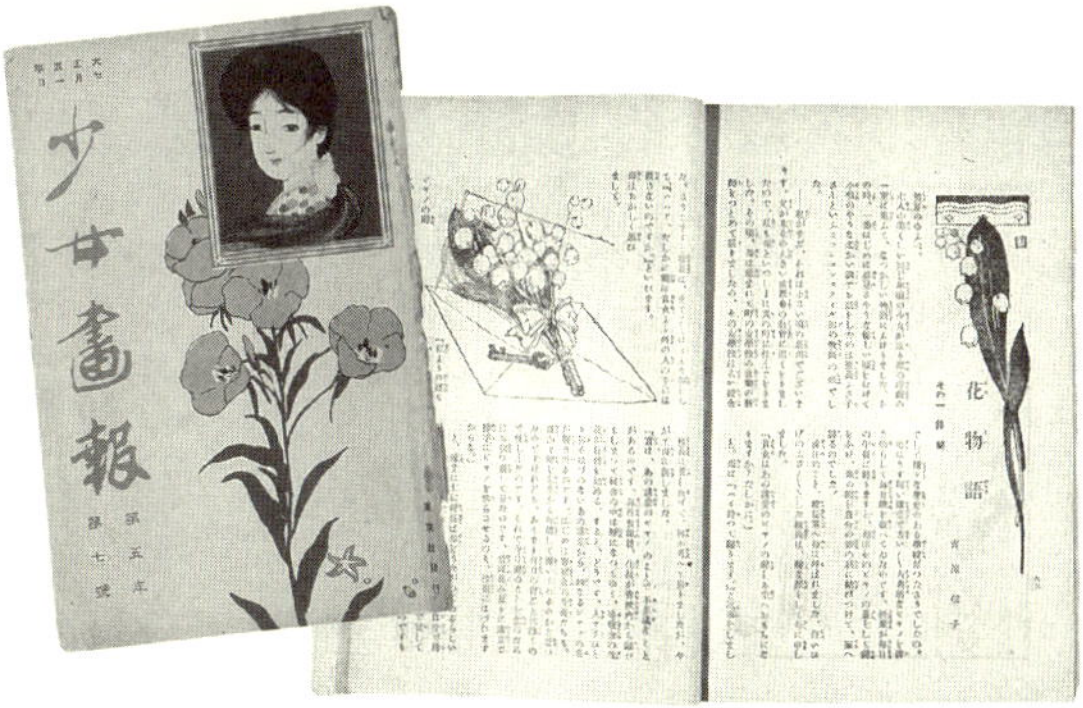

▶天才的な勘のよさで知られていた『少女画報』の編集長は、信子の『花物語』第1話「鈴蘭」を読んだ途端、信子の才能を見抜いたという。

信子が千代に宛てた手紙

鈍い感じの田舎町　よどんだ空気　へんな会場――その他いろ〳〵私を憂ウツにするのに十分でした。

たつた一日、あ、　たつた一日　都に千代ちやんを残して離れてゐた時間がどんなに切ないものだつたか！

私今日　はつきりと　あまりにもはつきり愛する人への強い思慕を見出しました

私の千代ちやん――火曜日にはきつとお顔を見せて下さい。けれど――もし来られるのなら今晩（月曜）でも　一寸　一寸　来て会つて下さい　けつして悪止めせずに直ぐにお返ししますから　でも無理をする様だつたら我慢しますけれど――取材のために長崎へ旅立つ日が目の前に迫つてきました　しばらく会はぬ旅の日のやるせない　もの悲しい気持ちが思ひやられて寂しい！　だから会へる時にはたくさん　たくさん会つておきたいのです

わがままばかり言つて　かんにんして頂戴

ああ　夕《ゆうべ》に別れを告ぐることなく　一つ屋根の下に暮す日は　いつのことか！　男と女ならば易きことなれど　御身も女　吾も女――でも千代ちやん　二人の心が定まつてゐさへす

れば久遠の愛を結実させる日も遠いことではないでせう
千代ちやん　どんなに　どんなに　あなたを愛してゐることか　どうか　わたしを信じて今しばらく堪へて頂戴ね　二人で頭をしぼつて　共に暮すことの出来る道をさがし求めませうよ
私の千代ちやん　今、午前一時です
四月十五日夜半

信子

【註】

1　山高しげり

明治32年生まれ。東京女高師中退後、『国民新聞』『主婦之友』の記者を経て、大正13年ごろから婦人運動に携わる。昭和37年から2回参院議員に当選。信子、千代との友情は終生続いた。

2『良人の貞操』

妻の親友と抜き差しならぬ関係になってしまった夫。不倫をテーマにした小説に男性は眉をひそめ、女性は絶賛を送った。日本中の話題を呼び、論争を起こした信子の代表作。

【参考文献・資料写真提供】

信子が千代に宛てた手紙・千代が信子に宛てた手紙・信子の日記＝『女人　吉屋信子』吉武輝子著　文藝春秋刊より引用

資料写真提供＝日本近代文学館、毎日新聞社、朝日新聞社

太宰治から太田静子への手紙

一ばんいいひととして、ひつそり命がけで生きてゐて下さい、コヒシイ

作家　**太宰　治**（だざい・おさむ）

明治42年（1909）青森生まれ。本名・津島修治。実家は新興の商人地主。中学生のころから小説や戯曲を書き始め、作家への道を進む。東京帝国大学仏文科中退。『走れメロス』『斜陽』『人間失格』など多くの佳作を残す。昭和23年（1948）自殺。享年38歳。

太田静子（おおた・しずこ）

大正2年（1913）滋賀生まれ。実家は開業医。実践女子専門学校家政科中退。25歳のとき弟の同僚と結婚するが、第一子を生後間もなく亡くし、離婚。34歳で太宰の子を出産。以後、女手ひとつで子供を育てる。昭和57年（1982）病没。享年69歳。

【ふたりの恋愛のあらまし】

子を亡くした悲しさを太宰の小説で癒していた静子が友人と訪ねてくる。その後、二人は数回会うが、戦争激化で疎遠に。戦後、静子の日記を小説の題材にと考えた太宰が静子を訪ね、静子は身ごもる。太宰は日記を元に『斜陽』を書き、子を認知。しかし、翌年、別の女性と入水自殺をする。

拝復　いつも思つてゐます。ナンテ、へんだけど、でも、いつも思つてゐました。正直に言はうと思ひます。

おかあさんが無くなつたさうで、お苦しい事と存じます。

いま日本で、仕合せな人は、誰もありませんが、でも、もう少し、何かなつかしい事が無いものかしら。私は二度罹災といふものを体験しました。三鷹はバクダンで、私は首までうまりました。それから甲府へ行つたら、こんどは焼けました。

青森は寒くて、それに、何だかイヤに窮屈で、困つてゐます。恋愛でも仕様かと思つて、或る人を、ひそかに思つてゐたら、十日ばかり経つうちに、ちつとも恋ひしくなくなつて困りました。

旅行の出来ないのは、いちばん困ります。

僕はタバコを一万円近く買つて、一文無しになりました。一ばんおいしいタバコを十個だけ、けふ、押入れの棚にかくしました。

一ばんいいひととして、ひつそり命がけで生きてゐて下さい。

コヒシイ

この手紙は昭和二十一年（1946）一月、太宰治から、のちに彼の愛人となる太田静子に送られた手紙である。

このとき、昭和二十一年一月は、日本が戦争に敗れた五カ月後で、国内は混乱したまま、敗戦の傷痕がいたるところに生々しく残っていた。

当時は手紙こそ数日で着きはするが、列車は、食糧不足で買い出しに行く人たちであふれかえり、乗車券も容易に手に入らない状況であった。

この頃、太宰は生家のある青森県金木村にいて、静子は神奈川県足柄の下曽我村にいた。青森から神奈川はまさに大旅行で、近県に出かけるのでさえ容易なことではなかった。

文中、「旅行の出来ないのは、いちばん困ります」というのは、こうした事情をふまえてのことであり、「いま日本で、仕合せな人は、誰もありません」というのは、戦後の廃虚で呆然としている人たちの実情でもあった。

そうした混乱のさなかに書かれたとはいえ、この手紙はどこか奇妙というか、変っている。

冒頭の、「いつも思つてゐます。ナンテ、へんだけど、でも、いつも思つてゐました」という書き出しも、これまで見てきたラヴレターのような、熱烈さや真摯さはあまり感じられない。

途中の「恋愛でも仕様かと思つて……」のくだりも、愛する人に送る手紙に、ことさらに書くことでもなさそうである。

さらに、「タバコを一万円近く買って……」の部分も、当時の物価から考えて、大袈裟な冗談としか思えない。

最後の「コヒシイ」も、いかにもつけ足しの感じで、よくいえば太宰独特の照れともとれるが、全体としてはいまひとつ、圧倒的な情熱には欠けているようである。

薬中毒と自殺未遂

太宰治については、いまさら多くを記す必要はないかもしれない。

明治四十二年（1909）青森県北津軽郡金木村に生まれ、本名は津島修治。実家は明治維新後に金貸業などで急速に富を得た新興の商人で、太宰が生まれた頃は、田畑二百五十町歩を有し、父は多額納税者で貴族院議員の有資格者であった。

しかし母が病弱であったので、生まれてすぐ乳母の世話になり、一年足らずで、同居していた叔母きゑに育てられ、さらに二歳から七歳までは、タカという子守りの世話になった。このあたりで、すでに太宰の、天性ともいうべき甘え癖が、育まれたのかもしれない。

やがて七歳で小学校に入ったが、成績は常にトップで総代をつとめたが、一方、手に負えない腕白坊主でもあった。この秀才ぶりは中学にすすんでも変らず、級長を続けるとともに、もち前の茶目っ気で、クラスの人気者となった。

さらにこの頃から小説や戯曲を書き始め、友人と同人雑誌を創刊して、そこに発表していたが、十七歳のときには、女中のトキに恋情を抱き、懊悩する早熟ぶりだった。

昭和二年、旧制の弘前高校に入学したが、この年、芥川龍之介が自殺したことにショックを受け、授業を怠けて青森の花柳界に出入りするようになり、紅子《べにこ》という芸妓と親しくなる。

その後、さまざまな同人誌を創り、二十歳のときには「弘前新聞」に小説を発表したが、自堕落な生活への自己嫌悪から大量のカルモチンを嚥《の》んで最初の自殺をはかるが未遂に終る。

翌年、東京帝国大学仏文科に入学、共産党のシンパとなる一方、井伏鱒二を訪ねて、以後長く師事することになるが、一方、かねてから深い仲だった紅子（本名、小山《おやま》初代）を東京に呼び寄せ、兄に分家除籍を条件に結婚を認めてもらう。

しかしその一カ月後、銀座の女給田部《たなべ》シメ子と鎌倉七里ヶ浜で薬物心中をはかり、シメ子は絶命し、太宰一人生き残って自殺幇助罪に問われたが、起訴猶予となった。

このあとも放逸な生活を続けながら創作意欲は旺盛で、活発に小説を書き続けたが、共産党のシンパ活動は特高警察への恐怖からあきらめた。

しかし学業は一向にすすまず、大学卒業は絶望的となり、新聞社への入社試験にも失敗して、鎌倉の山中で三度目の自殺を図るが、未遂に終る。

命に別状はなかったが、このあと盲腸炎から腹膜炎をおこし、入院中にパビナールを乱用してその中毒となる。

この翌年、二十六歳の夏に、『逆行』が芥川賞候補になるが落選。このあと授業料未納のため東大を除籍されるが、この間、パビナール中毒はさらにすすみ、翌年、治療のため一時入院する。その間に、妻の初代が画学生と姦通事件を起こし、その衝撃で、初代とカルモチンを服んで心中を図るが、未遂に終る。

このあと初代とは別れ、翌年、井伏鱒二を介して、東京女高師を出て女学校の教師をしていた石原美知子を知り、二度目の結婚をする。この新たな環境で創作に没頭し、『文學界』『新潮』『中央公論』『国民新聞』などに次々と作品を発表する。

太宰が静子を知ったのは、この二年後、太宰が三十二歳のときである。それ以前から太宰の小説を読み、ファンとして手紙を送ったのがきっかけで、太宰から、「気が向いたら、どうぞ遊びにいらっしゃい」という返事をもらって、静子は文学サークルで知り合った女子大生二人と、太宰の許を訪れた。

太田静子は大正二年（１９１３）滋賀県愛知川《えちがわ》町で生まれ、太宰の四歳年下であった。

実家は大分中津藩の御殿医も務めた名門で、静子が生まれた頃は愛知県に移っていたが、医師の家業は続いていた。

いわば、深窓の令嬢であった静子は、愛知高等女学校を卒業後、上京し、実践女子専門学校にすすんだが中途退学し、絵画を習ったり、口語短歌の結社に入り、二十一歳のときには『衣裳の冬』という短歌集を出版する。

しかし二十五歳のときに父が死去し、あとを継いだ長兄が病気となったことから、母のサキは病院を閉鎖して東京に移り、大岡山に洋館を購入し、そこで静子は母と一緒に住むことになる。

この直後、静子は京大出の東芝社員と結婚したが、生後一カ月で娘を亡くしたこともあって、うまくいかず、二年で離婚して大岡山の実家に戻ったとき、たまたま太宰の『虚構の彷徨』を読んで、強く心を惹かれた。

このいきさつを、のちに娘の太田治子さんは『母の万年筆』という本に、次のように記している。

「友はみな、僕からはなれ、かなしき眼もて僕を眺める。友よ僕と語れ、僕を笑へ。ああ、友はむなしく顔をそむける。友よ、僕に問へ。僕はなんでも知らせよう。僕はこの手もて、園を水にしづめた。僕は悪魔の傲慢さもて、われよみがへるとも園は死ね、と願つたのだ……」

明らかに、鎌倉での心中事件で死亡した女性のことを記したものだが、のちに静子の娘の治子さんは、「世の中に、こんなにも正直な人がいたのかと、母は思ったという。彼も、人を死なせたという罪の意識を持っている。この作家を、師に仰ぎたいと、思ったのだった」と記している。

『斜陽』のモデル

静子にとっては、ようやく知り合った、憧れの作家であったが、二人の関係は必ずしも順調にすすんだわけではない。

その理由の一つは、太平洋戦争の激化とともに検閲制度が強まり、表現の自由が圧迫されるとともに、用紙難がくわわり、さらに軍事訓練などを強要されて、太宰はなかなか小説を書くことに没頭できなかったことがあげられる。

幸い、軍による徴用は胸部疾患（肺病）があるということで免れたが、男と女が甘い恋を語り合えるような環境ではなかった。さらに昭和二十年になると、米軍による空襲は一段と激しくなり、太宰は妻子を一旦、甲府に疎開させるが、そこも焼け、仕方なく妻子とともに、生家の津軽へ四日かかってたどり着く。

一方、静子は母とともに神奈川県下曽我村に疎開し、二十年八月、ようやく戦争は終ったが、その翌年一月、母は死去し、静子は一人となる。

冒頭の手紙は、この直後、母の死を知らせた静子からの手紙を受けて、津軽にいた太宰から送られてきたものである。

この頃、太宰は秘かに没落した旧家の悲劇を小説に書くべく、想を練っていた。

そのきっかけになったのは、以前、静子からきいたり、彼女から送られてきた手紙で知っていた、静子の母の生き方である。しかしそれをモデルに書くには、さらに太田家の内情を記した日記などを読ませてもらうとともに、直接その家に行ってみる必要がある。

この年（昭和二十一年）九月、再び静子から手紙があり、そこにさまざまな相談事が記されていた。まず、いま静子の住んでいる下曽我の山荘の所有者が、急に売りに出したいといいだして困惑していること、夏には静子に縁談がもちこまれ、応じる気持ちはないが、かわりに次の三つの選択肢を考えていること、その一つは、自分より若い作家と結婚して、マンスフィールドのように、自分も小説を書いていく生活、二番目は、文学なぞ忘れて、主婦として平凡に暮らす生活、三つめは、M・Cさまの愛人として暮らす生活で、M・Cはマイ・チェーホフの頭文字で、太宰のことを表していた。

相談とはいえ、内容は明らかにラヴレターで、しかもかなり強烈に、太宰に最終的な決断を求めたものである。

だがこれに対して、太宰は次のような手紙を送る。

御手紙拝見、「いさい承知いたしました。」

私は十一月頃には、東京へ移住のつもりでゐます。下曽我のあそこは、いいところぢやありませんか。もうしばらくそのままゐて、天下の情勢を静観していらしたらどうでせう。もちろん私はお邪魔にあがります。さうしておもむろに百年の計をたてる事にしませう。あわてないやうにしませう。あなたひとりの暮し事など、どうにでもなりますよ。安心していらつしやい。また御手紙を下さい。さやうなら。

お身お大事に。


馬耳東風というか、静子の訴えなぞ軽く右から左に聞き流し、責任をとるような姿勢は一切見せようとしない。

さらにその直後に、静子からきた速達に対して、妻に怪しまれるので「これから、手紙の差出人の名をかへませう。小田静夫、どうでせうか。美少年らしい。私は、中村貞子になるつもり。私の中学時代の友人で、中村貞次郎といふとても素直ないい性質のひとがゐるので、あのひとのいい性質にあやかるつもり」などと、自分勝手なことを記している。

だが、静子は太宰をあきらめきれない。一度燃えた恋心は、離れておさまるどころか、ますます激しく燃え盛る。

そんな状態のなかで、この年十一月、太宰はついに津軽を離れて上京し、三鷹の旧宅に落着く。来訪者を避け、自由に女性と会うために、近くに仕事場をもうける。

翌二十二年一月、静子はここを訪ね、二月には太宰が下曽我の雄山荘に静子を訪ねて五日間滞在し、ここで静子が書き貯めた日記を借りるのに成功し、このあと太宰の晩年の傑作、『斜陽』[註1]の執筆にとりかかる。

太宰はこの翌月も下曽我の静子の家を訪れるが、そのとき静子に妊娠していることを告げられて狼狽する。

このとき、太宰にはすでに女の子と男の子が一人ずついて、この年三月末には次女の里子が生まれていた。

だがこの頃、太宰は三鷹駅前の居酒屋によく通い、そこで新たに山崎富栄[註2]という女性を知り、深い仲になっていた。

この間も、『斜陽』は順調にすすみ、六月末には脱稿したが、強い不眠症に悩まされていた。

そして、この年五月二十四日、静子は弟通《とおる》とともに、例の居酒屋にいる太宰と会い、お腹にいる子が太宰の子であることを認知してくれるように頼む。

やがて十一月十二日、静子は女児を産み、三日後、静子の弟が再び太宰を訪ね、命名を求めてくる。

これに対して太宰は山崎富栄の前で、治子と命名し、「この子は　私の可愛い子で　父をいつでも誇って　すこやかに育つことを念じてゐる」という証書を書いて渡した。

この年、三月に生まれた太宰の次女の里子さんは、のちの作家の津島佑子さんで、十一月に生まれた治子さんは、やはり作家の太田治子さんである。

そしてこの年十二月、新潮社から『斜陽』が刊行されるや、たちまちベストセラーとなり、太宰は一躍流行作家となる。

だが翌年一月、太宰は喀血し、富栄に付き添われながら、ビタミン剤を射ちつつ、『人間失格』を執筆、五月にようやく完成するが、くり返す喀血と薬の連用で体は極端に疲労していた。

それにもかかわらず、太宰は休む間もなく、「朝日新聞」に『グッド・バイ』の連載をはじめる。

しかし肉体の衰えとともに、精神的疲労もいちじるしく、六月十三日夜半、降りしきる雨の中、山崎富栄とともに、水嵩の増した玉川上水に入水《じゆすい》し、ともに死亡した。いわゆる心中で、太宰の誕生日であり、遺体が発見された六月十九日は、のちに桜桃忌《おうとうき》と名付けられている。

享年、太宰治三十八歳、山崎富栄二十九歳、このとき太田静子は三十四歳であった。

のちに太田治子さんは、『母の万年筆』に次のように記している。

「母は山崎富栄さんについては、いささかのジェラシーも感じないといった。まして、奥さまには、申し訳がないと思うばかりである。『女のたたかい』という言葉は、母にとって無縁だった。母は女として、淡白だったのかもしれない。その分、母としての思いは、熱烈だった」

静子はこのあと上京し、女手一つで治子を育てたあと、昭和五十七年六十九歳で亡くなった。

いま改めて、太宰のラヴレターを読むとき、愛していながら、身勝手で、照れ屋で、どこか一点愛に醒めている目が光っている。

とくに静子に対しては愛情もさることながら、日記を借りて、小説に結実したいという気持があったことも否定できない。

見方によっては、そこに打算がなかったとはいえないし、作家らしい身勝手さが垣間見えるともいえる。

しかし優れた小説を書くことが作家の使命であり、業だとしたら、『斜陽』のような名作を残したことが、太宰の静子への愛であり、最大の贈り物であったといえなくもない。

ひたすら燃えるだけの愛でなく、ときにエゴイズムに揺れながら醒めて、また恋しさがつのるままに照れて書くのもラヴレターの一つであり、だからこそ、そこに書いた人の偽らぬ姿が鮮やかに映し出される、といってもいいだろう。

▶結婚翌年の太宰夫妻。結婚当初、太宰は落ち着いた生活の中、創作意欲に満ちていた。

◀昭和15年ごろから太宰は油絵を描くことを楽しみにしていた。これは静子をモデルに描いた絵。

▼裕福な家に生まれ育った静子だったが、治子誕生後は親戚から勘当同然となり、寮母などをしながら生計をたてた。

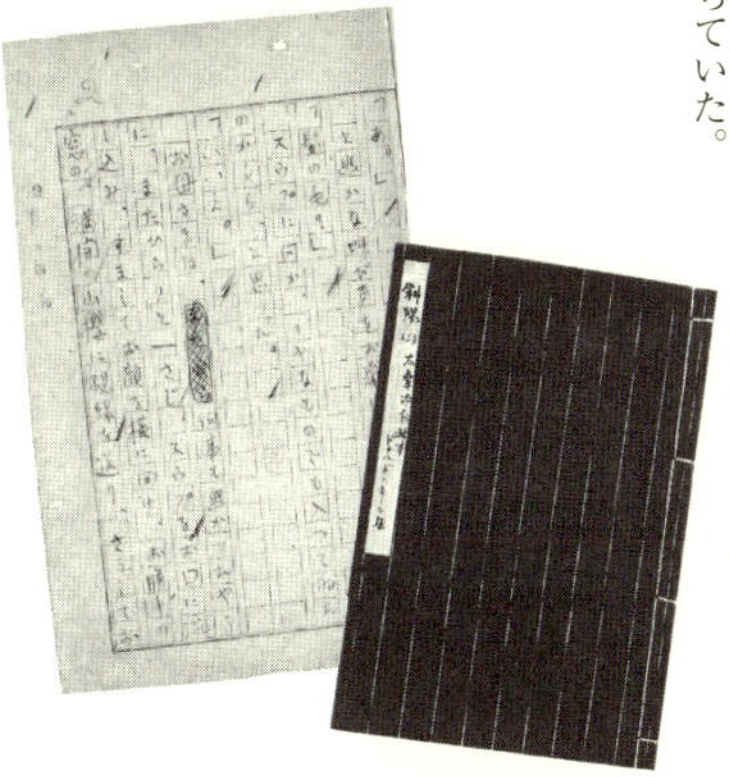

◀美知子夫人が、太宰の着物を使って装本した『斜陽』の肉筆本。太宰は外出時などに洋服も着たが、日常生活や原稿執筆のときには和服を愛していた。

▶太宰の死後、静子は太宰との出会いから訣別までを切々と綴った『あはれ　わが歌』を刊行した。

◀太宰が日記を借りるために静子を訪ねた雄山荘。

太宰が静子に宛てた手紙

一九四六年（昭和二十一年）九月ごろ

御手紙を拝見しました。離れの薄暗い十疊間にひとりで坐つて煙草をふかし、雨の庭をぼんやり眺め、それからペンを執りました。

雨の庭。

あなたの御手紙も、雨の風景を眺めながらお書きになつたやうですが、雨の日に、一日一ぱいお話したいと思ひました。

正宗さんの事、別に何も気になりません。

それよりも、これから、手紙の差出人の名をかへませう。

小田静夫、どうでせうか。美少年らしい。

私は、中村貞子になるつもり。私の中学時代の友人で、中村貞次郎といふとても素直ないい性質のひとがゐるので、あのひとのいい性質にあやかるつもり。

これから、ずつとさうしませう。こんなこと愚かしくて、いやなんだけれども、ゆだんたいてき。

いままでとは、ちがふのだから。

それではまた、お手紙を下さい。お大事に。

一九四六年（昭和二十一年）十月ごろ

拝復　静夫君も、そろそろ御くるしくなつた御様子、それではなんにもならない。よしませうか、本当に。

かへつて心の落ちつくコヒ。

憩ひの思ひ。

なんにも気取らず、はにかまず、おびえない仲。

そんなものでなくちや、イミナイと思ふ。

こんな、イヤな、オツソロシイ現実の中の、わづかな、やつと見つけた憩ひの草原。

お互ひのために、そんなものが出来たらと思つてゐるのです。

私のほうは、たいてい大丈夫のつもりです。

私はうちの者どもを大好きですが、でも、それはまた違ふんです。

やつぱり、これは、逢つて話してみなければ、いけませんね。

よくお考へになつて下さい。

私はあなた次第です。（赤ちゃんの事も）
あなたの心がそのとほりに映る鏡です。
虹あるひは霧の影法師。

静　子　様
（あなたの平和を祈らぬひとがあるだらうか）

【註】

1 『斜陽』

太宰が生家の没落と静子の日記とを結びつけ構想を立てた作品。チェーホフの小説『桜の園』の女主人と、静子の日記に描かれた母の姿を重ねて、太宰は支配階級の没落物語を完成。

2 **山崎富栄**

大正8年（1919）生まれ。25歳で商社社員と結婚するが、夫は戦没。太宰と出会ったころは美容師をしていた。ビタミン注射を打ちながら執筆する太宰の看護をするなど献身的につくした。

【参考文献・資料写真提供】

太宰が静子に宛てた手紙＝『太宰　治全集　12』筑摩書房刊より引用　太田静子の回想＝『母の万年筆』太田治子著　朝日文庫より引用

資料写真提供＝日本近代文学館、藤田三男編集事務所

宮本百合子から宮本顕治への手紙

あなたのところにも、体のどこかに
こういう日光が当っているのかしら

作家　**宮本百合子**（みやもと・ゆりこ）

明治32年（1899）、東京の裕福な建築家の家に生まれる。17歳で処女作『貧しき人々の群』を発表。昭和6年（1931）日本共産党に入党。戦時中は執筆禁止、投獄と弾圧を受けながらも信念を貫く。戦後、民主主義文学、平和運動に貢献。昭和26年没。享年51歳。

政治家・評論家　**宮本顕治**（みやもと・けんじ）

明治41年（1908）山口生まれ。東大在学中に芥川龍之介を論じた「敗北の文学」が評価を得る。昭和6年（1931）日本共産党に入党。昭和8年検挙投獄され、非転向のまま終戦後釈放される。以後、平成9年（1997）に引退するまで「共産党のシンボル」として活躍した。

【ふたりの恋愛のあらまし】

日本共産党でともに活動するうちに同志としての信頼以上のものが芽生え結婚。しかし、結婚生活2カ月にして別れ別れとなり、顕治が投獄された12年間、たまの面会と手紙のみが許された。戦後晴れて一緒に暮らせたが、それもつかの間、6年後に百合子は病気でこの世を去る。

これは何と不思議な心持でしょう。ずっと前から手紙をかくときのことをいろ〳〵考えていたのに、いざ書くとなると、大変心が先に一杯になって、字を書くのが窮屈のような感じです。

（中略）

この手紙はいつ頃あなたのお手許に届くでしょうね。そして、あなたのお手紙はいつ頃私のところへ来るのでしょう。私はこうやってかいていて、六つばかりのとき母がランプの灯を大きくしてロンドンにいる父のところに手紙をかいていた時の若々しい情熱に傾いた姿をまざ〳〵と思い出します。私の手紙はきっとアメリカに行く位かゝってあなたのところへ届くのでしょうね。

私は体によく気をつけ、健康ブラシをつかっているし、よく眠るし、美味しがってたべるし、いゝ状態です。家のことをしてくれる者が落着いたらそれから小説をかきはじめます。私は胸にたまったものを一通り吐き出してしまわなければ小説はかけないので、この月はたくさんほかのものを『文芸』や『行動』や『文学評論』やらに書いたがこんどは小説です。私は来年にはうんと長い大きい小説にとりかゝります。それのかける内容が私の体について来た感じです。

（後略）

夫は獄中へ

以上の手紙は、『伸子』『播州平野』などの作品で知られる女流作家宮本百合子から、のちの共産党中央委員会議長となった宮本顕治に送られたものである。

この手紙が書かれたのは昭和九年（1934）十二月。

二人はこの前々年の二月、双方の親の反対を振り切って結婚したばかりであったが、このとき百合子は三十三歳、顕治は二十三歳。百合子が十歳上の年上女房であった。

宮本百合子は明治三十二年（1899）生まれで、本名はユリ。父、精一郎は福島県安積地方を開拓した中條政恒の長男で、東京帝国大学を出たあと、文部省の建築技手として札幌農学校や慶応大学図書館などの建築に携わり、さらにイギリスなどへ留学した。

このような進歩的な家庭で育った百合子は早熟で、本郷の小学校に転校したころから、国語や作文が得意で、東京女子高等師範学校の頃には一七〇枚におよぶ悲恋物語を書いたり、樋口一葉、オスカー・ワイルド、トルストイなどを読みふけった。やがて父方の祖母がいた福島県開成山での、農村の貧困を見聞きするうちに社会問題に目覚め、十七歳のときには『貧しき人々の群』を書き上げ、天才少女作家として注目された。

その後、日本女子大学に入学したが、一学期で退学し、父とともにニューヨークへ渡り、ここで古代東洋語研究者の荒木茂を知り、結婚した。しかし絶えず向上心に燃える百合子と穏やかな生活を求める荒木とのあいだはうまくいかず、五年目で離婚にいたる。

百合子はこの間のことを『伸子』という小説に書き、さらに平塚らいてう、市川房枝、与謝野晶子、山川菊栄、三宅やす子らと交わり、婦人問題から社会問題へ目を広げ、革命直後のロシアを見たあと、日本プロレタリア作家同盟にくわわり、昭和六年には日本共産党に入党した。

一方の宮本顕治は明治四十一年生まれ。父の捨吉は山口県熊毛郡で小さな雑貨店を営むかたわら農業もやっていたが、まわりの親戚も含めて生活は苦しかった。

しかし昭和三年、顕治は松山高校から東大経済学部にすすみ、「敗北の文学」で『改造』の懸賞文芸評論の第一等に選ばれ、新進気鋭の評論家としてデビュー、プロレタリア作家同盟にくわわり、さらに共産党に入党した。

百合子と顕治、この二人が結ばれたのは、百合子が顕治のシャープな論文に惹かれたのがきっかけであった。やがて二人は互いに好意を抱き、結婚にまですすんだが、その結婚生活はわずか二カ月で終りを告げる。

この頃、日本軍部は満州事変を起こして中国への侵略[註1]をはじめ、それとともに特高警察は共産党への弾圧を強め、結婚間もない四月に、百合子は治安維持法違反の疑いで検挙された。

幸いなことに、このときは二カ月間の拘留で釈放されたが、以来、身の危険を感じた顕治は地下活動に入った。

だが翌年の十二月、顕治はスパイリンチ殺人事件の容疑で特高警察につかまり、以後、消息不明となった。

新妻の百合子は、この年、小林多喜二[註2]らが獄中で拷問の末、虐殺されたことから、顕治も殺されるのではないかという不安に脅え続けた。

明けて昭和九年、百合子は、実の親ならば会わせてもらえるのではないかと考え、顕治の母に上京してもらい、麹町署でようやく親子の面会がかなって、顕治が生存していることだけは確認できた。しかしこのとき顕治は、足枷《あしかせ》をかけられたうえ、顔面は拷問のために腫れ上がっていて、母は「変わったのう、変わったのう」と、泣くだけであった。

百合子も面会を願い出たが、二人は入籍していなかったため、正規の夫婦とは認められず、面会はもちろん、差し入れも許されなかった。

この直後、百合子は再び駒込署に検挙されたが、半年後、母の葭江《よしえ》が危篤になったため釈放された。しかし百合子が病院に駆けつけた十五分後に、母は死亡した。

この百合子が拘留されているあいだに、加盟していたプロレタリア作家同盟は解散し、相次ぐ活動家の大量検挙により転向する作家も多く、百合子の執筆活動も次第に難しくなっていた。

こうした状況の下、十二月三日、百合子はほぼ一年ぶりに、市ヶ谷刑務所で顕治との面会を許された。

顕治は過酷な検事の取り調べにも屈せず、完全黙秘を続けていたが、このときのことを、百合子はのちに、「夕刊で宮本が市ヶ谷刑務所に送られたことを知った。大急ぎで綿入れを縫って面会差し入れした」「宮本がともかく警察で殺されないで市ヶ谷に行ったということは私を大変安心させた」と、自筆の年譜に記している。

冒頭の手紙はこの直後、十二月七日の夜に、顕治の生きている姿を見て安堵したあとに記されたものである。

全文はこれの十倍をこす長さで、しかも附録までついている。

文中で、「この手紙はいつ頃あなたのお手許に届くでしょうね」と案じているが、不幸なことに、この手紙は顕治の許に届かなかった。

当時、顕治のような思想犯への手紙は、すべて検閲されるため、早くて数日、時には半月から一カ月近く経って、「検閲済み」の印を捺されて渡されるのが常だった。

だがこの手紙は、内容が好ましくないという理由で不許可となり、そのまま警察内部で握りつぶされたが、百合子がたまたまコピーしていたので、今日まで残されていたのである。

このように、二人のあいだには特高という、ときの権力が大きく立ちはだかっていたが、二人はそれにもめげず、以後、顕治が刑務所に留置されていた十二年間にわたって、愛の手紙の交換が続けられた。

この間、百合子から顕治へ送られた手紙は千通をこえ、顕治から百合子への手紙は四百通におよんでいる。

この二人のあいだの往復書簡は、のちに整理されて、『十二年の手紙』と題して刊行され、戦後ベストセラーとなった。

ところで、多くの共産党員のなかで、なぜ顕治一人、昭和八年から日本が戦争で敗れた昭和二十年まで、十二年間も牢獄から一歩も外に出されず、留置され続けたか。それには、次のような理由があった。

顕治が拘留された一九三〇年代初頭、特高警察は、日本共産党を壊滅すべく、党内にスパイを潜入させた。これに対し、顕治ら党中央委員会は党を防衛し、再建するため、内部スパイの摘発にのり出し、党中央に潜入していた二人のスパイを査問した。この途中、逃亡した小畑達夫が党員にとりおさえられた直後、心臓ショックで死亡したが、特高警察は、これを党内の派閥争いによるリンチ殺人事件と決めつけ、当時の党員を拷問で脅して一方的な調書をつくりあげた。

しかし公判の結果、特高の筋書きは大きく崩れ、リンチ殺人事件は立証できなかったが、顕治は絶対に転向しない、筋金入りの共産党員として特高の憎しみをかい、当時の悪法といわれた治安維持法により、無期懲役を科せられたのである。

まさに日本の暗黒時代の、痛ましい犠牲者であった。

弾圧に屈せず

獄中の夫のため、百合子はまず法律上の手続きをして、正式に結婚をして、顕治の妻となった。

しかし昭和十年、百合子は再び治安維持法違反で起訴され、顕治がいた市ヶ谷刑務所に留置された。

翌十一年一月、百合子の父、中條精一郎が急死し、葬儀のため一時出獄、その年の六月に、ようやく懲役二年、執行猶予四年の判決で獄を出たが、この裏には、百合子が共産党員であることをひたすら隠してくれた、同志の協力があった。

以下はこのころ、二人のあいだで交わされた手紙である。

昭和十一年六月六日　顕治から百合子へ
その後心臓の方はどうかね。（中略）
さて始めに返って、ユリのからだの方はどうだろう。病院の養生を正しくやって、元気で暮せるように。（中略）では丈夫で生活しなさい。僕は病気に対してもベストを尽くしているから決して心配しないで。

同年六月二十六日　百合子から顕治へ
（前略）とにかく、私の顔と声と眼の艶を御覧になり、あなたはきっと安心して下すったただろうと信じます。そしてわたし自身も深い安心を感じます。（後略）

同年七月二十五日　顕治から百合子へ
（前略）経済上のことでは、むろん本質的には筆一本で生活し、他の何事にも依存しないということは当然であるし、それがユリの永い将来の生活向上という点でも良いことだ。経済的にピー／＼であること、また結構ではないか。（中略）
僕の方の差入等も決してそのための心配は無用だ。そんなことはそも／＼本来的にはどちらにしてもたいしたことではない。（後略）

これらの往復書簡を読むと、獄中にいる重罪人との往復書簡にもかかわらず、一見穏やかで暢《の》んびりしているように見えるがその実、二人は絶えず特高の目を意識し続けていた。
それというのも、手紙はすべて検閲され、思想的なことはもとより、国や世間の動きなどを記すことは一切禁じられていた。顕治の方も刑務所の劣悪な環境に胸を病み、さらに拷問のあとの傷口の化膿や発熱などに苦しんでいたが、そうした実態を書くことは許されていなかった。
そんなことから、できるだけ胸の内を抑え、淡々とした書き方を装っているが、その裏には何十倍もの思いが秘められていた。そういう視点から見ると、以下の手紙からは一層、二人の切なさが伝わってくる。

昭和十二年二月九日　顕治から百合子へ
（前略）とにかく、一枚の葉書や一寸の面会では、お互いの意を尽せないが、これもまた現実なのだから、そう云うことからの思い違いなどで心を痛めないように。僕もユリについては博士位よく知って居るのだから。（後略）

同年二月十七日　百合子から顕治へ

南のガラス戸をすっかりあけていると、ベットの上まで一杯の日光。ものを書くには落ち着かぬ位です。（中略）あなたのところにも、体のどこかにこういう日光が当っているのかしら。畳の上だけかしら。日当たりのあるところにお移れになったというのは何とうれしいでしょう。何だか私もほっとして楽な気持です。幸福な心持が微かにする位です。（後略）

この頃、百合子は眼を病んでいたし、顕治は市ヶ谷から巣鴨刑務所へ移されたが、鉄筋コンクリートになった分だけ、冬の寒さは厳しく、逆に夏の日光の直射による猛暑は耐え難いほどの苦痛であった。

同年八月二十九日　百合子から顕治へ
（前略）私は、こうして互に生きていること、而《そ》して生きたことをこのように有難く思い、よろこび、生れた甲斐があったと思っているのにその歓喜の響をつたえないでしまうのは残念。（後略）

同年十一月一日　百合子から顕治へ
（前略）どうかこれから出血でもあったり、何か変ったことがあったらきっと電報を下さい。

きっと。私が右往左往的心痛するだろうという風な御心配は本当に無用です。私は逆から云えばあなたに安心されている証左としてもそのようにして頂く権利があると思うの。

この夏、顕治は腸結核を患って血便が続き、危険な状態にあったたし、百合子はその心痛と、自分もまたいつ命を奪われるか知れないという不安に、悩まされていた。

さらに昭和十三年になると、百合子はすべての文筆活動を禁止され、経済的にも行き詰まり、蔵書を売ったり、翻訳の下請けなどして、辛うじて生きのびていた。

このような別れ別れの苦しい状態は昭和二十年八月、日本の敗戦によって、ようやく終りを告げ、顕治は網走刑務所から出所して、十二年ぶりに、外の光と大気を満喫する。

このあとの二人については、ご存知の方も多いかもしれない。

まず百合子は昭和二十一年二月、共産党中央委員候補に選出され、文化部と婦人部を担当するとともに、新日本文学中央委員、婦人民主クラブ監事、文芸家協会、文部省社会教育委員会、日ソ文化連絡協会など、多方面で活躍しながら、新たな執筆と講演活動に追われた。

一方、顕治は一時的に、徳田球一などとの路線対立で追われたが、のちに共産党中央委員会書記長となり、昭和五十七年に中央委員会議長になり、戦後の共産党を指導した。

しかし百合子は昭和二十六年一月初め、風邪をこじらせ、最後の小説『道標』を第三部まで書きすすめたところで、電撃性髄膜炎菌敗血症で死亡した。

享年五十一歳。このとき顕治はまだ四十二歳の若さであった。


二人のあいだで交わされた手紙は十二年間で、実に千五百通近くに達する。

これだけの愛の手紙を交わした男女を、わたしは他に知らないし、それだけ二人の愛が深かったともいえる。

しかし、夫の顕治が長く獄中につながれるという悲劇の下、百合子はあらゆる困難に追い詰められながら、顕治からの手紙が唯一の救いでもあった。そして顕治へ手紙を書くことが百合子の生き甲斐であり、心の支えでもあった。

そして見方を変えると、二人を圧倒的に隔てる非情な権力の壁があったからこそ、これだけの情熱的な手紙が交わされたわけで、冷酷な時代が、二人にこれだけの手紙を書かせたともいえる。

いま平和で自由な時代に熱いラヴレターがほとんど書かれなくなったのも、時の流れの当然の結果、ということになるのかもしれない。

▼昭和12年百合子は、拘置所内で腸結核を患っている顕治を気遣う心痛と、いつか自分も命を奪われるのではという不安から顕治宛に遺書を書く。その遺言は投函されなかったが、百合子の切羽詰った気持ちが察せられる。

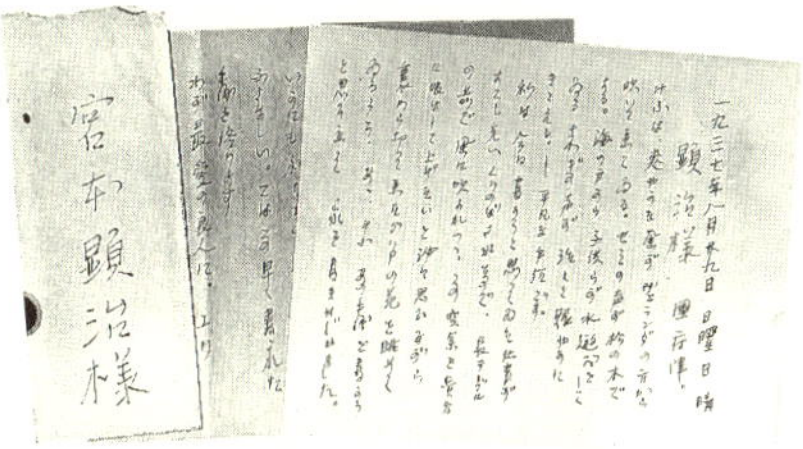

▼百合子は20歳のとき荒木茂と結婚するが、静かな家庭の幸福を望む荒木と、絶えず向上を望む百合子にひずみが生じ、5年後に離婚。

▼昭和23年百合子49歳、顕治40歳。戦後、ふたりは精力的に活動を続けたが、百合子は戦時中の投獄がたたり、体調を崩しがちだった。

▼小説『風知草』の刊行に際し百合子が顕治に贈った本。「あんぽん」とは、顕治が獄中からの百合子宛の手紙で「ユリの時折のアンポン振り」などと書いたのを受け、自らを表したもの。

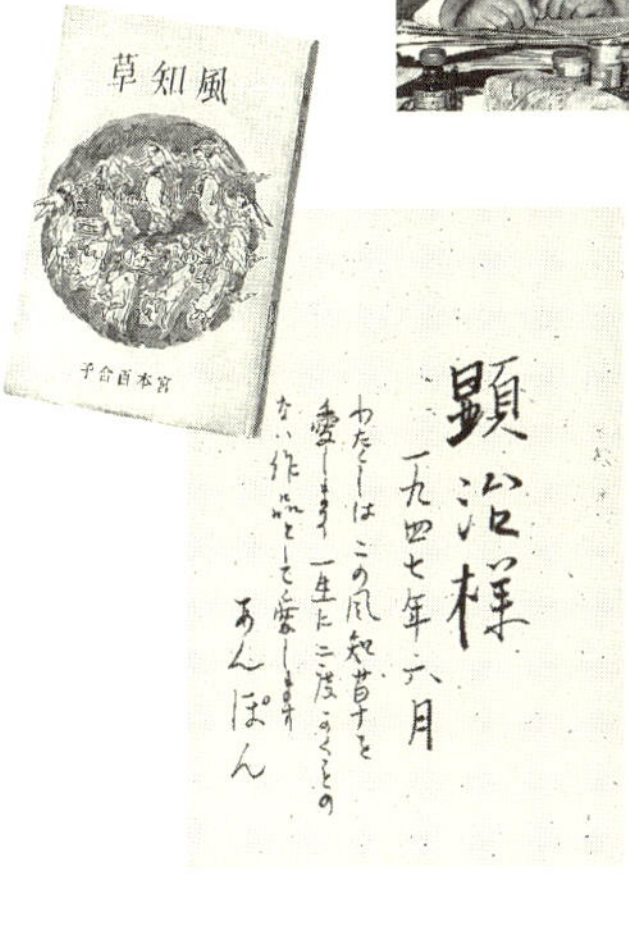

▼終戦翌年、顕治の母を囲んで。百合子は姑によくつくし、姑からも愛された。

上落合の百合子が市ヶ谷刑務所の顕治に宛てた第一信

これは何と不思議な心持でしょう。ずっと前から手紙をかくときのことをいろ〳〵考えていたのに、いざ書くとなると、大変心が先に一杯になって、字を書くのが窮屈のような感じです。

先ず、心からの挨拶を、改めて、ゆっくりと。――

三日におめにかゝれた時、自分で丈夫だと云っていらしったけれども、本当は余り信用出来なかったのです。叔父上が、顔から脚から押して見てむくんでいないと仰言ったので、それでは本当かと、却ってびっくりしたほどです。それにしても体がしっかりしていらっしゃるのは何よりです。私とは勿論くらべものにはならないけれども、私は一月から六月中旬までの間に相当妙な調子になって、やっとこの頃普通にかえりましたから信用しなかったのも全く根拠のないことではないわけです。（中略）

あなたに叔父様は目のことを注意なすった様子ですが、呉々も読みすぎぬよう願います。それから風呂へ入るとき、風呂桶のフチや洗桶やをよく〳〵気をつけ、穢らしいバチルスを目になど入れぬよう、本当に気をおつけになって下さい。私はあなたについては下らぬ心配を一つもせず安心しているのですが、そして、私はよく仕事をして丈夫で、私の周囲の人のよろこびと希望の源泉となって丸々していればよいと信じているのだが。そういうことを考えると非常に心痛します。用心を忘れないで下さい。鼻はいかがかしら？　便通は？　そう、こんなことも今に追々わかるでしょう。もう夜が明けてしまうかしら、ではおやすみなさい。よく眠るおまじないをどうぞ。

第一信の附録二枚。

これを書いているのは次の日のつまり土曜日の夕方です。今日は曇ってなか〳〵ひえます。うちの近所に美味しい餅屋があるので、林町の父のために、さっきお餅を注文したところ。庭が五坪ばかりあって、椿の蕾がふくらんで、赤い山茶花が今咲いています。その一枝をとって来て、例によって机の上におき、それを眺めて眼をやすませながら、これからバルザックについての感想をかくところです。（中略）

ねえ、私は用心しなければいけませんね。こうやってかいていればいくらだって書いて、随筆幾つか分の手紙をかいてしまいそうです。私たちが暮して間もなくあなたは、私がどんな手紙をかくかしらと云っていらしったことがあったが、いかが？　私の手紙は。私の手紙には私の声が聞こえますか？　私のころ〳〵した恰好が髣髴いたしますか。その他さま〴〵の時に見える私が見えますか？　三日に余り久しぶりであなたの声を聞いて、私は今だに耳に感じがついて居ます。こゝでさえペンをもっていると手がつめたい。（附録終り）

【註】

1　治安維持法

大正14年（1925）に公布された法律。戦時下においては、共産主義運動の抑制策として強化、活用され、違反者には極刑主義を採り、言論や思想の自由を蹂躙した。昭和20年に廃止。

2　小林多喜二

小説家。戦時中、半ば非合法化された文化・文学運動の組織の指導に尽力したが、治安維持法により、数度にわたって逮捕される。昭和8年（1933）、築地署で拷問によって虐殺された。

【参考文献・写真提供】

百合子が顕治に宛てた手紙、顕治が百合子に宛てた手紙＝『十二年の手紙　上下』宮本顕治・宮本百合子著　新日本出版社刊より引用

資料写真提供＝大森寿恵子編『百合子輝いて』新日本出版社刊より

山本五十六から河合千代子への手紙

薔薇はもう咲きましたか、其一ひらが散る頃は嗟呼《ああ》

海軍軍人　**山本五十六**（やまもと・いそろく）

明治17年（1884）新潟の旧長岡藩士の家に生まれる。日露戦争従軍後、大正8年（1919）から2年間米国駐在。帰国後は海軍で重責を担う。日米開戦には反対の立場を取っていたが、ハワイ真珠湾作戦を立案。昭和18年（1943）、海軍基地視察中に戦死。享年59歳。

芸者　**河合千代子**（かわい・ちよこ）

明治37年（1904）名古屋生まれ。父の家業は株屋。名古屋女子商業学校卒業後、両親と上京。関東大震災を機に家は零落、両親は病死。昭和7年（1932）新橋の芸者となり、後に料亭を経営。戦後は沼津で料亭、旅館を経営。平成元年（1989）病没。享年85歳。

【ふたりの恋愛のあらまし】

昭和8年（1933）築地の料亭の宴席で五十六は芸者の千代子と出会う。このときは二、三言を交わすのみだったが、翌年、宴席で再会。五十六は千代子をデートに誘い、やがて仲は親密化。戦時下、寸暇を惜しんで二人は会い、手紙を交換するが、五十六の戦死により約10年に及んだ恋愛は幕を閉じる。

此たびはたつた三日でしかもいろいろいそがしかつたのでゆつくりも出来ず、それに一晩も泊れなかつたのは残念ですがかんにんして下さい。それでも毎日寸時宛でも会えてよかつたと思います。出発のときハ折角《せっかく》心静かに落ちついた気分で立ちたいと思つたのに雄弁女史の来襲で一処に尾張町まで行く事も出来ず残念でした。

汽車は少し寒かつたけれど風邪もひかず今朝六時数分かに宮嶋に着いて、とても静かな黎明の景色を眺めながら、迎いに来て居つた汽艇で八時半に帰艦しました。

嚴島《いつくしま》の大鳥居の下で小鹿がクウクウといつとつたから、ウ・ヨシヨシと言つてやりましたら後から大きな鹿が飛び出してきて頭で臀の処をグングン押して来ようとしたけれど、艇まで一浬バかり距離があつたので駄目だつたよ。

薔薇はもう咲きましたか。其一ひらが散る頃は嗟呼、

どうぞお大事に、みんなに宜しく、

写真を送つてね。さようなら

十二月五日夜　　五

以上の手紙は、かつての日本海軍連合艦隊司令長官、山本五十六が、当時付き合っていた愛人、河合千代子に送ったものである。

最後の日付、十二月五日は昭和十六年（１９４１）のこと。こう書くと、年輩の方はお気付きかと思うが、昭和十六年十二月八日、日本がアメリカに宣戦布告した日の三日前である。

この日早朝、正しくは日本時間の八日未明（ハワイ時間、七日早朝）日本連合艦隊は空と海からハワイ、オアフ島の真珠湾（パールハーバー）に集結していたアメリカ太平洋艦隊を撃滅したが、正式の宣戦布告がこれより遅れたことから、国際法上、闇討ちの奇襲としてアメリカ人の怒りをかい、以後、「リメンバー・パールハーバー」という言葉とともに、アメリカ軍の士気を高める結果となった。

この大作戦の立案から総指揮をとったのが、ときの連合艦隊司令長官山本五十六大将で、このとき五十七歳。

もともと、山本は当時の日本軍人のなかでは国際派で視野も広く、日米開戦には反対であった。だがときの総理大臣東条英機以下、陸軍の強硬な意見におし切られて開戦が決まったが、そこにいたって、山本は強く緒戦での真珠湾攻撃を提唱した。

その理由は、太平洋に強力な海空軍力を持つアメリカ機動部隊を最初に叩かない以上、日本の東南アジア進出は不可能なこと。そのためには、機動部隊が集結しているハワイの真珠湾に奇襲攻撃をくわえること。それが成功すれば、開戦後、一年間は日本軍は優位を保てるが、その後は圧倒的な物量を誇るアメリカ軍に徐々に反攻され、日本軍が不利になること。したがって、それ以前の有利な時点で、アメリカと講和条約を結ぶこと。以上が、日米開戦前に、山本が考えた対米基本戦略であった。

だがこの山本案は、最初の真珠湾攻撃だけは採用されたが、その勝利に驕《おご》った日本軍は、山本案を無視してさらに東南アジアに侵攻を続け、泥沼に踏みこみ、逆にアメリカ軍に反攻される破目になり、四年後、無残な敗戦を迎える結果となった。

それらの経緯を見れば、山本の見解は見事に当っていたことになり、当時の軍部の中で、最も冷静に日本と世界の状勢を見詰めていた人物、ということになる。


冒頭の手紙は、この山本にも日本にとっても、まさに運命の日の直前に出されたものであり、それだけに短い手紙の中に、山本の万感の思いが込められているのがわかる。

とくに最後の部分、「薔薇はもう咲きましたか。其一ひらが散る頃は嗟呼」の一節はいかにも唐突で、かつ意味深長である。想像するに、この一節は、日米開戦を予言する文面で、薔薇になぞらえて、愛する人に訴えているともいえる。

しかし当時は、連合艦隊司令長官といえども私信の検閲を免《まぬ》がれることはできず、これ以上、甘い言葉を書き連ねることはできなかったのであろう。事実、この封筒の裏には、16、12、8、という数字が二カ所記されていて、この手紙が二、三日軍内部に留めおかれたことを示している。この時機、最重要の機密であった日米開戦を前に、すべての私信は開戦後に届くよう遅らされたのであろう。

無骨な男の恋

ここで、二人の生い立ちに触れるが、山本は明治十七年（１８８４）、新潟県長岡町生まれ。父親は旧長岡藩士で、その六男だが、父の貞吉の五十六歳のときの子であったので、「五十六」と名付けられた。このころ、父は県庁に勤めたあと、小学校長を務めていたが、生活は楽ではなかった。

五十六は長岡中学校を出たあと、当時の少年の憧れであった、江田島の海軍兵学校に入り、さらに海軍大学校にすすみ、三十一歳のときに海軍少佐になった。

一方、河合千代子は明治三十七年（１９０４）名古屋に生まれ、五十六より二十歳年下であった。家業は株屋であったが、関東大震災後、没落し、一時、ある資産家の世話になったが、やがてその人とも別れ、二十八歳のとき、新橋から「梅龍《うめりゅう》」という源氏名でお座敷に出た。芸者としてはきわめて遅いスタートであったが、瓜実顔《うりざね》の穏やかな容姿が客の目を惹いた。

このころ、五十六はすでに会津藩士三橋康守の三女礼子と結婚して二男二女をもうけ、海軍少将に昇進していた。

五十六が千代子（梅龍）と初めて会ったのは、築地の「錦水」という料亭でおこなわれた、海軍武官だけの宴席のときだった。この席で、吸い物椀が出たが、五十六は日露戦争の日本海海戦で左手指二本を失っていたため、吸いついたお椀の蓋《ふた》をとるのが難しそうなので、千代子が「とってあげましょうか」と声をかけた。それに対して五十六は、「自分のことは自分でする」と怒ったように答え、それをきいて、千代子は「いやな人」と思ったのが最初の出会いであった。

この翌年、二人は再び宴席で会い、千代子がお椀のことを思い出し、「いつぞやは失礼しました」と詫びると、五十六は、「俺はこういう席にはあまり来ないから、知らん」と、素気のない返事をするだけで、無骨な男、という印象であった。

だがこの三日後、五十六は再び同期の吉田善吾（のちの海軍大臣）とともに築地に現れ、千代子が呼ばれた。その席でたまたま吉田が、「梅龍、お前はチーズが好きか？」ときくと、千代子が「大好き」と答え、それをきいていた五十六が、「じゃあ、ご馳走してやろう。明日十二時に帝国ホテルにこないか」と誘い、それを見ていた吉田が、「こいつ（五十六）がこんなことをいうのは珍しい、行け行け」とけしかけた。

それでも千代子（梅龍）は半信半疑であったが、行かないのも失礼だと思って、翌日、約束の食堂に行ってみると、五十六はすでに来ていて、そのあと二人で、黙々とカクテルとチーズだけを食べて別れた。

もともと、「女嫌い」といわれていた五十六であったが、これ以来、急速に千代子に近付き、彼女の身の上をきいて同情を深めるとともに逢い引きを重ね、「梅龍」から「梅ちゃん」さらに「千代子」と呼ぶようになり、千代子は五十六を「お兄さん」と呼ぶようになっていた。

このあと、五十六は[註1]ロンドン軍縮会議に出席し、帰国後、五十六は海軍中将となり、さらに海軍次官に任ぜられたが、このころ、千代子は妓籍を退いて「梅野島」という料亭を開き、女将になっていた。五十六はここをよく訪れ、さらに芝の神谷町の千代子の家で、二人だけの時間を秘かに楽しんだ。

次の手紙はこの頃、昭和十年五月、五十六から千代子に送られたものである。


（前略）倫敦《ロンドン》へ行くときは、これでも国家の興廃を双肩にになふ意気と覚悟をもつてをりましたし、又あなたとの急速なる交渉の発展に対する興奮もありまして、血の燃ゆる思ひもしましたが、倫敦において全精神を傾倒した会議も、日を経るにしたがひ、世俗の一般はともかく、海軍部内の人々すら、これに対してあまりに無関心を装ふを見るとき、自分はただ道具に使はれたに過ぎぬやうな気がして、誠に不愉快でもあり、また自分のつまらなさも自覚し、実は東京に勤務してをるのが寂しくて寂しくて、且不愉快でたまらないのです。

実はあなたの力になつてそれで孤独のあなたをなぐさめてあげたいと思つて居つた自分が、かへつてあなたの懐ろに飛びこみたい気持なのですが、自分も一個の男子として、そんな弱い姿を見られるのは恥づかしくもあり、又あなたの信頼にそむく次第でもあると思つて、ただ寂しさを感じるのです。

こんな自分の気持は、ただあなたにだけ今こうしてはじめて書くのですが、どうぞ誰にも話をなさらないでおいて下さいね。

この手紙を書いたとき、五十六は五十一歳、日本帝国海軍を背負う高官であったが、軍縮会議で、自分の意見が通らなかった無念さと、年齢とともに強まる孤独感を少年のような率直さで、正直に告げている。

死を覚悟

しかし、こんな二人の安らかな関係も長くは続かない。

この三年後、昭和十三年、日独伊三国軍事同盟の交渉が始まるとともに、日本は英米を仮想敵国と見なし、これに海軍は反対し、とくに五十六は、開戦派の陸軍を敵に回して、「英米を敵にするような愚行は断じて避けるべきである」と強く訴え、このため、陸軍側の刺客に狙われる危険にさらされた。

この経緯からもわかるとおり、海軍は世界の趨勢《すうせい》をよく見抜いていたが、陸軍は井の中の蛙で唯我独尊におちいっていた。

こうして昭和十五年、日独伊三国同盟が締結され、それがアメリカを強く刺激し、それとともに日本は対米戦への戦略を具体的に構想することになる。

すでに内閣で決定され、天皇陛下の認可も受けている作戦を拒否することもできず、五十六は連合艦隊司令長官という立場から、前に記した対米戦の海軍側の戦略を練ることになる。

開戦の直前、昭和十六年十一月末、五十六は連合艦隊司令長官として呉港に停泊していた旗艦[註2]「長門《ながと》」に乗り込んでいたが、二日間、休暇をとって、千代子を東京から招き、安芸の宮島を訪れ、二人で厳島を散策した。さらに十二月初めに、五十六は飛行機で突然上京し、東京での会議のあい間に千代子の許を訪れ、二人で銀ブラを楽しみ、千疋屋でバラの花束を買って千代子に贈った。海外勤務の長かった五十六は、千代子の家を訪れるときは、いつも花束をもっていくのが慣わしであった。

この十一月末から十二月初めにかけて、多忙な五十六が寸暇を惜しんで逢おうとすることに、千代子はただならぬものを感じていたが、まさか愛する五十六が、真珠湾攻撃の秘策をすすめているとは、夢にも思っていなかった。

やがて、十二月八日未明、運命の幕は切って落とされた。

五十六が予言したとおり、開戦直後こそ日本軍は優位に戦いをすすめていたが、やがて戦力を補充してきたアメリカ軍は徐々に反撃を開始し、日本軍は撤退に撤退を重ねる結果となる。

この間、昭和十七年五月、太平洋各地を転戦していた五十六は呉に戻り、真先に千代子に電話をしたが、肋膜炎を患っていた千代子は咳が激しく、五十六の声に泣きじゃくるだけだった。

それでも十四日には、千代子は熱があるのに東京から呉へ駆けつけ、これを五十六は眼鏡とマスクをかけ、背広姿に変装して迎え、痩せて軽くなった千代子を背負って人力車のところまで運び、そこから呉市内の旅館に入った。

その翌日、別れの日の千代子の日記には、次のように記されている。

「あの駅頭のお別れは、どうしても私は帰るのがいやでございました。あのまま汽車から飛びおりて、あなたのそばにいたかったですのに。……あのとき私はちょうど弱った体のために思うような力が出せなかったのに、あなたはずいぶん強い力で、私の手を握って下さいましたね。どこまでも私の手を離さないでつれていって下さいませ」

だが、二人が再び逢うことはなかった。

この一年後、昭和十八年四月二日付の五十六から千代子に宛てた次の手紙が、二人のあいだの最後の手紙となった。

（前略）明日から一寸《ちょっと》前線迄《まで》出かけて来ます。参謀長、黒島参謀、渡辺参謀等が一処です。夫《そ》れで二週間ばかり御ぶさたしますから、そのつもりでね。私も千代子の様子を聞いたので、勇ましく前進します。四月四日は誕生日です。愉快です。一寸やるのは

夫れではどうぞ御大事に、御きげんよふ

左様なら

千代子様

五十六

この手紙とともに、「おほろかに吾し思はばかくばかり　妹が夢のみ毎夜《よごと》に見むや」の歌が添えられ、さらに旗艦「大和《やまと》」の長官室で散髪したときの遺髪がつつまれていた。

一見、手紙の文章はおおらかだが、このとき、五十六はすでに死を覚悟していた。

事実この直後、五十六は敗色濃い南太平洋の前線にいる兵たちの士気を鼓舞するため、零戦

六機に守られてラバウルに向かった。

しかし、この飛行計画の暗号はアメリカ軍に解読され、途中、待ち伏せしていたアメリカ軍戦闘機に攻撃され、五十六の搭乗していた機はあえなく撃墜されてしまう。

この日、四月十八日であったが、軍は連合艦隊司令長官の死だけに、国民へ与える影響を考えて一カ月余経った五月二十一日に、ようやく一般に公表した。

続いて二十四日、芝水交社で一般の焼香が許されたが、千代子はそこで一人秘かに別れを告げた。

このあと六月五日、日比谷斎場で国葬がおこなわれたが、千代子は出席しなかった。

この前、千代子は海軍省に呼ばれ、「軍神に隠れた女性がいたことがわかっては不都合なので、国葬までに自決して欲しい」旨のことをいわれ、衝撃を受けたからである。

戦時中とはいえ、体面だけを重んじる軍のやり方の傲慢さと冷酷さがよくわかる。

だが、千代子は死ななかった。のちに五十六からの手紙を焼却するように求められ、かなりのものを持ち去られたが、それでも思い出深いものは手許に残し、軍の意向に逆らうように毅然と生き抜いた。

五十六の死後、千代子は神谷町の家を手放して沼津へ疎開し、戦後、沼津に小さな料亭「せせらぎ」を開店し、夫婦養子を迎えた。さらに昭和三十年、町工場を経営する後藤銀作氏と結婚、料亭を旅館に改めたが、昭和四十年代後半に廃業した。

このあと、千代子は八十五歳まで生き、平成元年（1989）、肺炎のため死亡したが、遺言により、千代子の懐には、五十六からの最後の手紙とともに送られてきた遺髪が納められた。

いま、二人の生きざまとラヴレターを見るとき、いかな軍神も、大提督も、愛の前には一人の平凡な男であり、人間であることがわかる。そして、義に殉ずる男に対して、女はしかと大地に足を踏みしめて生きるということも。

そして、二人の愛の証しとして最後に残るのは、古びた紙片であれ、ラヴレターに勝るものはない、という永遠の事実である。

▶五十六は軍神と崇められたが、人を笑わせることが好きな大らかな人柄だったという。

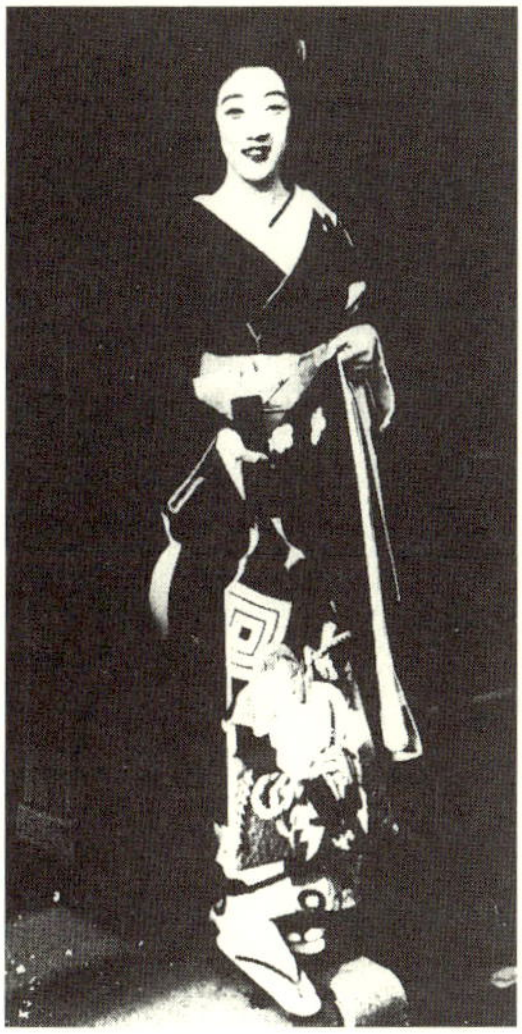

◀芸者時代の千代子。美貌と艶やかさで売れっ子だった。

▶千代子が大切に持っていた五十六在りし日の写真。日米開戦前まではふたりで恋愛映画を観るなどのデートも。

◀千代子は写真や手紙を見ては五十六を偲んだ。最晩年にも「元帥のことを考えない日はありません」と周囲の人に語った。

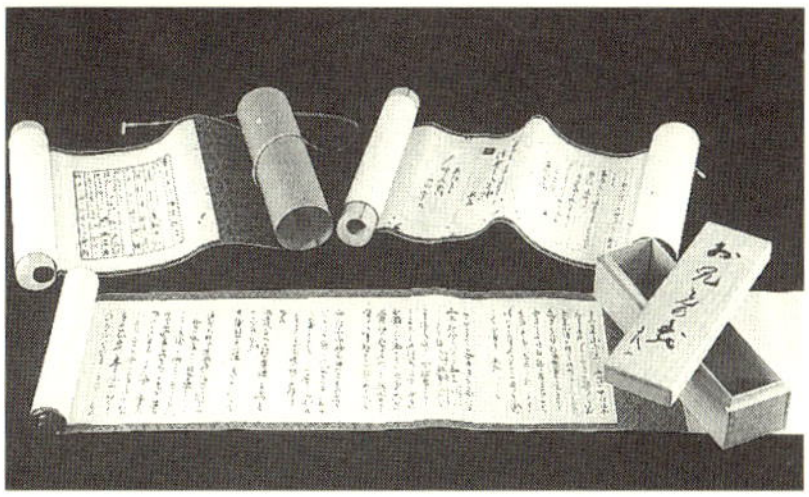

▶千代子のもとにはときとして5日をあけず五十六からの手紙が届いた。そして、最後の手紙には遺髪が。五十六は死を予感していたのだろうか。

五十六が千代子に宛てた手紙

（前略）この三四年が夢の間に過去つた事を思ひ更に今後十年二十年三十年と先の事を想像すると人生などといふものは真にはかなき幻にすぎず斯《か》く感じくれば功名も富貴も恋愛も憎悪もすべて之《これ》朝露の短かきに似たりと思はれ無常を感ぜぬわけには参りませぬ

あなたは孤独だから寂しいと云はれます　世の羈絆《きはん》につながれて死ぬに死なれず苦しむ人の多き世に天涯の孤児は却つて神の寵児ならずやと云はれぬ事もないでせう　こんな事を考へると何も彼もつまらなくなつて来ます　理窟は理窟としてとにかくあなたにかりにもなつかしく思はれ信頼してもらへる私は現実においてまことに幸福です　只僕はこの妹にして恋人たるあなたにとつてあまりに貧弱なる事を心から寂しく思つて居ります

僕は寂しいよといふ言葉は決してあなたや先生の真似ではなく実は自分を省みて自分をあなたの対象物として客観的に見て心から発する自分を嘲ける言葉です　あなたのあでやかに匂ふ姿を見るほど内心寂しさに耐へぬのです　どうぞ悪く思はんで下さい

倫敦へゆくときは　これでも国家の興廃を双肩にになふ意気と覚悟をもつてをりましたし又あなたとの急速なる交渉の発展に対する興奮もありまして　血の燃ゆる思ひもしましたが

倫敦において全精神を傾倒した会議も　日を経るにしたがひ　世俗の一般はともかく　海軍部内の人々すら　これに対してあまりに無関心を装ふを見るとき　自分はただ道具に使はれたに過ぎぬやうな気がして　誠に不愉快でもあり　また自分のつまらなさも自覚し　実は東京に勤務してをるのが寂しくて寂しくて且不愉快でたまらないのです

実はあなたの力になつてそれで孤独のあなたをなぐさめてあげたいと思つて居つた自分がかへつてあなたの懐ろに飛びこみたい気持なのですが　自分も一個の男子として　そんな弱い姿を見られるのは恥づかしくもあり　又あなたの信頼にそむく次第でもあると思つて　ただ寂しさを感じるのです

こんな自分の気持は　ただあなたにだけ今こうしてはじめて書くのですが　どうぞ誰にも話をなさらないでおいて下さいね（後略）

【註】

1　ロンドン軍縮会議

この会議の予備交渉で五十六は、日本の海軍軍備で戦艦、航空母艦など攻撃的な艦種を廃止し、防御的軍備のみにすることを主張。各国代表に感銘を与えたが、実現することはなく、日本は第二次大戦へと歩み出す。

2　旗艦「長門」

艦隊の司令長官が乗る軍艦にはマストに長官旗が掲げられ、旗艦と呼ばれた。司令長官の五十六が乗る「長門」が横須賀に入港すると千代子は必ず訪ね、身のまわりの世話をしたという。

【参考資料】

五十六が千代子に宛てた手紙＝『山本五十六の恋文』望月良夫著　考古堂書店刊、『山本五十六』阿川弘之著　新潮社刊より引用　千代子の日記＝『週刊朝日』昭和29年4月18日号　朝日新聞社刊より引用

資料写真提供＝毎日新聞社、朝日新聞社、『山本五十六の恋文』望月良夫著　考古堂書店刊より

坂口安吾から矢田津世子への手紙

会って下さい、僕は色々話さなければならないような気がします

作家
坂口安吾（さかぐち・あんご）

明治39年（1906）新潟生まれ。父は衆議院議員。昭和5年（1930）に同人誌『言葉』を創刊。翌年発表の「風博士」で文壇にデビュー。以後、『堕落論』をはじめ、自伝的作品、探偵小説、エッセイなど多方面で才能を発揮する。昭和30年病没。享年48歳。

作家
矢田津世子（やだ・つせこ）

明治40年（1907）秋田生まれ。父は巡査。女学校時代から投稿を始める。女学校卒業後、日本興業銀行に勤務するが、2年で退社。新聞などに作品を発表。29歳のとき『神楽坂』が芥川賞候補となる。晩年は病みがちで昭和19年（1944）病没。享年36歳。

【ふたりの恋愛のあらまし】

昭和7年（1932）、西銀座のバーで共通の友人によって紹介され、知り合う。安吾は恋愛感情を抱き、互いの家を行き来し、手紙の交換をするようになるが、二人の話題は文学のことに終始。親密度を増さぬまま、出会いから4年目、二人はたった一度の接吻をし、気持ちのすれ違いから別れてしまう。

御手紙拝受いたしました。

御身体のことが大変心配になります。然《しか》し沈んだ気持が何より悪いように思われます。力をお持ち下さい。そして呉々も御注意下さい。

御手紙なんべんも読み返しました。然し分らなかったのです。ただ勝《すぐ》れて荘厳な、むしろ冷めたくそして寂寥にみちた一つの姿勢に心を打たれたことだけが分ったのです。泣くには余りに苛酷な、冷然たる悲劇の相をみつめましたが、それは同時に、矢張り私の姿勢でもあるかも知れません。（後略）

以上は、戦後、太宰治、織田作之助らとともに華やかに文壇に登場した無頼派作家[註1]、坂口安吾から、美貌の女流作家、矢田津世子に送られたラヴレターの冒頭の部分である。

もっとも、この手紙が書かれたのは戦前の昭和十一年（１９３６）三月十六日。当時、本郷にあった菊富士ホテルで執筆していた安吾から、高田馬場に近い下落合で母とともに住んでいた津世子に宛てられたものである。

美貌の女流作家

このとき、安吾は二十九歳。「風博士」「黒谷村」などによって、新進作家として認められ、『文學界』の一月号から「狼園」の連載がはじまり、文学的にはまさに意気軒高なときであった。

一方、津世子は安吾の一歳年下の二十八歳。『婦人公論』『時事新報』などに創作や随想などを書き、この年に発表した「神楽坂」が芥川賞候補になり、ようやく文壇から注目されはじめたときであった。

もっとも、二人が知り合ったのはこの四年前。安吾は京大生の友人を介して津世子に会い、たちまち恋心が目覚める。このころの津世子は、エキゾチックな美貌にくわえて、すらりとした長身をドレッシイなワンピースでつつみ、常に神秘的な微笑を唇の端にたたえていた。

この数日後、加藤が津世子を連れて安吾の家を訪れたが、そのとき、津世子が持参したヴァレリイとランボーの本を忘れていったことから、その本を届けに遊びに来い、という謎ではないかと考え、安吾は眠られぬ夜を過す。そのまま、訪問する決心がつきかねているうちに、津世子から、よろしかったら家に遊びに来て下さい、という手紙が届き、それを受けて安吾は天にも昇る思いで、津世子の家を訪れる。

安吾の実家は新潟県の阿賀浦村で、祖父はそこの村長を務め、父は衆議院議員になったうえ、米穀取引所の理事長や新潟新聞の社長などを歴任し、五百坪をこす豪邸に住んでいた。

津世子は秋田県の出身で、父は巡査であったが、たまたま矢田家の親戚が坂口家とも親交があることがわかり、津世子の母チエから歓待を受け、安吾の津世子への気持は一段と深まっていく。

このあと、二人は何度かデートを重ね、その度に安吾は、あらかじめ津世子と会ったらどんなテーマで話すか、リハーサルして出かけるほどの気の入れようであった。そしてこの翌年、津世子から、早稲田派の田村泰次郎や真杉静枝などが加わっていた『櫻』という同人雑誌に入りたいといわれて二人で参加する。しかしじき脱退し、その後、蒲田の酒場のママだったお安さんという女性と親しくなる。

安吾が津世子を狂おしいほど愛していながら、お安さんに深入りしていったのは、津世子との話題が文学的な話にかぎられ、男女として深まる気配がなかったからである。くわえて、津世子が『時事新報』記者の和田日出吉と深い関係にあるという噂を、口さがない女流作家などからきかされて、いささかヤケ気味になったからでもあった。

この翌年の昭和九年、安吾は二人の親友を次々と病で失い、急に将来への不安を覚えてお安さんと同棲をはじめ、それによって津世子を完全に忘れようとする。一方、津世子は頼りにしていた兄が脱税事件に巻きこまれて母とともに苦しんだあと、秩父にいた作家の大谷藤子を訪れ、同性愛的な恋情を深めるが、作品はほとんど書けなかった。

翌十年、安吾はようやく創作意欲をとり戻し、第一創作集の『黒谷村』を刊行。さらに『文藝春秋』『作品』などに小説を発表し、八月、再出発を期してお安さんとも別れ、蒲田の家に戻った。

津世子もスランプを脱して小説を書きはじめるが、翌年一月から、安吾が『文學界』に連載をはじめた「狼園」のヒロイン、伊吹山秋子が、自分をモデルにしていることを知る。

実際、安吾は表面では津世子をあきらめてはいたが、津世子への思いをたち難く、その腹いせに、ヒロインを悪女的に書いている部分があった。

津世子はそれに抗議するため、蒲田の安吾の家を訪れ、顔を見たら一言だけ怒鳴って、立去るつもりであった。

だが、狼狽してひたすら頭を下げる安吾を見るうちに、津世子は「わたしは、あなたを愛しています」と、まったく逆のことをいってしまう。口から出まかせ、といったらそのとおりだが、体の大きい安吾のあまりの恐縮の仕方が、一時、津世子の母性愛をかきたてたのであろうか。

このことがあって以来、再び二人の交際がはじまるが、津世子への憎しみを起爆剤として書きはじめた「狼園」は書き続けることが難しくなり、三月号で連載を中断してしまう。

冒頭のラヴレターは、この直後、津世子からきた手紙に対して書かれたものである。

津世子の口から思いがけなく出た「愛しています」の一言で、二人の仲は再び以前の熱情を取り戻したかにみえたが、津世子が安吾に求めていたものは、男女の愛というより、創作への意欲をかきたてるための精神的な刺激であった。いいかえると、津世子はよりよき小説を書くために安吾に近づいたのに対して、安吾が求めていたのは女としての津世子であった。

手紙の冒頭、「御身体のことが大変心配になります」というのは、この前年、津世子が肺炎を罹っていたことを案じたものだが、そのあと、「御手紙なんべんも読み返しました。然し分らなかったのです」というのは、二人の求め合うものの食い違いを感じての、安吾の切ない訴えでもある。

以上の事情を理解したうえで、始めの部分に続く、以下の文面を見ると、この間の事情が一層よくわかってくる。

（前略）信頼ははかない虚構だという貴方のお言葉は真実です。知性と人間との関係は、前者が後者をエゴティストに設計したところから始まり、エゴティストは自らを信頼することによ

って彼の信頼の全部が已《すで》に終っているのでしょうね。（中略）
映像が実体を拒否するという貴方のお言葉に対しても、矢張《やは》り僕自らに共通するひとつの宿命を認めはします。然し私には分らないのです。貴方のお言葉が、ではなく、このこと自体の明確な判断がつきかねています。実体は映像に劣っている、けれども、映像は実体に劣っている……なぜなら私達自らが実体だから。そういうことが言えないこともないではないか？（中略）
手紙はやっぱりいけない。会って下さい。僕は色々話さなければならないような気がします。
矢田さん。貴女の文学は、いいえ生活は、貴女が私に下すったあの手紙のような冷然たる知性の謎から出発してはいませんでした。
それが第一いけないのです。生活があすこから出発しなければいけないのです。そうして文学も。
思っていることを、うまく書くことができません。会って下さい。そして話しましょう。
御身体に気をつけて下さい。
安吾
津世子様

かみ合わぬ愛

この手紙を読んで真先に気がつくことは、なにやら、まだるっこしい、難解なことを延々と書き連ねていることである。

なかでも注目されるのは、「信頼ははかない虚構だ」「映像が実体を拒否する」という二つの言葉である。これらをいずれも、貴方のお言葉、と書いているところをみると、津世子からの手紙に、この二つが記されていたことがわかる。

では、これらはなにを表すのか。初めの、信頼ははかない虚構、に対して、安吾は手紙のなかで安吾なりの解釈を記しているが、これだけではいかにもわかりにくい。察するところ、津世子は安吾を文学上の先輩として、よきアドバイザーとして期待していたのに対して、安吾は男と女の関係を求めて近寄っていく。その違和感を、信頼ははかない虚構、という言葉で表している、とみるのが妥当だろう。

さらに次の、映像が実体を拒否する、というのも、津世子が想像の世界で、文学者安吾として夢見ていたものが、実際に会ってみると、安吾はいかにも生々しくてオス的である。その格差に愕然としているのに、安吾はそこに気づかず、難解な言葉だけを弄《もてあそ》んで論じている。

むろん、いまとなっては津世子の本心をたしかめるすべはないが、もともと津世子は文壇に躍り出るための、一つのステップボードとして安吾を見ていたのに対して、安吾は最愛の女性として津世子を見ていた。このくい違いが、このような奇妙なラヴレターを生みだした、といってもいいだろう。

こうして最後の部分、「手紙はやっぱりいけない。会って下さい。僕は色々話さなければならないような気がします」というのは、安吾の偽らざる、切実な本心であったに違いない。

だが二人の破局は、この直後、ごく当然のように訪れる。

このあと、安吾は菊富士ホテルに津世子を誘い、今夜こそ、結ばれるはずだと期待に胸をふくらませ、接吻を迫る。これに対して津世子は少し逆らい、最後に仕方なく唇を許すが、恋情はほとんどこめられていず、安吾は、人形を抱いたような味気のなさだけを覚えて、次のように決心する。

「私たちは関係があってはいけないのだ。ようやくそれが分ったから、もう我々の現身《うつしみ》はないものとして、我々は再び会わないことにしよう」と。

そして、冒頭の手紙からわずか三カ月後の六月十七日、安吾は津世子に宛てて、次のような手紙を送る。

御手紙ありがたく存じました。御身体御大切に。身体が弱ると、思想が弱くなるのでいけません。
小生、今月始めから漸《ようや》く仕事にかかりました。この仕事を書きあげるために命をちぢめてもいいと思っています。（中略）
僕の虚無は深まるところまで深まったようです。おしつまるか、ぬけでるか、もう仕方がないのです。（中略）
僕の存在を、今僕の書いている仕事の中にだけ見て下さい。僕の肉体は貴方の前ではもう殺そうと思っています。昔の仕事も全て抹殺。

安吾

津世子様

はっきりいって、これは訴えるというより、決別の手紙といったほうが当っている。

とくに最後のところ、「僕の存在を、今僕の書いている仕事の中にだけ見て下さい。僕の肉体は貴方の前ではもう殺そうと思っています」という文章は、長いあいだ思い続けてきた津世子への断念の表現といっていいだろう。

実際、男が一人の女性の前で自らの肉体を殺す、と断言することは、もはや男として振舞うことをあきらめるという意味で、それは津世子を女として見ないという意思表示でもある。

男と女の関係だけにこだわらず、男と女のあいだにも友情は存在する、と主張する女性もいるが、それは多くの男性には通用しない。とくに安吾のように狂おしく愛したい男にとって、肉体関係のない女性との友情などなんの意味もなかった。はっきりいって、女性とそうした関係を続けて気をつかうくらいなら、男同士の友情を大切にしたほうが、どれほど現実的で有効かわからない。

この点で、津世子は安吾に対して少し誤算というか、甘く見過ぎていたところがあったかもしれない。

だが安吾の文才はともかく、安吾その人へ愛を抱けなかった津世子は、去っていく安吾を黙って見詰めているよりなかった。

かくして、表面は「若き無頼派作家と美貌の女流作家との、ひたむきな恋」という華やかなキャッチフレーズも、その実態は、無頼派作家の一方的な片思いのまま、わずか五年間で完全なピリオドを打つ。

破滅派へ

このあと、二人は二度と会うことはなかった。

安吾は津世子との別れを決意するとともに、再びお安さんに接近し、さらに京都に居を移して「吹雪物語」を書きはじめたが、うまくすすまず、飲屋や碁会所に入りびたり、生活のリズムを崩していく。

一方津世子は大谷藤子と満州を旅行したあと、短篇集『花蔭』を刊行して好評を得、続いて出した『家庭教師』が映画化されたりした。

このあたりの経緯を見ると、男女が別れた場合、意外に男のほうが精神的に脆《もろ》く、仕事がスランプに陥ることが多いことを示していて、安吾の場合も例外ではなかった。

だがこの三年後あたりから、安吾は徐々に仕事のペースを取り戻し、『文學界』『現代文学』などに創作、エッセイなどを発表し、さらに昭和十八年には『真珠』『日本文化私観』などを刊行した。

これに対して津世子は、一時、一高生の島村五郎との交際が深まったが、以前からあった結核がすすみ、病床につきがちとなった。そのまま戦争の激化とともに、病状はさらに悪化し、昭和十九年三月十四日、ついに不帰の人となった。

享年三十六歳、生来の美貌のまま、しかし作家としての才能は完全に花開くことなく、無念の死であった。

「津世子死す」の報せを受けて安吾は絶句し、涙を流したが、所詮、すでにあきらめて、忘れようとした女性であった。悲しみながらも、安吾の本心は、「こんなことになるなら、どうして俺を頼りにしてくれなかった」という思いもあった。

津世子がこの世から去り、ある意味で気持のふっきれた安吾は、敗戦とともに新たな創作意欲をかきたてられ、昭和二十一年には代表作となる「堕落論」[註2]「白痴」を発表、これにより一躍、太宰治、織田作之助らとともに、戦後をリードする作家として華々しく注目を浴びた。

だがこのころから創作意欲を鼓舞するため、大量のヒロポンとアドルムを使用し、二十二年九月、梶三千代と結婚したが、薬物中毒は深まるばかりで、二十四年には東大神経科に入院した。

このころ、多くの作家が覚醒剤を乱用していたが、安吾の病状は悪化する一方で、不眠にくわえて幻覚と幻聴が現われ、さらにうつ病が強まり、一種の発狂状態に陥ることもたびたびであった。

昭和二十五年に「安吾巷談」を、二十六年には「負ケラレマセン勝ツマデハ」、二十七年には、「安吾行状記」などを発表したが、すでに虚構の小説を書く気力はなく、二十八年にはブロバリンの大量服用から錯乱状態に陥り、拘置所に入れられたりする。

昭和三十年、『中央公論』に「狂人遺書」を発表したが、その題名どおり、それが絶筆となり、二月十七日、「舌がもつれる」という言葉を残し、脳溢血で亡くなった。享年四十八歳。

いま、安吾の生きざまを振り返ると、まさに戦後の無頼派、破滅派の典型的な生き方であり、その背景に、戦後のニヒリズムにくわえて、最愛の人、矢田津世子に拒否された、愛のトラウマがなかったとはいいきれない。

いいかえると、一人の作家の作品と生涯は、その作家が身近に触れ合った人々の集大成、といってもいいが、いま改めてここに登場するラヴレターを読み返すと、その意味がよくわかる。安吾にとって、津世子は最愛の人であり、その人に拒否された失望と苛立ちが「堕落論」などの傑作を生み出すとともに、自らの肉体を苛《さいな》む自虐的な生き方に流れた理由の一つでもあった。

そして安吾にプラスとマイナスと、両極を与えた女として津世子は文壇史に残るかもしれないが、それで津世子自身が満足しているか否かはいまとなっては誰にもわからない。

▶安吾と絶縁した年、津世子の『神楽坂』は芥川賞候補に。作家としては最高のときを迎えていた。

▼同人誌『櫻』創刊号。当初、安吾は津世子への思いもあり「立派な雑誌にしたい」と意欲的に執筆。

◀美貌の津世子（右）は常に男性の憧憬の的だった。

◀安吾（後列左から3番目）と津世子（前列右）が参加した『櫻』の同人。

▼安吾が津世子への思いを募らせ、さらに絶縁の決心をつける場所ともなった本郷菊富士ホテルの玄関。

▼新文学の旗手として脚光を浴びた安吾だが、創作には常に苦悩が伴った。

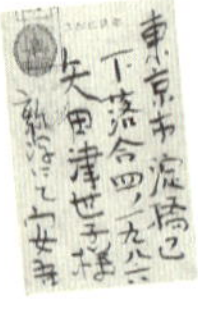

▼津世子宛ての安吾の手紙は、津世子の死後、姪によって発見され、一部は焼却されたという。

安吾が津世子に宛てた手紙

御手紙拝受いたしました。

御身体のことが大変心配になります。然し沈んだ気持が何より悪いように思われます。力をお持ち下さい。そして呉々も御注意下さい。

御手紙なんべんも読み返しました。然し分らなかったのです。ただ勝れて荘厳な、むしろ冷めたくそして寂寥にみちた一つの姿勢に心を打たれたことだけが分ったのです。泣くには余りに苛酷な、冷然たる悲劇の相をみつめましたが、それは同時に、矢張り私の姿勢でもあるかも知れません。

信頼ははかない虚構だという貴方のお言葉は真実です。知性と人間との関係は、前者が後者をエゴティストに設計したところから始まり、エゴティストは自らを信頼することによって彼の信頼の全部が已に終っているのでしょうね。私達にとって、他を信頼することは自己を棄てることであり、罪悪的な謙遜ですらありうることを私も否定はできません。

映像が実体を拒否するという貴方のお言葉に対しても、矢張り僕自らに共通するひとつの宿命を認めはします。然し私には分らないのです。貴方のお言葉が、ではなく、このこと自体の明確な判断がつきかねています。実体は映像に劣っている、けれども、映像は実体に劣っている……なぜなら私達自らが実体だから。そういうことが言えないこともないではないか？

「生活」という言葉を、ある時の貴方の抽象的な思念が、ぜんぜんつながりを忘れていたとすれば、その抽象的思念はたしかに一つの手落ちを犯していることになりますまいか？　然し私にもはっきり分らないのです。

手紙はやっぱりいけない。会って下さい。僕は色々話さなければならないような気がします。

矢田さん。貴女の文学は、いいえ生活は、貴女が私に下すったあの手紙のような冷然たる知性の謎から出発してはいませんでした。

それが第一いけないのです。

生活があすこから出発しなければいけないのです。そうして文学も。

思っていることを、うまく書くことができません。会って下さい。そして話しましょう。
御身体に気をつけて下さい。

安吾

津世子様

【註】

1　**無頼派**

第二次大戦直後の一時期、虚脱、昏迷の中で、〈反俗無頼〉の心情を基調とした作品を発表した安吾ほか、織田作之助、太宰治、石川淳、檀一雄などの作家に与えられた名称。新戯作派ともいう。

2　**『堕落論』**

安吾の代表作のひとつ。戦後の動乱期に「堕ちきることによって自分自身を発見し救わなければならない」と主張し、反響をよぶ。その主張を元に『白痴』『外套と青空』などを書き、好評を博した。

【参考文献・資料写真提供】

安吾が津世子に宛てた手紙＝『定本坂口安吾全集　第十三巻』冬樹社刊より引用

資料写真提供＝藤田三男編集事務所、日本近代文学館、朝日新聞社

私がもらったラヴレター

いま、「さようなら」といってしまうには
あまりにも悼《いた》ましい火なのだ

作家
渡辺淳一（わたなべ・じゅんいち）
昭和8年（1933）生まれ。一九五四年旧札幌一中卒業。札幌一高にすすむが、二年生のとき学区統合で札幌南高と改称、このときから男女共学となり、加清純子を知る。

画家
加清純子（かせ・じゅんこ）
昭和8年（1933）札幌生まれ。中学生のときから絵を学び、中学3年生のときに北海道展に入選。天才少女画家として注目される。以後、数々の美術展に出展し、華々しく活躍。昭和27年、札幌南高3年生のときに北海道阿寒で自殺。享年18歳。

【ふたりの恋愛のあらまし】
学制の変更で男女共学となり、二人は高校2年のとき同じ高校の同じクラスになる。純子の手紙をきっかけに交際が始まり、以後、頻繁に手紙を交わしデートを重ねる。が、純子にはほかにもつきあう複数の男性がいた。やがて純子は淳一から離れ、年上の恋人の元へ。その後、自ら命を絶つ。

「さようなら」と
どちらか先にいった方が
勝になり
後に残った方が
最も惨めになることは
より以上に解り切っているのだけれど
今
「さようなら」といってしまうには
あまりにも悼《いた》ましい火なのだ

たとえ惨めな目に逢おうとも
時間を延した方が幸なのか
それとも
心が傷けられないうちに
すべての火を
思いきって消してしまうことが

美しいのか
私にはわからない
同じ火でもオリンピアの聖火と
マッチの火とがあるように
運命の灯も種類はあるらしい

今
火を目の前に見ながら
そのどちらであるかを
予言するのは
唯《ただ》恐ろしい

純子

以上は昭和二十五年（1950）十一月、わたしが高校二年生のときに、同級生の加清純子からもらったラヴレターである。

一見してわかるように、詩の形で書かれていて、つかわれている原稿用紙には、詩人であった彼女の姉、加清蘭子の名が記されている。

アンファン・テリブル

加清純子については、わたしの小説をお読みになっている方はご存知かと思うが、『阿[註1]寒に果つ』という長篇小説のヒロイン、時任純子のモデルになった女性である。

彼女はすでにその頃から、北海道展をはじめ、中央の女流画家展などに作品を出展し、天才少女画家として注目されていた。

当時の彼女は色白で、大きな射すくめるような黒い瞳が印象的で、髪は茶色に染め、いつも赤いベレーと赤いコートを着て、「光」という赤い太陽をデザインした煙草を喫っていた。

ここまで記せばわかるとおり、彼女はいまでいう、「飛んでる子」で、当時はこういう若者を「アンファン・テリブル（恐るべき子供）」と呼んでいた。

彼女とわたしとの馴初めは、この手紙をもらった一カ月前、十月末のわたしの誕生日に、「あなたの誕生日を祝ってあげる」という短い手紙をもらったのが、きっかけであった。

それまで、わたしは彼女の、どこか天才少女を鼻にかけ、いつも突っ張っているような態度が不快で、冷ややかに無視していたが、一度会って以来、わたしは急速に彼女に惹かれていった。

といっても、当時の高校生はいまよりはるかに初心《うぶ》で、とくに質実剛健の気風の下、生真面目な少年であったわたしができることといえば、夜、二人でただただ歩くくらいのことだった。正直いってその頃、わたしはまだ女性というものを知らなかった。女性へ、熱い渇望を抱きながら、現実にどのように求め、どのように接すればいいのか、わからなかった。

だが彼女はわたしよりはるかに早熟で、のちに知ったのだが、その頃すでに、画家、医師、新聞記者、演出家など、四、五人の中年の男性と際《つ》き合っていた。

そんな彼女がなぜ、わたしなどに関心を抱いたのか。のちに残された彼女の日記には、「クラスに生意気な男の子がいるので、誘惑してやる」と記されていた。

してみると、わたしはまんまと彼女の術中にはまったことになるが、二人の恋の経過は当然のことながら彼女がリードし、わたしはおどおどしながら従いてゆくだけだった。

このラヴレターをもらった一週間後、わたしは彼女と二人で秋の深まった夜道をひたすら歩いていた。初めは並んで、やがて彼女がわたしのコートのポケットにおしこんできた手を握りながら、その感触だけで充分満たされていた。

彼女の家は学校のすぐ前にあり、わたしの家はそこから三キロ近く離れた山ぎわにあったが、二人はその途中で落ちあい、わたしの家まで一緒に歩き、別れぎわに、彼女一人だけ残すのは悪いと思って、「家まで送ろうか」といったが、「近くに寄っていくところがあるから」というので仕方なく「さよなら」といって別れた。

いま、ラヴレターを読むと、彼女が別れを惜しんでいたことがわかるが、それはわたしも同じであった。ただ、恋に未熟なわたしは、それを察する能力も余裕もなかった。

この夜の散歩のあと、彼女は三日間休み、四日目の昼休み、風のように教室に現れて、「読んでみて」といって一冊の本を置いていった。岩波文庫の『パルムの僧院』という本で、その中に入っていたのが、冒頭の手紙である。

彼女は以前から結核を病んでいるうえ、スケッチ旅行や東京での展覧会に出かけるなどの理由で、学校を休むことが多かった。ときに出てきても午前中で帰ったり、午後だけ出てくることもあり、まさに風のように現れて風のように去っていくが、担任の教師も他の教師たちも、それを咎《とが》めることはほとんどなかった。

いわばその頃から、彼女は完全に特別扱いであった。

手紙を受けとって間もなく、初雪が訪れ、札幌は長い冬に入ったが、この秋から翌年の四月までが、わたしたちが最も熱く燃えたときだった。

この間、二人は例によって何度も雪道を歩き、ときには彼女に誘われて、薄野《すすきの》にある、芸術家風の人たちが屯《たむろ》する喫茶店にも行ったが、最も刺激的だったのは図書室での密会であった。

当時、わたしは図書部員だったが三学期に入るとともに三年生はみな部活から手をひき、わたしが新たに部長になったことで、図書室の部員室の鍵を自由に持つことになり、それを利用して、夜、二人だけで逢引を重ねた。

真冬でストーブの火はすでに落されていたが、わたしたちはコートを着たまま、彼女がもってきたウイスキーを飲み、煙草を喫うだけで、寒さはほとんど感じなかった。

むろん、これは重大な校則違反で、見付かったら大変な問題になるが、彼女に強く惹かれていたわたしは、恐さはほとんど感じなかった。のちに、わたしはその冬のことを思い出して、次のような歌をつくった。


仰向ける君の睫《まつげ》に雪降りて新しき愛いまはじまりぬ

かのときのかの接吻《くちづけ》をかわしたるあはあはと同じ雪の降りいる

やがて長かった冬も終りに近づき、それとともにわたしたちの愛も季節の移ろいとともに、微妙に揺れていく。

三月十八日と十九日

一昨日一つのものを失って
そのかはり半分のものを得た。
昨日は又
あるものを失ひかけた気がした。

一昨日失ったと云うのは
今迄私を支へて来た
たった一つの悲しい自尊心。
それで得たのは半分の燈。
「いや三分の一かもしれない。」?
昨日はその燈すらも失ったの如く
唯　苦しんだ。

そして今日は……

そして明日には

手紙にあるように、十八日と十九日、わたしたちは続けて図書室で逢ったようである。もう、はるか昔のことで明確ではないが、彼女がいう「失ったもの」とは、彼女からいいだした、二つの言葉であったと思われる。

その一つは、「淳、抱いて」で、もう一つは「接吻をして」というつぶやきである。

いわれるままにわたしは彼女を抱き締め、翌日、思いきって接吻をしたが、それらがみな、彼女の求めに、男のわたしが応じた形であったことが、彼女の自尊心を傷つけた、ということなのであろうか。

実際、彼女が闇の中で「接吻をして」とつぶやいたとき、わたしが戸惑っていると、「できないの」といわれて、慌てて接吻をしたが、それは彼女が結核で、喀血までした、ときいた直後だけに、うつるのが恐かったからでもある。

のちに、それは彼女のつくり話で、結核を病む美少女を演じていたこともわかったが、当時のわたしに、そこまで察知する力はなかった。

このあと一週間もせずに、思いがけない事件がおきる。

それは、部員室で密会のあと、午後十時近く、二人でひそかに体育館を横切って生徒通用門から出ようとしたとき、当直で巡回していた、英語の瀬戸教師に見つかったことである。

「誰だっ」という声とともに、懐中電灯が当てられ、立ちすくんだわたしたちを見て、先生はつぶやいた。

「なんだ、君たちか……」

このとき、先生は明らかに、わたしたちが図書室で密会していたことに感付いたに違いない。

だが先生は、「こんな遅くまでいてはいかん、早く帰りなさい」というだけで、見逃してくれた。

以下の手紙はその事件の直後にもらったものである。


この間の事随分心配しました。

瀬戸先生の問題以上に貴方の心の中を恐れたのです。　貴方があの事件を通して凡べてを嫌悪しだすのではないかと。

でも私は信じたかった。

二人の間にはあらゆる物を克服するだけの根強い何者かゞある事を。

あの夜　ドアの所で感じた事――。同じなので驚きました。
もう一度あの様な機会にめぐり逢ったとしたならば私には自信がない。
けれど私は何故か不安です。もう一歩進んだならば貴方が音をたゝて崩れてしまいそうな予感がするから。

昨日おばと貴方の家の前を通ってみました。それだけで満足。

三月二十三日　　純子

はじめの部分は、いうまでもなく、二人の密会を教師に見付かったことを案じての、言葉である。

すでに、いわゆる悪事には慣れている彼女に比べて、わたしははるかに小心者で、たしかに教師に知られたことで気持が怯《ひる》んでいた。

ドアの所で感じた事、というのは、夜の図書室を出ようとして、ふと彼女のすべてを欲しくなった。そのことを告げた手紙に対する返事だが、もし彼女が許したとしても、わたしのほうが崩れそうだとは、余程わたしがひ弱に映っていたのだろうか。

最後のおばというのは、図書室の司書で、まだ二十代の後半であったが、わたしたちは親しみをこめて、おばさんを略して、

「おば」と呼んでいた。

雪の中のカーネーション

このあと、二カ月ほどで、わたしたちの恋はにわかに終息を迎える。理由は、彼女に新しい恋人ができたからである。

そのことを知って、わたしは自分の稚《おさ》なさが、彼女にはもの足りなかったのだと思い、苛立ち、苦しんだ。そして最後に、大学生になったら、彼女もわたしを見直すだろうと思って、受

験勉強に熱中しはじめた。

一方、彼女はさらに奔放に男性関係を深め、学校にはほとんど出てこなくなった。そして翌年の冬（高校三年生）、雪の阿寒湖にスケッチ旅行に出たまま帰らず、二カ月後、阿寒湖を見下す釧北峠《せんぽく》の近くで真紅のコートでおおわれた死体が発見された。まわりにはアドルムという睡眠薬が入った空瓶があり、自殺と断定されたが、深い雪にうつ伏せのまま倒れていたので、死顔は原形を残したまま氷のように蒼ざめていた。

それにしても、なぜ十八歳の若さで、自ら命を絶ったのか。早熟すぎた生き方に疲れたのか、あるいは以前からあった自殺願望を、衝撃的な死で飾りたかったのか。

その自殺に旅立つ札幌での最後の夜、彼女は、受験勉強で仮眠していたわたしの勉強部屋の横まできて、かすかに窓を叩いた。

その直後、ふと異様な気配を察して目覚めたが、彼女はすでになく、深夜の雪明りのなかに、赤いカーネーションが一輪おかれていた。

わたしは慌てて外に出て、彼女の姿を追ったが、雪明りの道は静まり返ったまま、彼女の姿はどこにも見えなかった。

のちに、彼女のことを小説に書こうと決め、かつて彼女と関係があったと思われる男性たちを訪ねたが、そのいずれもが、「自分が一番愛されていたと思う」とつぶやき、その理由をきくと、「札幌の最後の夜、自分のところへ、赤いカーネーションをおいていってくれたから」と答えた。

　してみると、わたしの部屋の前におかれたカーネーションも、自らの死を暗示し、印象づけるための演技であったのか。

　ともかく、ナルシスティックでエゴイスティックでコケティッシュな妖精は、さまざまな男たちに鮮烈な印象を残して、阿寒の雪の中で自らの命を絶った。

　いま、振り返ると、彼女との熱く異常な愛の体験は、その後のわたしを大きく変え、芸術、あるいは芸術的なものに目覚めさせ、硬派だったわたしを軟派にし、さらに愛と死を考えさせ、ある虚無的な感傷に馴染ませた。そしてなによりも、彼女との出会いがなければ、わたしは作家になっていなかったかもしれない。

　彼女の残していった手紙は、まさしくラヴレターだが、同時に詩でもある。それも高校二年生としては、抜きんでて巧みで、どこか醒めてもいる。あるいは、愛の詩を書きながら、二人の関係を冷静に見詰めている、とでもいうべきか。

　もしかすると、彼女は恋をしながら、恋をする自分に酔っていたのかもしれない。

　いま、これらの手紙はセピア色に褪せた原稿用紙のまま、札幌にあるわたしの文学館[註2]に、彼女の死を予感させる自画像とともに、展示されている。

◀純子からの手紙とともに大事に保管されていた、ふたりで撮った写真。淳一にとってこの恋は少年期に別れを告げる契機となった。

▲純子が表紙絵を描いた同人誌『青銅文学』。純子は同誌に小説も寄稿。「二重セックス」など早熟な内容で淳一を驚かせた。

◀純子と関わりのあった医師が所蔵していた純子の自画像。彼は絵のことを隠し、自らの死が近づいたとき、初めて淳一にその存在を明かした。

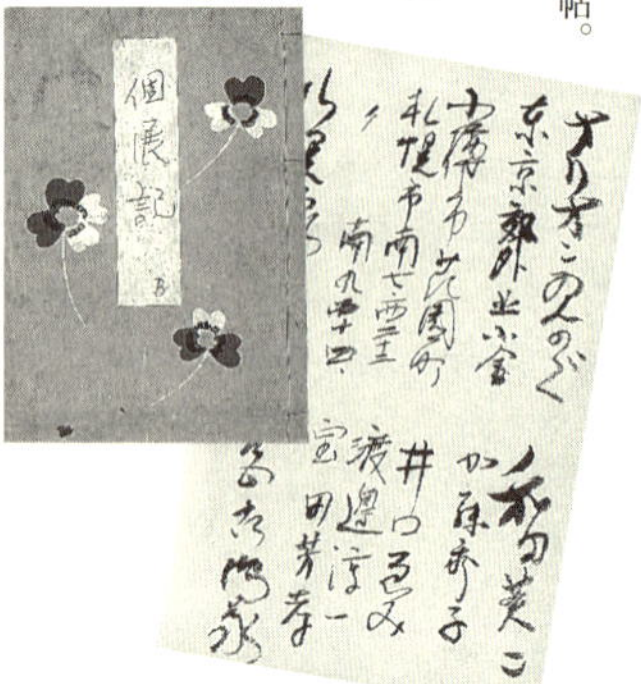

▼純子の個展芳名帖。純子は美術展ではセーラー服を着、「天才少女」を演出することも怠らなかったという。

加清嬢 女学生 書家 自殺か
雄阿寒ホテルから失踪
当分帰らない と置手紙
加清純子さん

▶純子の失踪を報じる新聞記事。純子の言動は周囲だけでなく、社会的にも非常に注目されていた。

純子が淳一に宛てた手紙

一九五〇年（昭和二十五年）十一月

「さようなら」と
どちらか先にいった方が
勝になり
後に残った方が
最も惨めになることは
より以上に解り切っているのだけれど
今
「さようなら」といってしまうには
あまりにも悼《いた》ましい火なのだ
たとえ惨めな目に逢おうとも
時間を延した方が幸なのか

それとも
心が傷けられないうちに
すべての火を
思いきって消してしまうことが
美しいのか
私にはわからない
同じ火でもオリンピアの聖火と
マッチの火とがあるように
運命の灯も種類はあるらしい

今
火を目の前に見ながら
そのどちらであるかを
予言するのは
唯《ただ》恐ろしい

一九五一年（昭和二十六年）三月
〝三月十八日と十九日〟

一昨日一つのものを失って
そのかはり半分のものを得た。
昨日は又
あるものを失ひかけた気がした。

一昨日失ったと云うのは
今迄私を支へて来た
たった一つの悲しい自尊心。
それで得たのは半分の燈。
「いや三分の一かもしれない。」？
昨日はその燈すらも失ったの如く
唯　苦しんだ。

そして今日は……

そして明日には

一九五一年（昭和二十六年）三月
この間の事随分心配しました。

瀬戸先生の問題以上に貴方の心の中を恐れたのです。　貴方があの事件を通して凡べてを嫌悪しだすのではないかと。

でも私は信じたかった。

二人の間にはあらゆる物を克服するだけの根強い何者かゞある事を。


あの夜　ドアの所で感じた事——。

同じなので驚きました。

もう一度あの様な機会にめぐり逢ったとしたならば私には自信がない。

けれど私は何故か不安です。もう一歩進んだならば貴方が音をたゝて崩れてしまいそうな予感がするから。

昨日おばと貴方の家の前を通ってみました。それだけで満足。

三月二十三日　　純子

【註】

1 **『阿寒に果つ』**

純子の死から20年後、関わりあった男性たち、実姉から話を聞き、著者自らの体験も記すことで、多面性をもっていた純子を描いた小説。渡辺文学初期の傑作。

2 **文学館**

平成10年（1998）に札幌市中島公園近くに開館した「渡辺淳一文学館」。生原稿、創作メモなどの常設展示をはじめ、渡辺淳一原作のドラマが観られるスペースなどもある。

【参考文献・資料提供】

純子が淳一に宛てた手紙＝渡辺淳一文学館所蔵。

資料写真提供＝「わがいのち『阿寒に果つ』とも」日野原冬子編　青娥書房刊、渡辺淳一文学館

私が書いたラヴレター

定まらぬと云えばそれまでの愛の余波が、
今になって尚《なお》打ち返さねばならないとは、
苦しい事です

作家

渡辺淳一（わたなべ・じゅんいち）

昭和8年（1933）生まれ。札幌南高卒業後、北大入学。教養部2年で札幌医大医学部に進む。卒業後、同大整形外科に入局、のち講師となる。この間、同人誌「くりま」などに作品を発表し、一九六五年新潮同人雑誌賞を受ける。一九六九年春上京し、本格的な作家活動に入る。

帽子デザイナー

小貫嘉子（おぬき・よしこ）

昭和8年（1933）札幌生まれ。札幌南高卒業後、洋裁学校などを経た後、上京。製帽学校サロン・ド・シャポー学院に入学する。卒業後は同校の教師を務める一方、先輩とアトリエを開き、婦人帽子全般および皇室関係の帽子などを手広く製作する。

【ふたりの恋愛のあらまし】

学制の変更で男女共学となり、二人は高校2年のとき同じ高校になる。家が近所で話をする機会も多く、淳一は淡い恋心を抱いていたが、やがて別の同級生（加清）とつきあう。20代になって淳一はオノコへの愛を再び意識するが、札幌と東京の離れ離れの状況下、恋愛は進展せず終わりを告げる。

今、五日の朝、突拍子もなくこんな早い明方に眼を覚ましてしまいました。

窓辺が明るいというより白い感じで、初冬の朝の気風です。オノコの部屋で朝方雨戸越しに聞いた、舗道を行く乾いた下駄の音が妙に頭に残っています。

床《とこ》から肩を乗り出してこの便りを書いています。時に目を覚ますと、オノコが横にひっそりと横たわっているといった想いに、ふと把《とら》われる事があります。

あの短かった習いがまだ小さく尾を引いているのです。

考えてみると、オノコとは一度も街へ出なかったけど、オノコの許へ行くとすごく安心できました。好きとか嫌いという事とは別に、オノコの許で感じた安堵感が、今になってとても切なく思われます。こうした感じは好きという気持より、尚執拗で悪質だと、一人で感じ入っているのです。

今日はこの分なら久し振りに晴れた日曜日になりそうです。もう山並はすっかり紅葉しきって、中半《なかば》近く落葉してしまいました。これから亦《また》、暗い冬が来ると思うと何ともユーウツな事です。

でも、僕は背広で歩くと云うより、スプリングを着、オーヴァを着込む方が好きだから、その点では必ずしも冬がきらいではないのだけれど。

病院は地下へもぐったきり、兎を相手に毎日過しています。妙なもので、こうしていると次第に人間を診るのはすっかり臆病になってしまって、おかしなものです。明日は六十匹の兎を一斉に野外運動のため、テニスコートで遊ばせる仕事があるというわけで、一寸間の抜けた牧童並みの仕事です。

（中略）

もう可成り明るくなってきました。

オノコが平たくなって息を止めた様に寝ていたのを想い出しました。オノコの髪が少なく、もつれないのが好きでした。

オノコの小さな部屋にも同じやうに朝が来ているという事は、信じられない程です。

この冬には帰ってきますか、来るなら途中迄迎えに出ます。

体に気をつけて、亦便りします。

淳一

嘉子さま

以上は昭和三十六年十一月、札幌にいたわたしが、新宿に近い大久保のアパートに住んでいた、小貫嘉子さんに送った手紙である。

いまから四十年前とはいえ、自らのラヴレターを公表するなど恥ずかしくて、できたら止めたかったが、これまで多くの人々のラヴレターを取り上げ、研究してきただけに、自分のを隠すのは卑怯だという思いと、編集部からの強い希望におされて、今回、初めて公開することになった。

それにしても、このようなラヴレターが何故残っていたのか。いうまでもなくラヴレターは自分が書いて、他の人に出すものだけに、受け取った人が残していないかぎり、出した当人が見ることは不可能に近い。

この点については、これらの手紙を残しておいてくれた小貫嘉子さんに、ひたすら感謝するだけである。

甦った恋

小貫さんは、わたしと同じ札幌南高の同期生で、冒頭に出てくる「オノコ」という呼び名は、小貫という姓を略したもので、当時から、彼女はそういう愛称で呼ばれていた。(以下、ここではつかい慣れた、オノコという名で記すことにする。)

高校の同期生というと、「私がもらったラヴレター」に登場した加清純子さんも同様で、実際彼女とオノコは一時クラスメートでもあった。したがってオノコは、わたしが高校二年生の秋から、加清純子と恋愛関係にあったことも知っている。

はっきりいって、その頃からわたしがオノコに好意を抱いていたことはたしかであった。写真を見ればわかるとおり、当時から彼女は穏やかな表情の清楚な女学生で、多くの男子生徒の憧れの的でもあった。

そんなわたしが純子に近付いたのは、その異様なまでの存在感と迫力に惹きつけられたからだった。いいかえると、ひっそりと咲く谷間の百合より、真紅の大輪の薔薇に惹かれた、といえばいいのかもしれない。

だが、妖しすぎた薔薇の花の純子は、高校三年生の春にはわたしを捨て他の男性の許へ走り、その年の冬、自ら命を絶ってしまった。

その後しばらく、わたしはその突然の死に衝撃を受けて呆然としていたが、やがて高校を卒《お》えて、大学にすすむにつれて、純子との思い出から徐々に決別することができた。

たしかに純子はわたしに忘れ難い大きな影響を残しはしたが、死者は死者で、もはや現実に甦ることはない。そう自分にいいきかせ、それを実感するうちに、わたしのなかに再び、かつて好意を抱いていたオノコへの思いが芽生えはじめてきた。

だがこの頃、オノコは札幌の三菱系の会社に勤めて、いわゆるＯＬになっていて、将来を約束した人がいるという噂があった。しかもそれが、わたしの親友で、南高から北大にすすんだ

Mという男であった。

のちにそれは、単なる噂にすぎなかったことを知ったが、その頃はたまにオノコと会っても Mのことが気がかりで、それ以上深く突きすすむことができなかった。

そうこうするうちに、オノコは実兄が東京にいたことから、原宿にあるサロン・ド・シャポー[註1]に入ることになり、わたしから遠く離れてしまう。さらにそのあと、Mは北大を卒えて日立製作所に入ったが、間もなく急死してしまう。

はっきりいって、わたしがオノコを、好きな人として意識しはじめたのは、この少しあとからで、高校を卒業してから、すでに六、七年の歳月が経っていた。しかも不運なことに、その頃は札幌と東京と離れていて、いまでいう遠距離恋愛であった。

初めの手紙の日付の、昭和三十六年十一月は、わたしが医師になって三年目の二十八歳のときである。このころ、わたしは国家試験に合格してはいたが、整形外科の大学院生で、学位を取得するべくさまざまな動物実験をやっていた。

わたしの年譜から回想すると、この直前、骨移植の実験に必要なアイソトープの勉強のために上京し、数日東京にいた間、一夜、大久保にあったオノコのアパートに泊めてもらった。

手紙はこのあと、札幌に戻ってから出したものである。

そのアパートは二階にあって、小さいがきちんと整頓され、部屋の片隅に、製帽のためのコテが置いてあったのを、いまでも鮮明に覚えている。

むろん、二人とも独身であったが、ここにも記されているとおり、オノコの髪はさらさらとして柔らかく、そんなオノコがひっそりと息を潜めたように休んでいるのを、明方、なに気なく目覚めて、そっと盗み見たのであろうか。

文中にある、「地下へもぐったきり」というのは、実験室が病院の地下階にあったからで、六十匹の兎は実験のために飼っていたもので、毎日、餌を与えるのに苦労したのを思い出す。たしかにこの頃は医師というより、研究者といった感じで、ちなみに論文のタイトルは、「アイソトープＰ32による骨移植の実験的研究」というものであった。

いまこの手紙を見ると、当時のオノコへの思いとともに、そのころの自分の生活が甦ってきて、照れくささとともに、懐かしさにとらわれる。

遠距離恋愛

だがこのあと、オノコとの恋は必ずしも順調にはすすまなかった。

たしかにわたしはオノコを愛しく思い、オノコもわたしに好意を抱いていたはずだが、二人のあいだにとって最大の問題は、やはり札幌と東京という距離であった。

今でこその間は飛行機で一時間半。まさに一飛びだが、当時はまだプロペラ機で、それもごく一部の人にかぎられ、ほとんどの人は汽車と青函連絡船を乗り継ぎ、ほぼ三十時間近くかかる長旅であった。いまの実感でいうと東京―ニューヨーク間か、あるいはそれ以上の距離といってもいいかもしれない。

それだけに、わたしが東京などの学会に行った折りか、オノコが正月かお盆に帰省したときぐらいしか、会う機会がなく、年にせいぜい一、二度であったかと思われる。

さらに当時、オノコはサロン・ド・シャポーでの勉強に熱中していて、このまま東京で仕事をやっていくつもりであることを、わたしに告げていた。

くわえて、オノコはどちらかというと控えめな性格で、彼女のほうから愛について積極的に意思表示をすることはなく、それが、燃えかけたわたしの気持にブレーキをかけたといえなくもない。

このあたりの苛立ちは、この翌年、五月に出した手紙（364頁参照）に、よく表れている。

そして、この手紙の二年後の昭和三十九年三月、わたしは大学院を卒えて学位を得たのち、十月に結婚した。

以下はこの三カ月後、やはり東京にいたオノコに宛てた手紙である。

おの子
　こんな呼び名をきかなくなってから、もう何年にもなります。それでもこの名を書くと云い様もない懐しさがよみがえってきます。
　おの子に最后に逢ったのは一昨年の夏、僕が丁度雄別（注、釧路の北、阿寒郡にあった雄別炭鉱病院）に出張中の時でした。あれから直《じ》き札幌へ戻り、今年の一月から三ヶ月の予定で、また此地へ出張できているのです。（中略）

　一昨年の夏、偶然僕が札幌へ二日程帰った時、おの子に逢えました。

　憶えていますか。宮の森の水銀灯のみえる庭の方まで行った事、行った事よりも、次の日、午后「ウノ」で逢ほうと約束した事を。

　あの頃、僕はひどく迷っていたのです。結婚の事がごたごたしていて。

　おの子と別れた夜、僕は本当に素直に僕自身の気持に質ねて、ようやく決心していたのです。おの子へ素直に僕の気持を云って、自分の許へ来るよう頼むつもりでした。僕達の間は、ずっと前から素直になるという事が欠けていた様です。

　あの日は待ちました。待って待って、そのうち、これは間違いで、おの子とはやはりいけなかったのだというような運命的な気持さえしていました。

あの夜、僕は夜行で雄別へ帰りました。それからは例によっての無責任な毎日が続きました。

でもその故からか、おの子と逢った夏の日の前後の事はひどく判《は》っきり覚えています。

この秋に東京へ行きました。おの子にどうしても逢いたくて、おさえきれずに、あの一二三《ひふみ》荘へ車で行ってみました。アパートは前と同じなのにおの子には逢えませんでした。本通りの大家さんだという人に聞いたら、もう大分前に出ていったとききました。

おの子との事はそれでもう本当に終ったのだと思いました。もう本当にそう思い込もうと思ったのです。

今なら本当に素直に云えるけど、僕はおの子が好きでした。それこそあちらへ向き、こちらへ向き、様々な脇道をふれながら、おの子の事は何時も忘れてはいませんでした。

高校の時、東京へ行くと云った時、札幌で逢えた時、その何時もが、おの子への愛を秘めていたのです。

高校生の時から育まれたおの子への愛が、僕の様々の道程の中で一番素直で純粋であった様に思えます。おの子への愛は、だからこそ僕にはやさしく、いとほしいものであるのです。

夕陽の朝里（注、小樽に近い、日本海に面した町）の海で確かめた僕達の愛が、あの落日のように消滅したのが思い出になってしまいました。

結婚がいかに大変な事かを今になって思います。そんな事は今更どう云ってみても仕方のない事です。

過去のそれなりの思い出として埋没しうると思った、おの子への愛が、只一葉のハガキで焼きつくすように僕の心へ拡がり、波を立てていくのが悲しいのです。

悟りきれぬ、定まらぬと云えばそれまでの愛の余波が、今になって尚《なお》打ち返さねばならないとは、苦しい事です。

こんな時になって、始めて素直に自分の気持を書けるというのは、どういう事なのか。でも僕は僕なりに、様々の事を知ってきたのだとは云えるのです。

おの子へ
淳一

自分だけのタイムカプセル

結婚してから数カ月後に、ある日、なに気なくおの子から、一枚の葉書が届いた。それを見てたまらず、正直に事実を告げた手紙のようである。

いま読み返すと、ひたすら恥ずかしく、できることなら、このままそっとしまっておきたかった。

だが初めにも書いたとおり、これまで他人さまの手紙を曝《さら》してきて、自分だけ逃げるのは卑怯かもしれない。

それに偶然だが、おの子が大事に残して保管してくれていたことは奇蹟に近く、もしかすると、手紙自身もこの世に出ることを望んでいたのかもしれない。

そんな思いもあって、恥を忍んで、公開することにした。

さまざまなところに未熟で、一人よがりの部分が表れているが、わたしにとっては、そこが懐かしく、そして、かつてこんなときがあったのだという、自己確認の機会にもなった。

いいかえると、ラヴレターは愛の告白の手紙であるとともに、かつての自分を尋ね、見詰めるきっかけになるという意味で、まさしく自分史そのものといってもいいだろう。

いまは、メールやパソコンの時代だが、やはり、ときには自筆の手紙を、とくにラヴレターを書いておくのも悪くはないかもしれない。

なによりもラヴレターの素敵なところは、古びた便箋に色褪せた文字が残っていることで、ぼろぼろの封筒には、かつての互いの住所と日付、そして当時の切手が、そして自ら書いた、その時々の息吹が伝わってくることである。

もし機会があれば、ラヴレターは書いておくべきである。

恥ずかしさや照れくささを捨てて、しっかりと書き、自分で控えを残しておけば、さらに確実に、いつかそれを読み返して思い出にひたることもできる。
なぜなら、ラヴレターは自分一人だけの、秘めたタイムカプセルなのだから。

▶高校生当時、何かにつけ友人宅に集まった。写真は淳一が所属する図書部の仲間の誕生会。後列左端が淳一、その隣がオノコ。

◀オノコ（後列右）は口数が少なく、女子同士が集まっているときも聞き役にまわることが多かった。

▼清楚で美しいオノコは、男子学生の間でマドンナ的存在だった。

▼昭和34年取得の医師免許証。以後、淳一の心は医学と文学の間で、そして恋に揺れ動いた。

◀大学院時代の淳一（写真中）。出張、研究と忙しい日々だった。

淳一がオノコに宛てた手紙

昨夜は久し振りにオノコの声を聞きました。何だか凄く変った声で一寸別人かと思いました。

札幌にゴールデンウイークの頃来るとは知りつつ連絡もないのでどうしたかと思っていたら既に帰ったとはいささかあきれました。

オノコは連絡したと云うけど、来るなら来ると予《あらかじ》めきちんと手紙でも呉《く》れていればこんな事はなかったのに。全部一寸したスレ違いの連続だけど、これも本当はオノコの筆不精の故なのだから、僕の方だっていささか腹を立てています。

今、学会準備で連日忙しく動いているので、簡単に電話しても掴めないのです。院内放送ででも呼んで貰えればいいけれども

どうしたのかと思って四日の日お父さんの処へも連絡してきいてみようかと、電話してみたのですが、五時を一寸過ぎていて帰ったとの事でした。

オノコの気紛れで亦来ないのかと思ったり、当てにならないオノコを待ってもいれず五日の日は朝から亦打合せで医局長の処へ行ってました

お袋も亦お袋で日曜の夜に昨日伊澤さんが来たなどと呑《の》んびり云うだけ、全く話になりません。もう一人居なかったかと云ったら居たようだと。誰かも知れず多分オノコと気付いた時は既に手遅れでした。

とにかくオノコがもう少しきちんと予め連絡してくれたらこんな事はなかったのに

東京へは電話の通り二十四日に出ます。

オノコが居ないのなら東京も大して出ていく気も起りません。

とにかく判《は》っきり予定を教えて下さい

とにかく何とか逢いたいなー。

東京へは五月一杯はいれるけど何とか旨くならないものだろうか。

一層の事関西迄僕も行こうかなどとも思うが、何れにせよきちんと連絡だけはして欲しい。

オノコが居ないんじゃ学会へ行く喜びも半減してしまいました

今夏は僕は多分長期出張に出る事になると思うし、ともかく何とか逢うやうにする事。

連絡待っている

淳一

オノコへ

【註】

1　サロン・ド・シャポー

昭和20年代半ばに設立。日本の製帽学校の草分け的存在（正式名称はサロン・ド・シャポー学院）。実績のある教師陣をそろえ、多くの人材を世に送り出している。

【資料・写真提供】

淳一がオノコに宛てた手紙＝小貫嘉子氏所蔵

資料写真提供＝小貫嘉子氏、渡辺淳一文学館

本書は、「ラヴレターの研究」として
『Domani』二〇〇〇年四月号から、二〇〇一年一〇月号まで連載されたものに、
加筆修正を施したものです。

あとがき

いま、若い人はもちろん、かなり年輩の人までメールや電話で用件をすませ、手紙を書くことはずいぶん少なくなった。そして愛する人への思いまで、メールで伝えられることが多いようである。

こういう時の流れを見ているうちに、ふと、これまでさまざまな人が書いてきたラヴレターを探し、読んでみたいという衝動にかられた。

とはいえ、もともとラヴレターは秘かに書かれ、秘かに読まれるものだけに、公になっているものはきわめて少ない。それも散逸しているものが多いが、そのなかからここに登場している人々が残したものを、なんとか探し出すことができた。

いずれも明治から大正・昭和へかけて、熱烈に生きた人々で、その生きざまはラヴレターの一字一句にまで生々しく浮き出ている。

まさしく、ラヴレターは恋する人に愛を伝えるものでありながら、その人の本音と生きた時代を現わすもので、ここに登場するラヴレターそのものが、日本の近代史といっても過言ではない。

それにしても、ラヴレターは自らの思いを凝縮させ、自らの手で書くもので、それは各々の自分史であるとともに、その人が最も燃えて高揚したときの記録でもある。

シリーズの最後に、わたしがかつて受取り、そして送ったラヴレターを載せたがこれは編集者の希望でやむなく実現したことである。もっともその裏には、これだけの人々のラヴレターを秘かに見て検討した、その罪滅ぼしの意味もなかったわけではない。

いま改めて読むと恥ずかしく、文章も不完全で書き直したい個所もあるが、その欠点もまた若さの至らなさと思い直し、そのまま載せることにした。

この一冊を読んだ読者が、これをきっかけにラヴレターを書き、ラヴレターを送ろうという気持になってくれたら、そんな嬉しいことはない。

平成十四年盛夏　東京にて

著者

渡辺淳一（わたなべ・じゅんいち）
一九三三年十月、北海道生まれ。札幌医大卒業後、整形外科医として勤務する。七〇年、『光と影』により、第六三回直木賞を受賞する。八〇年『遠き落日』などで、吉川英治文学賞を受賞。主な著書に『花埋み』『無影燈』『阿寒に果つ』『化粧』『ひとひらの雪』『うたかた』『失楽園』『シャトウ・ルージュ』などがあり、八〇～八一年渡辺淳一作品集二十三巻が文藝春秋から、九五～九七年同全集二十四巻が角川書店から刊行される。九八年、札幌市に「渡辺淳一文学館」が開設され一般公開されている。

キッス キッス キッス

発行日 二〇〇二年十月十日 初版第一刷

著者――**渡辺淳一**
発行者――**遠藤邦正**
発行所――株式会社**小学館**
〒101-8001 東京都千代田区一ツ橋2-3-1
電話▼編集 03-3230-5237
制作 03-3230-5333
販売 03-3230-5739
振替 00180-1-1200
印刷所――図書印刷株式会社
製本所――牧製本印刷株式会社

 ISBN4-09-379134-1